NEVER KISS A SOLDIER

ROMY COLE

NEVER KISS A SOLDIER

Au seul dragon de ma vie.

PROLOGUE

La vie est définie par de petits moments qui ont le pouvoir de la changer complètement. Une seconde, une déflagration, et tout ton univers t'explose à la gueule, te laissant bousillé, le corps écorché et des images plein la tête.

Une seconde.

Une fraction de seconde et ce rêve de devenir un héros fauche ton âme, ta chair et ta famille. Un triplé gagnant qui te fout à terre et te laisse inerte, à la merci de tes démons.

Une seconde, et il ne te reste plus rien. Rien, si ce n'est le sang sur tes mains et tes souvenirs comme remerciements pour ton service. Ton service… La putain de blague ! Quand tu t'engages, tu connais les risques, tu les connais par cœur. Mais merde, qui prévoit de rentrer au pays écorché, rafistolé et couturé, l'esprit parasité par sa propre faiblesse ?

Merde ! Qui aurait pu le prévoir ?

On me répète que ça ne se prévoit pas, que ça se vit. Les enfoirés… Ils n'y connaissent rien. Ils ne savent pas que je suis brisé, ébréché et que des morceaux de moi ont été abandonnés là-bas, réduits en cendre par les retombées de cette journée.

Ils me répètent que je peux être réparé, mais certaines choses sont difficiles à abandonner. À surpasser. Ils essayent de m'aider, ils essayent de m'empêcher de sombrer, mais aucun d'eux ne parvient à comprendre. Ni cette foutue psy qui croit m'avoir cerné, ni cette gamine qui pense que tout le monde peut être sauvé.

Merde, surtout pas elle, Sawyer, cette gosse trop zélée, persuadée de pouvoir rafistoler mon âme.

Grande gueule et casse-cou, elle fait ressortir le pire en moi. Elle réveille les vestiges de celui que j'étais, fout en rogne celui que je suis aujourd'hui et charme l'homme que j'aurais dû devenir.

Cette nana, je ne l'attendais pas, je n'en ai jamais voulu. Mais elle était là, partout et nulle part à la fois. Elle était tout ce que j'ignorais chercher, mais rien dont j'avais besoin. Une énigme, difficile et déroutante à la fois, un démon qui me hantait encore plus que mes souvenirs.

1

Deacon

– Est-ce que vous parvenez à dormir, monsieur St. John ?

Les yeux fixés sur la psy engoncée dans son tailleur blanc, je force un sourire sur mes lèvres. Six semaines que je pointe ici à la même heure chaque jeudi et qu'elle me pose la même foutue question.

Même intonation. Même mot, comme un putain d'automate à la con qu'on paye à l'heure.

À chaque fois, j'essaye de retenir les merdes qui me tournent dans la tête pour lui répondre sans imploser, pour ravaler la colère que je crève d'envie d'insuffler dans mes ripostes.

Je lutte pour rester silencieux, pour garder en moi toutes les conneries colériques qui jaillissent dans mon crâne dès que je pose un pied dans son bureau digne d'un magazine de décoration. Grand, faussement chaleureux, décoré avec soin pour inspirer la confiance, il me donne envie de tout saccager.

L'absence de fenêtre, elle, renforce mon impression d'étouffer.

J'suis pas à ma place ici. Je fais tache parmi le mobilier dernier cri, avec mes fringues sales, ma peau couturée et ma mine patibulaire. Coincé dans le bureau de la psy parfaite, je n'ai rien à faire ici.

Mes pupilles braquées sur Kiersen, je fais rouler mes plaques militaires entre mes doigts. L'une d'elles est amochée, un peu tordue. Noircie.

Comme moi.

Mon pouce effleure les aspérités formant mon prénom.

St. John
Deacon C.O.
29.05.1991

– Je dors comme un bébé.

Ça pue le mensonge, mais elle se contente de laisser couler en hochant la tête, ses lunettes rebondissant sur son nez. L'espace d'une seconde, elle semble perdue. Comme si mon manque d'implication ne lui était pas coutumier.

Comme si ça ne faisait pas six semaines que je ne décrochais pas un mot sans y avoir été contraint et forcé.

Son stylo se met à griffonner des conneries sur son carnet noirci, et je serre les dents à m'en faire péter les mâchoires. Je déteste ne pas savoir ce qu'elle écrit sur moi, là-dedans. Mais il faudrait être con pour ne pas le deviner.

Timbré. Menteur. Instable. Foutu. Brisé.

Une belle brochette d'adjectifs que je me mange dans la gueule depuis ma sortie de l'hôpital. Le soldat brisé. Le timbré qui a vaincu la mort. L'enfoiré instable qui a pactisé avec le diable pour sauver son cul là-bas, dans le sable, alors que ses collègues, ses frères, se vidaient de leur sang à ses côtés.

Putain d'enfoirés...

Si seulement ils savaient à quel point j'aurais aimé me joindre à eux, ce jour-là. Renoncer et revenir dans une boîte, pour éviter d'avoir à affronter le poids de leur absence.

Ainsi que leurs regards et leurs messes basses.

Qu'ils se carrent leur compassion où je pense, bordel !

– Et quand vous *dormez*, faites-vous des cauchemars, monsieur St. John ?

Chaque nuit.

Au point que je ne peux plus fermer l'œil sans me réveiller en sueur, renvoyé là-bas, couvert de sang. Mais ça, j'le garde pour moi.

La psy m'observe, les lunettes fixées sur le nez, parfaitement immobile. Ses cheveux auburn sont remontés sur son crâne dans un chignon strict. Elle ressemble à une de ces femmes de séries, guindées, hautaines et à moitié étouffées par le tailleur qui leur coupe le ventre.

Un foutu cliché vivant se comportant comme un foutu robot. Chaque jeudi, je m'attends presque à la voir s'affaisser, hors d'usage, une fois l'heure terminée.

Son sourcil brun se hausse quand je reste silencieux plus d'une seconde.

– Jamais.

Cette fois, son nez se fronce et elle frappe son carnet à l'aide de son stylo, à bout de patience. En six semaines de thérapie forcée, je n'ai jamais rien dévoilé de l'enfer qui se joue dans ma tête. Pas une seule bribe de pensée ou de vérité. Juste des réponses toutes faites, des mensonges montés de toutes pièces pour m'épargner sa compassion.

Après six séances, je sens bien que son masque de froideur médicale commence à se fissurer de colère. Ça me laisse de marbre. Ses froncements de sourcils, ses bruits de bouche agacés, ses claquements secs et son écriture volontairement agressive ; toute cette merde, cette thérapie tous frais payés par un pays qui m'a abandonné ne sont rien d'autre qu'une perte de temps.

Des minutes de moins dans une vie déjà bien entamée.

Je ravale un sourire.

– Jamais ? Vous ne voyez pas M. James ou encore M. Blade ? Vous étiez très proches, après tout, il serait normal que vous les voyiez.

Touché.

Mon rictus s'affaisse puis disparaît. Pris à mon propre jeu.

Et ça fait mal.

Plus que je ne veux bien l'admettre. C'est comme un coup de poing en plein plexus.

Ça coupe le souffle.

Mes poings se serrent et je crève d'envie de tout envoyer bouler, de me lever de ce fauteuil trop confortable et de quitter ce putain de bureau pour m'envoyer en l'air avec la première nana venue.

Pour oublier tout ça, juste quelques secondes. Rien qu'un instant de paix, sans me blâmer pour tous les malheurs du monde.

Pourtant, je reste immobile, assis depuis si longtemps que je sens que mon cul commence à faire corps avec le cuir. Après une minute à brasser ma colère, je reprends contenance, replace un semblant de sourire sur mes lèvres, même si je suis persuadé que ça ressemble plus à un rictus de condamné.

Et encore une fois, je lui crache la même connerie, espérant que ce soit la fin de la séance.

– Jamais.

Chaque nuit. Dès que je ferme les yeux.

Je sens la chaleur de leur sang sur mes mains. J'entends leurs hurlements quand ils ont compris que c'était la fin, qu'on était pris au piège au milieu d'enfoirés surarmés. Et les derniers soupirs de Jay. Le poids de son corps contre mon torse. La sensation de douleur quand les flammes ont rongé ma peau et la sienne. Son immobilité.

Ces souvenirs, ils me collent à la peau.

Ils sont marqués au fer rouge dans ma mémoire. Je ne pourrais pas m'en débarrasser, même si je le voulais.

Et parfois, je donnerais tout pour m'en défaire. Tout oublier, et reprendre ma vie où je l'avais laissée avant de m'engager, avant d'être désavoué par mon pays.

Quand j'étais encore ce foutu gamin, avec des rêves plein la tête.

Ce jeune queutard aussi fier qu'un paon qui ne rêvait que de mettre Misty Green dans son lit. Et qui avait réussi.

– Vous en êtes sûr, monsieur St. John?

– Certain.

Nouveau hochement de tête frustré, nouveau mot griffonné à la va-vite dans son carnet plein à craquer.

– J'ai appris que vous aviez reçu une lettre, ce matin. Une lettre concernant votre réengagement. Ça n'a pas dû être facile de la lire, je présume.

Ses yeux bruns plongent dans les miens. Je sais pertinemment ce qu'elle espère. Elle tente de me forcer à m'épancher, à avouer que cette lettre, ce bout de papier rempli de conneries qui a fait éclater mon rêve comme un ballon, est la dernière chose qui me manque pour me précipiter dans la tombe.

Que j'ai déjà creusé le trou et n'attends plus que le moment parfait pour m'y jeter.

Elle désire que je lui avoue à voix haute que je suis à deux doigts de me foutre en l'air. Que mes jours sont comptés.

Mais je me contente de rester immobile, raide comme un bâton, perdu dans mon rôle de militaire indocile.

– C'était… prévisible, me contenté-je de répondre.

Elle hoche la tête.

Qui voudrait d'un éclopé, à peine capable de marcher, brûlé sur toute la partie droite du corps et instable la plupart du temps? Un malade incapable de contrôler sa rage? Je ravale un ricanement nasal. Je suis devenu un fardeau pour ma propre armée. Une honte pour mon commandant. Un poids pour mon pays, une nuisance dont il ne peut pas se débarrasser.

Alors, à la seconde où je suis rentré chez moi, après des mois à souhaiter crever quand la douleur me tenait éveillé jour et nuit, je l'ai attendue, cette lettre.

Est-ce que m'y préparer a rendu le renvoi plus facile?

Non.

À la seconde où mes yeux se sont posés sur le cachet ce matin, ma rage a resurgi, encore plus féroce que les autres jours, bouffant mes veines et mes espoirs. Mon nouveau mobilier n'y a pas résisté.

Dans un sens je les comprends, ces enfoirés bien protégés.

On ne devient pas la meilleure armée en acceptant des dégénérés totalement bousillés, même si on les a créés.

– Et qu'allez-vous faire de votre vie à présent que l'armée n'est plus une option envisageable ?

Je hausse les épaules, incertain. Je ne sais rien faire d'autre que suivre les ordres comme un bon petit soldat. Pourtant je suis privé de ça, de ce mode de vie carré qui m'a permis de me bâtir une carrière.

Depuis mon retour au bercail, c'est la vie civile qui a été la plus dure. On m'a formé à repérer le danger, à assurer mes arrières et ceux de mes hommes. À présent, je me méfie de tout, de tout le monde, comme si la mamie du quartier était un tireur embusqué derrière ses rideaux fleuris.

Ou la gamine du voisin un terroriste en jupon, prête à me faire sauter la cervelle au moindre faux pas. Chaque grincement de pas sur le parquet la nuit me colle des sueurs froides, au point que je fuis l'appartement dépouillé dès que j'en ai l'occasion pour me perdre dans une bouteille d'alcool bon marché. Le sommeil semble avoir rompu tout contact avec mon cerveau.

Je ne fais que somnoler, principalement grâce aux grammes de whisky que je me suis injectés dans le sang quelques heures avant, justement pour espérer grappiller quelques heures de sommeil. Le tout avec mon arme à la main.

Pour me faire sauter le crâne ou pour me protéger d'ennemis qui ne vivent que dans mes souvenirs?

Je n'en sais foutrement rien. Et c'est ça le pire. Savoir que je suis le seul danger dans cet appartement vide.

Je me déteste d'être aussi faible. D'être assez con pour hésiter à appuyer sur la détente, ou encore d'être assez brisé pour y penser.

– Je n'en sais rien. Je n'ai rien entre les mains. Pas de diplôme. Pas de qualification particulière. Rien. Je suis devenu soldat avant même d'avoir appris à être un homme.

J'ai quitté l'école à 18 ans pour rejoindre la marine, malgré les menaces de mes parents. Puis à la sueur de mon front, je me suis fait une place parmi les meilleurs, j'ai gravi les échelons pour rejoindre ces troupes d'élite qu'on ne voit jamais, mais dont on connaît et respecte le nom ainsi que le dévouement.

Depuis gosse, je crevais d'envie de les rejoindre, d'atteindre leur rang, de devenir aussi fier et adulé qu'eux. Je voulais mettre ma vie en danger, pour faire bouger les choses, même si je devais me salir les mains et me noircir l'âme.

Je souhaitais juste devenir quelqu'un de bien. Pas grâce à mon nom de famille, pas grâce aux millions qui stagnaient à mon nom, mais grâce à ma dévotion, à mes actes désintéressés, à ma bravoure.

Quelqu'un de bien qui mérite d'être aimé et adulé.

Sur un coup du sort, j'ai eu la chance d'y rencontrer ma famille. La vraie, celle que tu te crées pour avancer. Une équipe de tarés qui s'est sacrifiée pour me sauver, moi, le gosse rêveur qui aurait mieux fait de rester loin des armes et des tirs.

Parce que ce rêve, il m'a éclaté à la gueule et m'a ravagé la peau.

– Monsieur St. John? Est-ce que vous m'écoutez?

La psy fait claquer son stylo contre sa cuisse, le visage froissé par l'inquiétude. Son regard passe de mon visage à mes bras. Haut. Bas. Encore et encore, jusqu'à ce que je finisse par baisser les yeux sur mes doigts contorsionnés et remarque les prémices de ma brûlure. Ce n'est pas beau à voir. Pas du tout. Les brûlures sont gonflées, rouges.

Horribles.

Je tire sur les manches de mon polo pour lui épargner la vue.

– Vous disiez?

Elle m'offre un sourire presque dénué de cette froideur médicale. Comme si, tout à coup, l'automate s'était trouvé de la compassion.

– L'un de mes patients, Brock, un ancien militaire lui aussi, a eu la chance de trouver un job dans un petit refuge local. Ce n'est pas très bien payé, mais ça lui a permis de se remettre d'aplomb, avant d'envisager de recommencer à vivre normalement.

Je grimace. Un refuge de bonnes femmes ? Très peu pour moi. Entre les amoureuses de l'uniforme complètement timbrées prêtes à retirer leur culotte au moindre regard et les coincées du cul qui jugent chaque trace de ton passage sous l'uniforme comme étant la marque du diable, je préfère encore rester seul, ma bouteille de scotch cousue à la paume.

– Il s'agit d'un chenil, me semble-t-il. Un refuge pour pitbulls. Le propriétaire, Sawyer quelque chose, je ne parviens pas à m'en souvenir, vient en aide aux militaires revenus au pays, ainsi qu'à d'anciens détenus que la vie n'a pas épargnés, le tout en sauvant des chiens réputés pour être dangereux. Je pourrais peut-être arranger un rendez-vous avec lui, si vous le souhaitez.

Ma tête amorce un mouvement négatif avant même qu'elle puisse finir de déblatérer. Plutôt crever que de bosser dans un chenil, à subir le regard tantôt interrogateur, tantôt dégoûté des quidams. Chaque fois, ils font bouillonner mon sang.

La psy pousse un soupir vaincu.

– Vous savez… ça pourrait jouer en votre faveur, pour la reconsidération de votre demande de réengagement.

Un travail stable pourrait vous aider à vous remettre dans le droit chemin et faire changer d'avis votre ancien commandant. Il n'y a qu'une infime chance, mais le mieux serait d'essayer, vous ne pensez pas?

Elle crache les mots magiques avec un brin de pitié dans la voix. L'espoir menace de me prendre à la gorge. Je braque mes yeux dans les siens, jusqu'à ce qu'elle se mette à se tortiller, mal à l'aise face à l'intensité de mon espérance.

– Je suis sûre qu'ils pourraient vous aider à vous remettre sur pied. Ils ont beaucoup aidé mon autre patient, en tout cas. Assez pour qu'il puisse retrouver un vrai travail et reprendre le cours de sa vie. Puis, de vous à moi, je pense que ça vous permettrait de rencontrer des soldats qui savent parfaitement ce que vous vivez depuis votre retour au pays. Ça pourrait vous être bénéfique de leur parler, ne serait-ce que pour quelques semaines…

Le silence se fait. Je pèse le pour et le contre. Un refuge pour clébards, ce n'est pas le top, mais c'est déjà mieux que de rester toute la journée à cuver la bouteille de la veille.

Je crachote un « appelez-le » incertain, incapable de savoir si je prends la bonne décision.

La psychiatre m'offre un sourire éblouissant et note un nouveau mot sur sa feuille noircie. Mais, cette fois, je sais pertinemment ce qu'elle y a écrit. *Progrès*. Souligné deux fois. Enfin, elle relève le menton et referme son stupide carnet.

– Bien, je pense que ce sera tout pour aujourd'hui, monsieur St. John. On se donne rendez-vous la semaine prochaine à la même heure?

Je saute sur mes pieds, lui serre rapidement la main sans me soucier qu'elle effleure les aspérités de mes cicatrices.

Sans perdre une seconde, je quitte son bureau comme si j'avais le diable aux trousses, prêt à descendre une bouteille ou deux.

2

Sawyer

L'excitation percutant mon cœur comme un boulet de canon, je bondis hors de mon siège, mes pieds claquant sur le sol.

Merde, enfin !

Je l'ai attendu toute la matinée, l'estomac tordu d'angoisse sans savoir s'il allait arriver un jour.

Plusieurs fois, j'ai eu peur qu'il n'ait changé d'avis et que tout le travail de ces six dernières semaines n'ait servi à rien, si ce n'est à me coller un ulcère de la taille de mon poing.

Sauf que le voilà, avec trois heures de retard, il est là.

C'est le principal, n'est-ce pas ?

Je meurs d'envie de courir pour l'apercevoir, comme une gosse devant ses présents, un matin de Noël.

Avant de quitter mon bureau, je fourre quelques friandises colorées dans la poche de mon sweat-shirt d'un bleu cassé. Un cadeau de bienvenue que chaque boule de poils reçoit à son arrivée, en plus des jouets et des caresses des volontaires. Une manière de les faire se sentir chez eux.

Puis, sans un regard en arrière, je laisse les suites de chiffres alignés sur mon écran d'ordinateur disparaître de mon champ de vision, pour me concentrer sur notre nouvelle recrue.

J'ai toute la nuit pour penser aux dettes du refuge.

Mais seulement quelques minutes pour profiter du molosse que nous venons d'extirper des griffes d'un irresponsable. C'est le sixième ce mois-ci ! Ça aurait pu être une bonne nouvelle si la situation n'était pas aussi déprimante.

Quand les gens comprendront-ils qu'un chien n'est pas un jouet ou un passe-temps qu'on peut abandonner dans un coin après quelques semaines ?

Bon sang ! Ça me fiche en rogne rien que d'y penser !

Mes yeux pétillent de joie lorsque j'aperçois le pitbull bicolore dans l'allée de gravier. La queue battant l'air, il renifle chaque centimètre carré de la propriété de Wolf Rain, sans se soucier de son maître posté dans son pick-up écaillé par la rouille.

Mon visage se froisse de colère. Mes poings se serrent contre mes cuisses.

Mais quelle ordure !

Il n'a même pas daigné descendre pour m'attendre. Quel connard abandonnerait son chien sans se préoccuper de sa sécurité? Un enfoiré de junkie plus intéressé par sa dose que par la bête à fourrure qu'il a adoptée sur un coup de tête, sans doute! Argh! Je déteste ce genre d'hommes, ces idiots irresponsables qui prennent des animaux sans réfléchir aux conséquences.

Lorsqu'il m'aperçoit, il recule, sans un regard de plus, et disparaît dans l'allée.

Abandonnant son inspection, Dace, notre nouvelle recrue, un jeune pitbull de 3 ans, relève la gueule vers moi. Sa langue pend hors de sa mâchoire tandis qu'il reste une seconde à m'observer, sans bouger, avant de me reconnaître.

Avec la douceur d'un semi-remorque, il me fonce à la tronche. Des jappements aigus dignes d'un phoque en pleins ébats lui échappent.

Un rire creuse ma gorge.

– Bonjour à toi aussi, Dace! Je suis contente de te revoir!

Plantée comme une dinde au milieu de l'allée de gravillons qui mène au sanctuaire, je me dandine d'un pied sur l'autre, les pattes du molosse enfoncées dans les hanches.

Sa langue poisseuse et gluante se met à me laver le visage avec application, sans considération pour le maquillage que je m'étais échinée à me tartiner sur la figure pour cacher les cernes qui me bouffent les joues.

Le stress et le manque de sommeil ne m'épargnent pas. Et quatre-vingt-dix pour cent du temps, j'ai l'air d'un monstre qui survit grâce au café.

Ce nectar des dieux !

À l'heure actuelle, il doit y avoir plus de caféine dans mes veines que de sang. Encore une tasse ou deux, et je finirai par pisser du marc de café.

Purée ! Ce qu'il peut puer de la gueule, ce con ! C'est un mélange entre l'odeur de vieilles chaussettes oubliées et celle de poubelles abandonnées au soleil trop longtemps.

Les yeux plissés de dégoût mais le cœur gonflé par la joie, je me presse contre le mur peint aux couleurs du refuge sans pouvoir me retenir de ricaner à m'en arracher la gorge quand il se met à gronder.

– Laisse-moi une minute pour respirer, tu veux ?

Malheureusement pour moi, le son fait redoubler d'ardeur le pitbull bicolore qui se tortille avec plus de volonté contre moi.

Amusée par sa bonne humeur, je passe mes mains sur son corps mince. Ses côtes sont visibles et son pelage est terne, couvert de taches sombres à l'odeur nauséabonde. Je plisse le nez de dégoût. *Beurk !* Vu le fumet qui s'en dégage, je mise sur de la merde.

Pourtant, même couvert de ses propres excréments et maigrichon, cet idiot se dandine devant moi, la queue battant l'air et le postérieur frémissant.

– Ça suffit, mon vieux ! Gardes-en un peu pour les autres, tu vas finir par les rendre jaloux !

Pas perturbé pour un sou par ma fausse réprimande, l'immense molosse enfonce son museau dans mon cou. Et c'est reparti pour une nouvelle salve de léchouilles malodorantes. Un rire m'échappe et des larmes jaillissent de mes yeux.

Mon travail ne paye pas toujours. Alors quand ça arrive, soit une fois sur deux, j'en profite, avant de passer au cas suivant. Parce que subir chaque jour l'horreur infligée à ces pauvres molosses souffrant de leur réputation ne m'aide pas à garder le moral.

Je mérite bien un instant de répit à savourer ma victoire !

Ainsi qu'une bière ou deux pour célébrer le fait qu'une fois encore, je n'ai pas collé mon poing dans la tronche d'un enfoiré incapable de s'occuper de son chien, alors que ce n'était pas l'envie qui me manquait.

Après quelques minutes de papouilles supplémentaires, je tente de repousser le monstre. Ses griffes m'arrachent la peau des hanches quand j'essaye de le déloger le plus délicatement possible. Mais ce n'est rien comparé à l'odeur qu'il dégage et qui menace de me griller les neurones.

– Tu mérites un bon bain, je crois…

Le pitbull relève la tête vers moi, les yeux luisants, et jappe. Je lui offre mon plus beau sourire. Qui peut être assez monstrueux pour blesser une chose aussi mignonne? Bon, peut-être que le mot *mignon* n'est pas le plus adapté pour un pitbull pesant au bas mot soixante kilos, mais quand même!

Il faut être un sacré enfoiré pour lever la main sur une bête à fourrure. De son vivant, et avant que la maladie lui ronge petit à petit le cerveau, ma mère me répétait sans cesse de ne jamais faire confiance à un homme qui n'aimait pas les chiens.

Et en vingt-cinq ans d'existence, j'ai suivi son conseil au pied de la lettre. Non pas que ça m'ait permis de rencontrer le grand amour, le vrai, celui qui file les papillons dans le ventre et toute cette merde. Au contraire. Jusqu'ici, je n'ai trouvé qu'une belle brochette d'enfoirés égocentriques ou avec un sérieux problème de gestion de la colère.

Mais je ne m'en plains pas.

Je n'ai pas le temps pour tout ça, pour l'amour, les rencards, les sorties et les prises de tête.

J'ai une fille à élever, des factures à payer et des molosses à sauver.

Profitant du fait que je suis perdue dans mes pensées, la masse bicolore me saute à la gueule et m'expédie au sol. Je m'y étale avec un « ouf », le souffle coupé par l'impact. Dace s'installe sur mon ventre, sa queue fouettant mes cuisses.

La sensation aurait pu être hilarante s'il ne

m'empêchait pas de respirer. Ou que le gravier dans mon dos ne menaçait pas de me percer le cul.

– Dasher !

Clouée par terre par les soixante kilos de muscles du molosse excité, je gigote, à deux doigts de crever. Je le repousse à bout de bras, fusillant du regard mon employé resté en retrait, trop occupé à lorgner Cherry, la volontaire chargée de promener les chiens, pour me prêter la moindre attention.

Celle-ci tortille du cul, à deux doigts de se démettre une hanche dans la foulée, bien consciente de la fixation du blond.

Beurk, c'est encore pire que l'haleine de poisson avec option vomi. Ou la queue velue qui me bat les cuisses avec acharnement.

– Merde, Dasher ! Arrête de baver et viens m'aider !

Par miracle, cet idiot parvient enfin à retirer ses yeux du postérieur sublime de la rousse pour m'accorder un regard ennuyé. Quand il avise la masse excitée en équilibre contre mes hanches, il se met à sourire à pleines dents.

Une brusque envie de refermer mes doigts autour de sa gorge se met à faire tressauter mes muscles.

– Hey ! C'est la première fois que je vois un homme s'agiter comme ça quand il te voit, profites-en un peu, ma vieille !

– Très drôle, espèce d'idiot ! Maintenant, aide-moi, tu veux ? Je suis en train d'étouffer, pu… naise !

Son séduisant visage tordu par une moue amusée, le blond quitte son poste d'observation pour me prêter main-forte. Enfin, il se contente de frapper sa cuisse en sifflant, jusqu'à ce que Dace se précipite vers lui, la langue pendante.

Espèce de boule de poils ingrate!

– Ne t'en fais pas pour elle, mon vieux, elle n'est pas toujours aussi casse-couilles qu'aujourd'hui... C'est juste qu'elle est jalouse parce que je matais Cherry et pas elle...

– Je t'entends, pauvre con!

Couverte de poils et de bave du bout des orteils à la pointe de mes racines noires, je lui offre mon majeur fièrement dressé. Cet enfoiré a l'audace de se mettre à rire, le visage enfoui dans la fourrure blanc cassé de notre nouveau molosse.

– Remets-toi au boulot avant que je regrette de t'avoir augmenté! Et lave-le! Il empeste, c'est encore pire que Mongrel!

Dasher se penche pour plonger son nez dans les poils du pitbull. Celui-ci en profite pour lui lécher la joue. Mon ami fait mine de vomir, les narines et les yeux écarquillés d'effroi. Sans pouvoir m'en empêcher, je lui tire la langue.

Bien fait pour lui!

– Très mature, Sawyer. Vraiment très mature!

La maturité incarnée, Willow serait fière de moi! Du

bout des doigts, j'essuie une trace de bave sur mon sweat-shirt. Pouah, j'en suis recouverte!

– Au fait! Brock t'attend dans son bureau, avec une nana aussi droite qu'un bâton. Il veut te parler de quelque chose…

– Tu sais de quoi?

Dasher hausse les épaules avant de disparaître, Dace sur les talons. Je ne perds pas une seconde de plus et rebrousse chemin, zigzaguant entre le dédale de cages, passant mes doigts entre les barreaux pour effleurer des truffes.

Je me creuse la cervelle pour savoir de quoi veut me parler Brock.

Brock est un des volontaires du refuge. Ancien militaire que la vie n'a malheureusement pas épargné, il a atterri ici par un curieux coup du destin.

Un soir, il cherchait un endroit tranquille pour « se détendre », une belle façon de dire qu'il était venu mettre fin à ses jours à l'écart de ce monde qui lui fichait des sueurs froides. Par chance, avant d'appuyer sur la gâchette, il est tombé sur l'une de nos recrues, un jeune chiot en piètre état qu'on nous avait rapporté un peu plus tôt dans la journée.

Après l'avoir ramené sain et sauf, Brock n'est plus jamais reparti, pas même lorsqu'il s'est trouvé un autre emploi pour subvenir aux besoins de sa petite fille de 9 ans, Ava.

Je ne sais pas pourquoi, mais ce soir-là, le malheur de Mace et la gaffe d'une stagiaire lui ont sauvé la vie. Grâce au mignon petit chiot gris, sa fille a encore son père. Grâce à lui, j'ai trouvé un ami et un associé.

Chaque jour, je remercie le ciel pour ce coup du destin.

C'est à ce moment-là que Wolf Rain est devenu ce qu'il est aujourd'hui : un refuge accueillant les chiens, mais aussi les hommes et les femmes écorchés par la vie, ceux à qui on a volé une partie d'âme ou de chair.

Beaucoup d'entre eux sont d'anciens détenus incapables de retrouver un emploi après leur remise en liberté, ou d'anciens militaires venus panser leurs plaies au milieu de boules de poils dépourvues de sens critique.

Ici, personne ne les juge.

Et certainement pas les chiens.

La foulée rapide, je ne tarde pas à arriver devant mon bureau. Brock et une femme guindée m'y attendent, la mine fermée, tendue. Tout de suite, leur expression me met la puce à l'oreille. L'ancien marine m'offre un sourire contrit. Il a des yeux verts à l'éclat enjoué, des traits anguleux, une mâchoire forte couverte d'une barbe naissante.

Même après des mois passés loin de l'armée, il tient toujours à garder le crâne rasé.

Quand je m'approche, mes clés à la main, il se décale pour me laisser déverrouiller la porte, et à la manière d'un pur gentleman, il fait signe à la jeune femme d'entrer avant lui.

Je ravale un sourire amusé et me concentre sur la raison de sa présence.

Instantanément, les rouages de mon cerveau se mettent en marche, et je me prépare au pire. Un problème avec l'un des chiens? Ou l'une des recrues? Ça ne serait pas la première fois que l'une d'elles se laisse reprendre par ses vieux travers et retourne à la case prison, malgré toute l'aide que l'on propose. Je n'en sais rien, mais ça ne laisse rien présager de bon.

– Il y a un problème, Brock?

La montagne de muscles secoue la tête. Une partie de mon inquiétude s'envole. Mais je reste sur mes gardes. Je sens que ce n'est pas une simple visite de courtoisie.

– Sawyer, je te présente Molly Kiersen, ma psy… et mon amie. Molly, je te présente Sawyer Arcane, la fille dont je t'ai parlé.

J'offre un signe de tête bref à la dénommée Molly, sans quitter Brock des yeux. Tendu, il a les sourcils froncés, mais sa proximité avec sa prétendue psy ne m'échappe pas.

– Nous avons un service à te demander. Tu as quelques minutes à nous accorder?

Cette fois, c'est à mon tour de froncer les sourcils.

– Bien sûr!

Je me laisse tomber dans mon siège, me préparant mentalement au pire. Veut-il quitter le refuge? Entre le manque de volontaires et le manque d'argent dans les caisses de Wolf Rain, son départ serait un coup dur.

Mais on fera avec.

Enfoncée dans le dossier, j'observe les deux amis se jeter un coup d'œil anxieux.

– Tu cherches toujours des volontaires, n'est-ce pas? Cherry m'a prévenu que Chris était retourné en prison. Ça craint, on a toujours besoin d'un homme comme lui…

Je hoche la tête.

Le départ de Chris n'a pas été un choc, cela dit. Ce type attirait les ennuis comme les mouches, avec son penchant pour l'alcool et la bagarre. Nous lui avions laissé deux chances avant son retour à la case prison, principalement parce que nous sommes toujours à la recherche de personnes prêtes à nous aider, surtout à cette période de l'année.

Avec l'été qui approche, les gens trouvent toutes sortes de moyens pour abandonner leurs chiens.

Si nous ne pouvons pas tous les sauver, nous essayons d'en réhabiliter le plus possible.

Mais tout ça a un coût.

– Enfin, on a peut-être un… volontaire qui pourrait convenir.

La manière dont il prononce le mot *volontaire* fait se tordre ma poitrine.

– D'accord… Et je peux savoir qui, ou tu vas continuer de te la jouer grand brun mystérieux ?

À ses côtés, Molly danse d'un pied à l'autre, son masque hautain envolé. Dans un geste trahissant sa nervosité, elle passe ses doigts dans ses cheveux bouclés, puis se jette à l'eau.

– Il s'agit d'un de mes patients, mademoiselle Arcane. Un ancien marine. Deacon St. John. Il cherche un endroit où travailler dans l'espoir de remonter la pente. Brock pensait qu'il pourrait travailler ici pour, vous savez… parler à des gens qui ont vécu la même chose que lui.

Ça semble trop beau pour être vrai.

– Je sens un « mais »…

– Mais il n'est pas vraiment stable.

Nouveau froncement de sourcils. Instable ?

– Que voulez-vous dire par « pas vraiment stable » ?

– Ce qu'elle essaye de te dire, c'est qu'il est encore pire que moi quand j'ai débarqué. Il est instable, Sawyer. À deux doigts de se foutre en l'air et rongé par la colère. Je sais qu'on a eu notre lot d'enfoirés colériques, mais lui, il a vraiment besoin que quelqu'un l'aide. Il n'est pas méchant, juste… perdu.

C'est… logique, mais pourquoi moi? Ma question doit se lire sur ma figure, puisqu'il enchaîne.

– Il refuse de travailler avec des gens. Ses cicatrices lui… tu sais quoi? Peu importe… On s'est juste dit que les chiens pourraient être une bonne alternative, pour l'empêcher de sombrer. Je sais qu'on t'en demande beaucoup, mais… il a besoin d'aide, ma belle. Souviens-toi comment j'étais quand j'ai débarqué ici. Pourtant tu m'as bien tendu la main lorsque ça n'allait pas, non?

Quelle jolie façon de dire que je l'ai tanné jusqu'à ce qu'il me parle de tout! De son passé. De son mal-être. De sa petite fille. Jusqu'à ce que ça lui rappelle ce qu'il risquait de perdre, s'il passait à l'acte.

– Deacon est un homme bon, qui n'a pas été épargné, c'est tout. Mais vous n'avez rien à craindre de lui. Le seul danger qu'il représente, c'est pour lui-même.

Je pousse un soupir. Refuser? Accepter? Je n'en sais rien. Même si ce refuge a pour but d'aider d'anciens militaires, l'idée de baby-sitter un idiot suicidaire avec quelques problèmes de gestion de la colère me paraît risqué.

Mais avant que je puisse y réfléchir plus longtemps, je lâche:

– Je pense qu'on peut faire un essai? Mais s'il se passe quoi que ce soit, ce sera de ta faute, Brock. Et il n'y aura pas de deuxième chance. Ni pour lui ni pour toi. Oh, et ce n'est pas payé.

Un immense sourire étire les lèvres de Molly.

– Vous ne le regretterez pas, je vous le promets.

J'en doute, mais je m'abstiens de briser ses espoirs.

Parce qu'on a tous le droit de rêver, n'est-ce pas ?

Même si ça finit toujours par se retourner contre nous. J'en sais quelque chose.

3

Deacon

Planté jusqu'à la garde dans la première chatte venue, j'oublie l'espace d'un instant les conneries qui me bousillent le crâne. Je suis perdu dans mon plaisir comme un enfoiré d'égoïste, je ne pense à rien d'autre qu'à la nana qui me chevauche, la tête rejetée en arrière d'extase.

Au roulement de ses hanches ou aux pics de douleur qui me tordent les couilles, alors que j'approche de l'orgasme.

Le sexe a cet effet magique. Il fait taire mes démons, donne un coup de gomme à mes souvenirs et me fait redevenir l'enfoiré épanoui que j'étais avant toute cette merde.

L'homme heureux qui jouait de sa virilité et rêvait des femmes qu'il pouvait mettre dans son lit.

Perchée sur mes cuisses, la blonde me baise, complètement perdue dans son plaisir, sans se soucier du mien. Chacun prend ce qu'il veut.

Ses cheveux glissent sur ses nichons refaits, collent à sa peau moite. Je fais glisser ma main sur son ventre ferme, remonte jusqu'à l'un de ses seins. Mes doigts s'y enfoncent avec brutalité.

Kandy, Amy, ou bien Stacy, quel que soit son nom, halète, les yeux clos. La douleur manque la faire venir sur ma queue. Foutue tarée. Ses ongles manucurés s'enfoncent dans la peau saine de mon torse. Ils y laissent une marque rouge, en demi-lune, qui menace de me faire exploser. Les plaques sur mon torse s'entrechoquent quand elle accélère la cadence, à bout de souffle.

De la sueur perle sur son front. Sa bouche se tord. Ses gémissements raffermissent mon plaisir.

Merde ! À défaut d'être douée comme serveuse, elle est bonne au pieu. Elle est même faite pour ça. Elle a un visage séduisant, un ventre plat et des seins parfaits, avec des mamelons sombres.

Un foutu corps de rêve.

Et une langue faite pour vider les couilles d'un enfoiré en moins de deux. Un enfoiré chanceux.

Mais ce n'est pas pour ça que je l'ai choisie.

Quand je me suis pointé au bar, cette nuit, elle n'a pas ouvert la bouche une fois. Pas de question. Pas de parlote inutile ou de drague foireuse. Elle s'est contentée de me regarder jusqu'à ce que je l'entraîne sur ma moto, après m'être saoulé.

J'ai aimé qu'elle ne se donne pas la peine de jouer les nanas dures à charmer alors qu'on sait tous les deux qu'elle ne l'est pas. Elle était là pour la même raison que moi : elle voulait qu'on la baise jusqu'à l'oubli.

Les réjouissances ont commencé à la seconde où nous avons posé les pieds chez elle. Et elles se sont éternisées jusqu'au milieu de la nuit. Avant de reprendre tôt ce matin. À force, je connais chaque recoin de son corps, chaque point faible qui la fait frémir.

Ses seins d'enfer balançant au rythme de ses convulsions, elle fait bien attention à ne pas effleurer la partie brûlée de ma chair. Et je suis presque certain qu'elle ferme les yeux pour l'oublier.

Mais je n'en ai rien à foutre.

Tout ce qu'il me faut là, c'est un instant de paix où les démons dégagent, remplacés par une sorte d'accalmie post-orgasmique. N'en déplaise à la demoiselle vautrée sur moi, elle n'est qu'un trou de plus venu repousser des images que je préfère oublier.

La chaleur de son sang sur mes mains. La chaleur des flammes qui rongent ma peau. La chaleur de mes brûlures. Les contractions de mes muscles dévorés.

Je serre les dents.

Privé de douceur, j'enroule mon poing grêlé dans ses boucles blondes, ployant son corps vers l'arrière jusqu'à ce qu'elle laisse échapper une plainte, perdue entre la douleur et le plaisir.

Elle resserre ses cuisses autour de mes hanches, la bouche entrouverte. Elle est proche. Je peux le sentir aux contractions de son vagin autour de ma bite.

Ma main délaisse son sein pour se glisser jusqu'à sa chatte.

Mon pouce trouve son clitoris, pile à la seconde où la mélodie brutale de « Look Back at it » de A Boogie Wit da Hoodie se met à résonner dans la chambre. Kandy-Amy-Stacy se fige sur ma verge, les yeux entrouverts.

Tiré hors de ma bulle de plaisir par des basses colériques, je jette un rapide coup d'œil au smartphone que j'ai abandonné sur le sol.

Et là, c'est le retour à la réalité, un train en pleine gueule.

Mardi matin. Huit heures pétantes. Le refuge.

Je gronde.

J'ai complètement oublié ce foutu rendez-vous.

Merde ! Merde et re-merde !

Putain de nouveau boulot. Putain de psy. Putain de vie.

– Fait chier, désolé, poupée, je dois me barrer.

Sans douceur, je soulève la blonde de mes genoux et l'envoie rebondir sur le matelas. Elle s'étale sur le lit, les cuisses écartées. Une moue colérique tord sa bouche.

Désolé, chérie. J'ai mieux à faire que de satisfaire tes envies dépravées de chienne en chaleur. J'ai des rêves à rattraper et des mains à serrer.

Délaissée au bord de la jouissance, ma partenaire grimace, les jambes encore tremblantes de son orgasme. Ses doigts glissent vers sa chatte, comblant le vide que j'y ai laissé.

Je me lèche les lèvres, tenté de tout laisser tomber pour m'y renfoncer.

– On va se revoir?

Aucune chance.

– Bien sûr.

Je suis devenu un pro du mensonge. Un enfoiré capable de déblatérer des conneries sans se soucier de l'impact de ses paroles. Un menteur qui cache ses merdes sous des mensonges sordides et des vérités arrangées.

– Appelle-moi, je lui lance en remontant mon pantalon sur ma bite tendue.

Je ramasse mon téléphone, mes clés sur la table de nuit, et m'apprête à quitter la chambre quand elle rouvre la bouche, toujours vautrée, les cuisses ouvertes.

– Mais… je n'ai pas ton numéro…

Un sourire carnassier me bouffe le visage.

– C'est dommage pour toi, j'imagine, ma belle…

Sans prêter attention à ses cris étouffés et ses insultes persiflées, j'enfile mon tee-shirt taché, récupère mon blouson en cuir oublié sur le dos d'une chaise et me casse de là en quatrième vitesse.

J'ai un enfoiré à impressionner et un boulot à commencer.

***

Au bout de vingt minutes de trajet, bloqué au milieu de gens pressés, je parviens enfin à m'engager sur la route qui mène au refuge. Rouler à moto avec une trique d'enfer? C'est de la torture pure et simple.

J'ai l'impression d'avoir enfourné mes couilles dans un mixeur et une déchiqueteuse en même temps. Ça tue, ça tiraille, et on finit avec la bite tatouée.

Reste à savoir si on peut encore bander sans hurler de douleur, après ça. Merde, j'aurais dû prendre le quatre-quatre pour m'épargner ce trajet de la mort, à prier pour ne pas finir les boules desséchées.

Parce que j'y tiens à ces petites merdes. Encore plus maintenant. Inquiet pour l'état de mes bijoux de famille, je pose ma main sur le renflement de mon jean. Tout semble à sa place. Le service trois-pièces est toujours entier.

Délaissant ma bite pour me concentrer sur la route, je jette un coup d'œil devant moi.

Kiersen a été assez prévenante pour me décrire le chemin à prendre.

Une grande bâtisse blanche qui me fait face attire l'œil, principalement grâce à un immense graffiti coloré qui a été peint sur l'un de ses flancs. Dans un dégradé de rose et d'orange, les mots *Wolf Rain* s'étirent de manière stylisée.

Bon, au moins, je sais que je suis au bon endroit…

Mais quel nom de merde. Qui est assez con pour appeler comme ça un refuge pour pitbulls ? Qui que ce soit, j'ai quelques mots à lui dire. Premièrement, c'est moche. Deuxièmement, c'est idiot. Et enfin, troisièmement, c'est vraiment super moche.

Pourquoi pas « Wild Dog », tant qu'on y est ?

Je m'arrête dans l'allée gravillonnée, les pneus de ma bécane crissant sur le gravier. De là où je suis, je n'aperçois qu'un dédale de cages, le tout enfermé au milieu de murs couleur orange pastel.

Des allées de gravier zigzaguent entre les structures en métal.

À la seconde où je descends de ma Harley, deux silhouettes se découpent dans le soleil matinal, sortant d'un bureau sur ma droite, prêtes à m'accueillir. Mon casque à la main, je m'approche d'elles, m'efforçant de paraître désolé.

Autant éviter de se foutre le boss à dos dès le premier jour.

C'est plutôt dur de jouer l'enfoiré repentant alors que mes couilles sont vides et que j'ai passé ma nuit à baiser et à me bourrer la gueule jusqu'à ce que tout devienne flou dans ma tête. Un homme plutôt baraqué, les cheveux sombres attachés en catogan, me rejoint, accompagné d'un petit bout de femme qui n'atteint même pas mon épaule.

Comme toujours, je détaille rapidement l'homme, avant de passer à la femme.

Merde, le canon !

De la racine noire de ses cheveux blonds au bout de ses pieds chaussés de baskets roses, cette nana a été créée pour faire lever des queues. La mienne en particulier. Je mets quelques secondes à éplucher chaque parcelle de son corps ridiculement bien proportionné pour une femme de cette taille.

Sa poitrine tend son tee-shirt au nom du refuge. Des tatouages colorent ses bras finement musclés, mais le mieux, ce sont ses yeux. Bleus. Immenses, ils me fusillent depuis mon arrivée.

Je contiens un mouvement de tête appréciateur.

C'est clair qu'elle n'a pas sa place ici, au milieu de nulle part, à se vautrer dans les poils et la bave. Le seul truc qui me fait tiquer chez elle, ce sont les traits tirés de son visage ainsi que ses cernes cachés sous du fond de teint. Elle serait mieux sans toute cette merde étalée sur sa face.

Une femme comme elle devrait pouvoir faire bander un eunuque au naturel.

Avant de me faire gauler en plein relooking d'une de mes futures collègues, je me force à plonger mon regard dans celui du propriétaire. Les bras croisés sur son torse large, celui-ci m'observe à la dérobée, un curieux sourire aux lèvres.

– Tu dois être Sawyer.

L'enfoiré sourit en secouant la tête et la petite blonde se tend, son regard devenant encore plus sombre qu'avant. Ses lèvres se serrent tandis qu'elle trépigne des pieds, à peine plus grande qu'une adolescente. Je ravale un sourire carnassier.

Tu veux jouer, petite ? Jouons.

– Je suis Sawyer. Et vous, vous êtes en retard, monsieur St. John.

Et merde. Putain d'idiot. Pour faire bonne impression, c'est foutu. L'elfe continue de m'observer. Elle semble attendre une excuse, ou quelque chose du genre. Mais je me contente de hausser les épaules comme un parfait salaud. Je n'ai jamais été bon pour m'excuser.

Je n'ai jamais pu y insuffler une seule once de sincérité.

Sauf cette fois-là.

À cette pensée, je me renfrogne. Pas question d'y penser maintenant. Plus tard. Peut-être. Jamais, sans doute. Si seulement…

– Je suis au courant.

Ses sourcils se froncent. Je sens sa colère grimper d'un cran. Vas-y, petite, lâche-toi. Insulte-moi.

Renvoie-moi. Donne-moi une raison de me barrer pour me bourrer la gueule.

Mais elle pince les lèvres et se retourne. Dommage. Maintenant je n'ai plus d'excuse.

Si ça merde, c'est de ma faute.

– Tâchez d'arriver à l'heure, la prochaine fois. Nous avons besoin de volontaires ponctuels et motivés, pas de flemmards incapables d'arriver à l'heure, monsieur St. John.

Je me contente de hocher la tête sans ouvrir la bouche. D'un côté, elle a raison, la petite fée. Cette place que j'ai chipée à un gars sans doute des millions de fois plus méritant que moi, je dois la garder si je veux pouvoir rentrer chez moi. Retrouver mes marques et me remettre au boulot.

Je prends donc sur moi pour fermer ma gueule.

Avec un soupir résigné, elle me tend un tee-shirt blanc où s'étend l'immense logo du refuge : un pitbull aux yeux bleus et à la langue pendante, dessiné de manière stylisée au milieu d'un bout de grillage. C'est plutôt pas mal, si on oublie l'immense « Wolf Rain » collé en grand dans le dos.

Je crachote un « merci » et attends la suite.

– Ici, c'est le dernier arrivé, le dernier servi. Du coup, il nous faut quelqu'un pour récurer les boxes de l'allée C. Soyez à l'heure demain matin, si vous voulez pouvoir choisir quelque chose de plus… agréable et de moins odorant.

Elle me colle un balai et une pelle dans les mains sans un regard de plus. Lorsqu'elle se retourne pour jeter un coup d'œil au connard debout à mes côtés qui se marre, quelque chose se fracasse contre ma poitrine.

Baisent-ils ensemble, tous les deux?

À l'idée de passer ma matinée à nettoyer de la merde au lieu de baiser Kandy-Amy-Stacy jusqu'à ce qu'elle soit incapable de penser à autre chose qu'à ma bite, je ravale une remarque acerbe.

Merde, c'est ça, le boulot que l'autre m'a trouvé? Nettoyer des boxes à la con, du matin au soir?

Je sens qu'elle s'attend à ce que je proteste, que je geigne que je suis trop bien pour traîner dans la merde, que je lui renvoie ses conneries à la gueule et que je me barre sans un regard en arrière. Bizarrement, elle semble presque avoir envie de me voir abandonner.

Je ne comprends pas bien pourquoi.

Alors, intrigué et malgré ma colère, je m'oblige à sourire au petit bout de femme planté face à moi.

– Avec plaisir, madame.

Son visage se froisse, et je jurerais voir ses lèvres frémir avant qu'elle se détourne en secouant le menton comme si elle en avait déjà plein le cul de mes conneries et moi, alors que je ne fais que commencer.

– Dasher, montre-lui les boxes, tu veux? J'ai du boulot qui m'attend!

Le prénommé Dasher lui fait un salut militaire auquel elle répond par un sourire amusé.

– Et viens me voir quand tu auras fini. J'ai du boulot pour toi.

Comme si j'étais invisible, la blonde fait volte-face, ses baskets rose bonbon grinçant sur les graviers.

Pas de présentation. Pas de chichi. Elle se barre comme elle a débarqué, les bras croisés, le dos droit. Ma queue reprend vie à la seconde où mes yeux se fixent sur le balancement de ses hanches.

Foutue fée autoritaire.

– Tu viens ?

Merde, pas à dire, toute cette merde s'annonce mouvementée.

4

Sawyer

Juste après avoir tourné à l'angle du mur, prête à regagner le confort de mon bureau, je me fige, rongée par l'envie de les suivre, pour m'assurer que Deacon ne fait pas des siennes.

Non pas qu'il ait l'air de rechigner à la tâche. Loin de là, même.

Sinon, il ne serait pas devenu militaire. Il y a des métiers plus faciles que celui-ci.

Mais pour une raison bizarre, ce nouvel employé me file l'impression que mes muscles s'arrachent de mes os, que mes ongles se retournent et que mes yeux se révulsent.

J'en fais trop?

Peut-être.

Poussée par une envie que je ne réussis pas à refouler, je me hisse sur la pointe des pieds pour emboîter le pas de Deacon et Dasher qui marchent côte à côte.

J'ai l'air totalement stupide, comme une gamine qui veut faire le mur pour la première fois de sa vie et s'évertue à ne pas faire craquer le parquet, de peur de réveiller les parents.

Sauf que ça fait bien longtemps que je ne suis plus cette adolescente, et je suis sur mon lieu de travail, nom d'un chien !

Mes petits protégés me regardent étrangement, coincés au fond de leurs cages, mais après tout, c'est pour eux que je me ridiculise autant : cet homme risque d'être instable, même sa psy me l'a confirmé.

Et je ne pouvais décemment pas laisser un homme nerveux aux côtés de bêtes qui méritent l'absolution.

C'est tout bonnement hors de question !

Ce n'est pas du tout parce qu'il s'est moqué de moi, en me prenant pour un homme. Pas du tout. Je le jure sur ce que j'ai de plus cher.

Dasher cale son pas sur celui de Deacon, qui semble un peu plus chaloupé. À quelques mètres derrière eux, je passe d'un buisson à l'autre, comme un ninja bon marché, tendant l'oreille pour les entendre parler.

– Au fait, mec ! La boss, elle est toujours aussi…

– Autoritaire ?

– J'pensais plus à casse-couilles avec un grand C !

Ma bouche s'ouvre en grand sous le coup de la surprise.

Un flot d'indignation me brûle la gorge.

Casse-couilles ? Il a vraiment dit que j'étais casse-couilles ?

Pris en sandwich entre le grillage des cages et le corps massif de notre nouvelle recrue, Dasher ricane comme une triple andouille, comme si l'autre idiot avait sorti la vanne la plus drôle de l'année.

Le sale traître !

Je me renfrogne.

Je lui en donnerais, moi, des casse-couilles ! J'étais complètement autoritaire, voilà tout. Mais qu'il essaye de gérer un refuge, tiens !

Entre les volontaires fortes têtes qui me poussent à bout et les molosses psychopathes prêts à m'arracher les deux bras d'un coup de tête, impossible de rester malléable, sous peine de me faire bouffer toute crue.

Puis je suis le boss, non? Ça me donne certainement le droit d'être aussi « casse-couilles ».

Avec Willow, ma petite princesse, je suis un trésor de tendresse.

– Disons que Sawyer aime l'ordre. Et donner des ordres.

Un peu que j'aime l'ordre ! C'est utile, dans mon métier.

– Mes supérieurs dans l'armée aimaient l'ordre aussi, mais ils me foutaient moins les boules que ton boss, mon gars.

Non, mais alors, quelle poule mouillée ?!

Dasher rigole à nouveau.

Lui, alors !

Je ne vais pas le louper !

Ils s'arrêtent d'un même mouvement devant l'aile du bloc C où ils sont accueillis par un concerto de hurlements joyeux.

L'aile C est la réplique exacte des précédentes : une allée d'herbe prise des deux côtés par des cages alignées, où un ou deux chiens frétillent de la queue, impatients de rencontrer le nouveau.

Les seuls trucs différents, c'est les petites maisons en bois dans les cages. Elles sont particulières pour chaque recrue et adaptées à leurs caractères respectifs.

Dasher glisse ses doigts dans l'un des passants du grillage sur sa gauche et caresse la truffe de Rider, un petit pitbull noir d'encre. Deacon, lui, reste immobile, complètement absent.

Du coup, j'en profite pour l'observer à la dérobée.

Il est immense. Vraiment immense. À côté, Goliath c'est du pipi de chat. Une montagne de muscles à la mine austère, tatouée et au franc-parler certain.

Une barbe fournie couvre ses mâchoires, aussi sombre que l'encre sur sa peau.

L'archétype même du mauvais garçon que toutes les femmes désirent.

Comme si ça ne suffisait pas, une veste en cuir noir, qui semble avoir vu des jours meilleurs, colle ses bras musclés comme une seconde peau et ne fait qu'accentuer son image de bad boy tirée d'un film de gonzesses *made in* Netflix.

Son bras droit semble être mangé tout entier par des brûlures rouge vif, puisque j'en vois sur le dos de sa main et jusque dans son cou.

Ce n'est pas beau à voir.

Je suis déchirée entre l'envie de les toucher et l'envie de le plaindre, lui, la triple andouille qui me trouve « casse-couilles ».

Reprends-toi, Sawyer! Ce n'est pas le moment de devenir mielleuse.

– Tu as toute l'aile à faire. Et fais gaffe, Lana est encore pire que Sawyer. C'est elle qui vérifie que les volontaires bossent correctement et, crois-moi, tu ne veux pas te la foutre à dos.

Deacon ricane, comme si l'idée de titiller Lana et sa maniaquerie était quelque chose de drôle.

Rira bien qui rira le dernier, mon gars.

Lana est capable de lui couper les couilles s'il oublie une seule trace sur le sol. Et ce jour-là, je serai là pour filmer la scène. Entre filles et psychopathes, on se soutient.

Et ce n'est pas comme s'il ne le méritait pas.

J'avoue, j'avoue, sa pique me reste en travers de la gorge.

Dash désigne du menton une brouette où traînent

un balai taille XXL et une pelle en ferraille.

– Tu as tout ce qu'il te faut là-bas.

L'ancien militaire hoche simplement la tête et sans un mot, il s'en va récupérer le balai.

Dasher ne s'attarde pas. D'un pas conquérant, il s'approche de moi, ses yeux rivés aux miens.

Oh, oh, oh…

Je crois que je suis démasquée.

Le blond m'offre un sourire digne du chat du Cheshire.

Plus aucun doute à avoir : je suis totalement démasquée.

Et merde, prise la main dans le sac en train d'écouter aux portes…

Le blond ricane en s'approchant de ma cachette pas si discrète que ça, au final. Je fais de mon mieux pour ne pas tenter de m'enfuir. Les joues rouges de honte, je me racle la gorge quand il se plante devant moi, un sourire amusé étirant les coins de sa bouche.

– Petite voyeuse…

Je colle mon index sous son nez et l'agite pour faire bonne mesure.

– Toi, pas un mot ! craché-je, mauvaise joueuse.

Dasher sourit en levant les yeux au ciel.

– On ne t'a jamais dit que c'était impoli de laisser traîner ses oreilles ?

– Je ne vous écoutais pas, figure-toi… J'étais en train de chercher Lana.

– Lana est dans le bureau.

Oups. Je me suis fait avoir. Encore. Je serre les dents à m'en faire sauter la mâchoire.

– La ferme, Dasher, ou je te jure que…

Il fait claquer sa langue.

– Que quoi ? Que tu vas me *stalker* comme Joe ? Je ne savais pas que c'était ton truc de m'entendre baiser Cherry.

Je plisse le nez de dégoût.

Beurk.

Beurk. Et re-beurk.

Trop d'informations !

Beaucoup trop d'informations pour mes petites oreilles sensibles et chastes. En même temps, ça ne m'étonne qu'à moitié. Cette nana a le feu aux fesses et baise tout ce qui a une queue et des boules.

Mon ami n'était pas le premier ni le dernier à tomber dans ses filets. Loin de là. Mais Dasher a de meilleurs goûts, d'habitude.

Il m'expédie un baiser sonore. *Beurk.* Je ne veux même pas savoir où cette bouche a traîné. Jamais.

Trop tard, ricane mon cerveau.

Je pince l'arête de mon nez et je compte jusqu'à dix. Puis je recommence, jusqu'à ce que l'image disparaisse à jamais de sous mes paupières closes.

– Va te faire voir !

Drapée dans le reste de ma dignité, je fais volte-face et marche d'un pas raide jusqu'à mon bureau.

Je pose la main sur la poignée de porte pile au moment où Lana, mon amie et associée, l'ouvre. L'odeur de friandises pour chien me saute au nez à peine la porte ouverte.

C'est familier. Agréable.

La chevelure rousse de Lana cascade dans son dos, aussi souple et lumineuse qu'un nid de flammes incandescentes. Elle est magnifique. Toute en courbes, drôle et féminine à souhait.

Tout à fait le style de Dasher.

Ces deux-là sont faits l'un pour l'autre, mais Lana s'obstine à repousser Dash, comme s'il était porteur de la peste ou d'une douzaine de maladies vénériennes.

Enfin, après Cherry… Il y a de quoi avoir des doutes sur l'état de santé de Popaul.

– Alors, le nouveau?

Je fais la grimace. Les pieds traînants, je me dirige vers le bureau, une immense planche en bois poli où s'étendent des milliers de traces de pattes. Chaque nouvelle recrue y colle la sienne.

Lana ricane lorsque je m'affale dans mon siège avec autant de grâce qu'un éléphant.

– Il est aussi con que ça?

Con, peut-être pas, mais insolent… oui. Bien trop insolent. Encore une fois, je grimace, mais cette fois j'y fous tout mon cœur.

La rousse secoue la tête en riant.

Pff, merci le soutien moral !

– Je vois… Brock l'a déjà vu ?

– Je crois. Ils fréquentent la même psy. Du coup, j'imagine qu'il l'a rencontré.

Lana pose sa main sur mon bras.

– Bonne chance avec lui…

Mon amie se retourne, prête à s'en aller, quand le comportement de Dasher me revient en tête.

Cet idiot va payer pour avoir osé rester sans rien faire, tandis que l'autre me taillait.

Oh, ça oui…

Et j'ai pile la punition parfaite sous la main.

– Hey ! Va dire à Dasher que Mongrel a besoin d'un bain. Et que c'est son tour. Qu'il évite de se faire choper, cette fois. Je n'ai plus de désinfectant.

– Qu'est-ce qu'a encore fait cet idiot pour énerver le boss ?

Je me retiens de lui avouer qu'il m'a mis des images dégoûtantes en tête. Des images où sa bouche de beau parleur rencontre le minou de Cherry.

Rien que d'y penser, ça me file des frissons.

Et la nausée.

Ainsi qu'une MST.

Parce que je sais que Lana tient à lui. Enfin, si tenir veut dire avoir envie de faire des bébés jusqu'à l'oubli avec Dash, mais jouer la vierge effarouchée quand il tente une ouverture.

Du coup, je joue la carte de la demi-vérité.

– Deacon m'a traitée de casse-couilles et cet enfoiré a acquiescé.

Lana se retient de rire. Je le vois dans les petites rides qui se forment au coin de sa bouche et de ses yeux.

– Vas-y, rigole !

Elle ne se fait pas prier. Son rire résonne dans le bureau minuscule bourré d'affaires. Je plisse les yeux.

D'un coup de pied rageur, je fais tourner ma chaise sur le côté et braque mon regard sur l'écran de l'ordinateur.

J'ai besoin de nouveaux amis.

Vraiment.

Des amis qui ne ricanent pas quand une raclure me traite de despote. Ça se trouve où ce genre d'amis ? Facebook ?

– Désolée de te dire ça, ma belle… mais il a un peu raison.

Elle forme un écart riquiqui entre son index et son pouce.

Sans regarder, je tire une friandise bleue du bol en verre posé sur le côté et la jette vers ma pseudo-amie.

– Hey, je ne suis pas casse-couilles ! Je suis simplement quelqu'un de ferme et d'autoritaire, nuance !

La friandise retombe pile entre ses seins. Oups. Je visais sa tête, à la base. Mais les seins, j'imagine que c'est bien aussi. Lana l'extirpe de son décolleté XXL du bout des doigts, la bouche pincée de dégoût.

– Tyran !

Je lui fais un doigt d'honneur. Son ricanement résonne quelques secondes, avant qu'elle quitte le bureau. Une fois seule, j'enfonce mon front dans ma paume.

Je vais avoir du boulot si je veux à la fois faire en sorte que le refuge remonte la pente avant qu'il ne soit trop tard, sauver un idiot insolent de son propre cerveau et régler les histoires de cœur des deux crétins qui me servent d'amis.

Beaucoup de boulot.

Et très peu de résultats.

5

Deacon

Le corps en vrac et le dos courbé de douleur, je repousse avec violence la porte de mon appartement. Le battant claque contre le mur dans un craquement sonore qui ravive mon mal de crâne carabiné.

Et merde… Encore.

Le plâtre est abîmé, rongé par un trou de la taille de mon poing à force de subir les assauts répétés du battant.

Dans l'appartement voisin, un hurlement gras s'élève par-dessus les cris d'une télé. Nolan, un accro à la bouteille d'une quarantaine d'années, est habitué à mes sautes d'humeur, mais ça ne l'empêche pas de hurler à s'en arracher les cordes vocales dès que je rentre.

C'est un rituel, entre cet enfoiré d'alcoolique et moi. Le seul contact humain que j'avais pendant des mois, avant que Kiersen débarque dans ma vie et place Sawyer sur ma route.

Ah, sacré Nolan.

Cet idiot n'a pas été épargné par la vie et j'suis celui qui paye pour la rage qui continue de sauter à pieds joints sur son cœur.

Comme si étouffer la vie sous de violentes vapeurs qui nous embrument le cerveau pouvait nous servir à quelque chose.

L'un comme l'autre, nous ne sommes que de vieilles loques trouées par la vie, sales et bonnes à être jetées.

On est baisés. Complètement foutus.

Pourtant on continue de vivre. D'endurer, comme des zombies. Pourquoi ? Je n'en sais rien. J'ai arrêté de me poser ce genre de questions. Parce que la réponse me file toujours les jetons.

Parce que plus je me penche sur ma vie, plus je me rends compte que rien ne me retient. Je pourrais crever demain, je ne manquerais à personne. Surtout pas à mes parents.

Ni à mes anciens chefs.

Je ne me voile plus la face depuis longtemps : dans mon état actuel, je vaux plus grand-chose.

Merci le whisky, les chattes faciles et le blast de l'explosion, les souvenirs qui me hantent et les remerciements de mon pays.

À peine le pied posé dans l'appartement, je vire le tee-shirt taché de merde qui me colle au torse comme une seconde peau. Il est trempé de sueur, preuve qu'encore une fois, Sawyer ne m'a pas épargné.

Je ne suis même pas sûr qu'elle connaisse ce mot, bordel !

La seule chose que je sais, c'est que cette nana est un véritable despote. Un dictateur en robe fleurie et aux bras tatoués. Un tyran qui me souffle dans les bronches dès que je fais un pas de traviole.

Elle me rappelle l'un de mes anciens sergents instructeurs à « l'école ». Rollins était un putain d'enfoiré capable de me pousser tellement au cul que je finissais la tête dans la cuvette, à vomir tripes et boyaux.

Enfin, une chose est sûre : Sawyer est quand même plus mignonne que ce vieux connard tout fripé.

Bien plus mignonne. Beaucoup trop mignonne.

Dès qu'elle m'aboie dessus, c'est à peine si je me fous pas au garde à vous tellement elle est excitante, avec ses grands yeux bleus et son corps de déesse. J'crois que je suis en train de virer cinglé.

J'bande pour ma patronne !

Mais quelle patronne, aussi.

C'est qu'elle ferait bander un eunuque, la nana. La fée, donneuse de petite mort.

Et encore heureux !

Après dix ans à bosser comme un chien sous les ordres d'enfoirés trop décorés et fripés, j'ai bien le droit à un moment de répit.

Rien que d'y penser, j'ai la trique.

Les yeux rivés sur ma queue, je ne peux m'empêcher de hausser un sourcil.

Ouais, connasse, c'est par ta faute tout ça.

Plus qu'une option : faire redescendre ma trique d'enfer en l'assommant avec du gin.

J'attrape la bouteille d'alcool bon marché qui traîne sur le sol à mes pieds, en poursuivant ma route semée d'embûches jusqu'au frigo. Même les yeux bandés, j'pourrais me faufiler parmi les tas de conneries qui jonchent le parquet rayé de l'appartement, aussi facilement qu'à travers une rue d'Afghanistan.

Mes doigts grattent distraitement les cicatrices qui défigurent mon torse. La sueur et la douleur font pulser ces crevasses immondes qui me rappellent chaque jour que je ne devrais plus être là.

Chaque irritation, chaque tiraillement, chaque foutu mouvement difficile me rappelle que je ne suis plus l'homme que j'ai pu être.

Chaque seconde me tue un peu plus, comme le moins-que-rien que je suis.

Tu parles d'un survivant. Tout ce que j'étais de bien est mort là-bas. Il y a des morceaux de ma peau et de mon âme enfoncés sous une couche de sable et de chair brûlée.

Leurs chairs.

C'est chaque soir la même rengaine, depuis que je bosse à Wolf Rain. Le mélange de transpiration et de chaleur irrite ma peau déjà abîmée, et je me gratte jusqu'au sang. Comment réduire à néant six mois de cicatrisation.

Je pourrais arrêter de jouer au con et prendre soin de ces monstruosités, pour tenter de sauver ce qui peut l'être. En soi, pas grand-chose. Mais je pourrais me bouger. M'épargner cette douleur, cette piqûre de rappel.

À ma sortie de l'hôpital, on m'a prescrit un tas de merdes à appliquer sur mes plaies, pour réduire les effets des brûlures. Pour réduire ces traces qui se sont gravées sur ma peau contre ma volonté.

Mais je n'arrive même pas à les regarder sans gerber. Alors les toucher deux fois par jour, volontairement, c'est au-dessus de mes forces.

Du coup, j'endure. Peut-être que je le mérite après tout.

C'est comme foutre du sel sur une plaie.

Je dérouille sévère. Pourtant, le lendemain, je recommence. C'est comme une punition que je m'inflige volontairement. Ouais, je suis comme un foutu prisonnier qui s'autoflagelle à coups de ceinture.

Mais moi, ce ne sont pas les barreaux d'une cage qui me retiennent prisonnier. Non.

C'est ma peau marquée au fer rouge.

C'est mes muscles rongés.

C'est mes os brisés.

C'est mon putain de corps bousillé, marqué par un épisode traumatisant, qui continue de se jouer sous mes paupières, comme un film en noir et blanc dont on aurait oublié de couper les bandes.

Ça se rejoue, encore et encore.

Jusqu'à ce que je craque. Et que je tente de me faire sauter le caisson.

Je n'ai juste pas encore eu les couilles d'en arriver jusque-là.

Le nez plissé de dégoût, autant à cause de l'odeur nauséabonde qui règne dans l'appartement précaire que du tournant morbide que prennent mes pensées, je zigzague entre les détritus abandonnés.

C'est un putain de champ de bataille qui s'accorde parfaitement avec celui qui règne dans ma tête.

Entre la poussière, les fringues détrempées de sueur qui puent la mort et les cadavres de bouteilles d'alcool, j'ai l'impression de vivre dans une décharge.

Les bestioles en moins.

Avant toute cette merde, j'étais accro à la propreté. Simon me traitait même de gonzesse refoulée et me répétait à chaque fois qu'un vagin allait finir par me pousser si je continuais d'astiquer autant.

Putain d'idiot.

Ce type était aussi con que moi.

À présent, je sais même plus quand j'ai lavé du linge pour la dernière fois.

D'après Kiersen, la psy, c'est à cause de la dépression. Merde, d'après cette nana, tout est à cause de la dépression.

L'alcool que j'avale comme de l'eau? Dépression.

Mon obsession pour la chatte? Dépression.

Mon mode de vie merdique et désorganisé? Toujours. Cette. Putain. De. Dépression.

C'est la réponse à tout. Merde, c'est *sa* réponse à tout.

Autant dire que j'suis timbré et bon à enfermer. C'est presque une seconde peau qui me colle au corps, comme si le soldat surentraîné avait laissé place à une bouteille.

Mon ventre se met à grogner. Je n'ai pas becqueté depuis hier soir, au bar, et le goût acide du gin commence à me filer une gerbe d'enfer.

Les tempes bouffées par une migraine du tonnerre, je traîne ma carcasse jusque dans la cuisine.

C'est le même tableau, ici. La même image d'horreur qui ferait frémir ces accros au ménage. Des merdes traînent partout, du sol à la table en acajou qui trône au milieu de la pièce.

Ça va de la boîte de pizza oubliée au tee-shirt sale qui empeste la sueur et la merde.

La porte du frigo subit le même sort que celle de l'entrée. Je jette un coup d'œil à l'intérieur, en sifflant le reste d'alcool qui stagne au fond de la bouteille coincée dans ma paume.

L'air glacé me gifle le visage.

Vide.

Pas une seule trace de bouffe là-dedans.

Qu'est-ce que j'imaginais, merde? Je n'ai pas daigné foutre les pieds dans un supermarché depuis des semaines. Trop de monde. Trop de regards. Trop de messes basses qui me vrillent la nuque.

Ça fait au moins trois semaines que je n'ai pas trouvé le courage de m'y pointer par peur de craquer, et que j'avale des repas sur le pouce.

Je soupire.

Je suis baisé.

Je crève la dalle, en plus. Après une journée à nettoyer des dédales entiers, je pourrais engloutir mon poids en frites.

Une nouvelle lampée d'alcool vient me brûler le gosier. Comme si le whisky pouvait contenter mon estomac vide. Je jette un coup d'œil à l'écran de mon smartphone: 23h11.

Et merde…

À cette heure-ci, impossible de trouver quelque chose à bouffer.

À moins d'être assez timbré pour foutre les pieds dans l'un de ces bouis-bouis atroces, où la graisse n'existe que pour filer un cancer.

Ce soir, pas le choix. J'ai trop la dalle pour faire la fine bouche.

D'un pas traînant, ma bouteille toujours dans la main, je vais jusqu'à la chambre, où j'extirpe un tee-shirt sobre propre et un jean de la commode bancale qui occupe l'espace derrière la porte.

J'enfile le tout d'une main tremblante, le corps perclus de douleurs. Chacun des muscles de mes cuisses proteste. Ils sont épuisés.

Putain, je suis épuisé.

Mais pas assez pour parvenir à dormir. Jamais assez pour parvenir à dormir.

Je jette un coup d'œil dépité à mon lit. Ce ne sera pas pour ce soir. Mon regard dérive jusqu'à mon arme de service qui repose sur la table de nuit à côté.

À sa place.

Elle est chargée. Prête à faire feu. J'ai juste à appuyer sur la gâchette. Et je mets un terme à tout ça.

C'est ce que je me répète chaque soir, en allant me coucher, après une nuit de baise sans attache. Une balle, et c'est terminé.

Une balle, et je suis terminé.

Mais je n'ai pas les couilles de presser la détente.

Par peur de crever, ou par honte qu'ils me jugent de là-haut.

Je n'en sais rien.

Le fait est que je n'y arrive pas. Pourtant, mon arme reste là, nuit après nuit, près de moi, si jamais un jour je m'en fais greffer une paire.

À contrecœur, je détache mes yeux du neuf millimètres et quitte la chambre. J'abandonne la bouteille de Jack Daniel's sur la commode en sortant. J'attrape ma veste en cuir avant de sortir sur le perron.

Il fait nuit noire, je ne vois pas à un mètre devant moi. Toutes les lumières du quartier sont explosées. C'est comme ça depuis mon arrivée.

Quelques maisons à l'allure austère se dressent sur le côté de la route, aussi décharnées que leurs propriétaires.

Je dévale les marches, sans un regard en arrière. Rien ne m'attend ici. Pas de famille. De chien. Ou de souvenirs capables de m'aider à oublier toutes les pensées qui me vrillent le crâne.

Juste une pile de linge sale qui empeste.

Des bouteilles d'alcool vides qui se déversent sur le parquet.

Et un flingue chargé qui n'attend que mon courage pour mettre fin à toute cette mascarade.

J'enfourche ma bécane, une grosse Harley d'un noir d'encre que j'tiens de mon grand-père, le seul élément sauvable de cette famille, et l'instant suivant, j'décolle.

À moi le bar bon marché aux MST collées partout sur les sièges.

À moi les filles faciles qui écartent les cuisses pour quelques compliments factices. À moi la nuit d'oubli, baigné dans les effluves de sexe.

6

Sawyer

Les lignes de chiffres se mélangent sur mon écran, mais le total reste le même. J'ai beau retaper un à un chacun des numéros du bout des doigts, les mains tremblantes, il reste inflexible et démoralisant.

289,98 dollars.

300, si j'y ajoute les quelques billets qui traînent dans le coffre-fort. De quoi tenir quelques semaines, tout au plus. Un mois, au mieux, trois semaines, dans le pire des cas.

Je me mords la lèvre.

Les larmes me montent aux yeux.

Je ne peux pas me voiler la face plus longtemps. Certainement pas maintenant alors que j'ai la preuve sous les yeux. Noir sur blanc.

Il ne reste plus rien, juste une poignée de dollars froissés.

Le café brûlant me dessèche la gorge et retombe comme du plomb dans mon estomac vide. La réalité est dure à encaisser. Elle me tombe sur la gueule comme une brique. Je renifle, refoulant mes larmes.

Je suis à sec.

Les comptes du refuge pataugent dans le rouge depuis des mois, et ce n'est pas faute d'avoir essayé de les renflouer.

Et maintenant que mon compte personnel semble prendre le même chemin, le peu d'options raisonnables qui s'offrent à moi me laissent un goût amer dans la bouche.

Tout laisser tomber. Tout abandonner. Et repartir à zéro.

Ce refuge, c'est mon rêve. Mon chez-moi. La distraction qui m'a permis de ne pas sombrer suite au départ de Brandon et à la naissance de Willow. L'endroit où je passais mes journées, après la mort de maman.

Mon sanctuaire à l'odeur de chien.

Les lèvres pincées pour m'empêcher de sangloter, je plaque les mains sur mes yeux.

Je ne dois pas pleurer. Je ne dois pas craquer.

Mais ma poitrine continue de se serrer, jusqu'à me couper le souffle.

Je suis à sec.

J'ai beau me creuser la cervelle, je ne parviens pas à me souvenir du moment où tout est devenu aussi compliqué. Certes, s'occuper d'une cinquantaine de chiens n'est pas facile, mais nous ne jetons pas l'argent par les fenêtres !

Quatre-vingts pour cent de nos employés sont des bénévoles, et plus de la moitié de la nourriture servie aux recrues provient de dons généreux.

Pourtant, nous sommes au bord du gouffre avec un pied dans le vide. Si je ne trouve pas une solution, le second ne tardera pas à suivre le même chemin.

J'exhale un soupir tremblant.

Si Wolf Rain ferme ses portes, ou plutôt *quand* Wolf Rain fermera ses portes, je ne serai pas la seule à perdre mon emploi. Dasher, Lana et Axel se retrouveront aussi privés de source de revenus.

Une étincelle de culpabilité vient embraser mes veines.

Ils se sont autant investis que moi. Et voilà où nous en sommes. À deux doigts de la banqueroute.

Cette fois, c'est plus fort que moi : un premier sanglot creuse ma gorge.

Mon dos cogne contre le dossier quand je m'y laisse choir, privée de force.

Au fond de moi, je sais pertinemment ce qu'il me reste à faire. Mais l'admettre menace de m'arracher la langue.

Le seul moyen de sauver le sanctuaire est de me séparer de la seule chose qui me reste de mon mariage : la maison, celle où nous avions fait tant de projets.

Après cinq ans et demi, le mieux serait de tourner la page et de me focaliser sur ce qui me reste aujourd'hui.

Ma fille. Mon refuge. Mes amis. Pourtant, rien que d'y penser, ça fait danser un troupeau de gnomes sur mon cœur.

Sans pitié, ils le piétinent, encore et encore. Jusqu'à ce qu'il n'en reste plus rien. Je ravale un nouveau sanglot, la poitrine froissée par la douleur.

Je n'ai plus d'autres choix, à présent.

Pas alors que mes amis risquent leurs emplois. Par ma faute.

Bon sang, reprends-toi, Sawyer !

Je m'égosille mentalement, honteuse de me mettre à pleurer pour lui.

Durant des années, Brandon a été mon ami, mon fiancé et enfin mon mari. Il est celui à qui j'ai offert mon premier baiser puis ma virginité. Nous nous sommes mariés malgré les réprimandes et les menaces de nos parents respectifs.

Au début, nous avons vécu un véritable rêve éveillé, ce cliché du tout beau, tout neuf que vit chaque nouveau couple marié.

Mais les choses se sont très vite gâtées. Pendant des mois, j'ai bien essayé de sauver les pots cassés, sauf que c'était peine perdue. Il avait déjà décidé de tout plaquer, à la seconde où nous avons appris ma grossesse, pour suivre son rêve de grandeur.

Après tout, il était un Monroe.

Et bien sûr, Willow et moi ne faisions pas partie de l'équation. Nous avons divorcé onze mois après nous être mariés. Et trois jours après la naissance de ma fille. Comme l'enflure qu'il était, et est toujours, il n'est jamais venu la voir.

Pas même une seule fois.

Il a disparu de ma vie et de la sienne comme un foutu génie.

Fait chier! Cet homme est un idiot doublé d'un lâche, alors pourquoi je pleure?

Les mains tremblantes, j'extirpe une carte blanche au relief doré du tiroir de mon bureau. Du pouce, j'effleure les caractères gravés sur le papier.

Ferrell Immobilier

Ma gorge se serre, emprisonnée dans un poing invisible quand je tape les premiers numéros qui figurent sur le dos du carton. Arrivée au dernier, je suffoque, les sanglots crevant ma poitrine. Renoncer à cette maison, c'est renoncer à un ancien rêve de vie de famille normale. À un mari présent et fidèle.

Je ne me voile pas la face. Le refuge ne me laisse que très peu de temps pour rencontrer un potentiel mari.

Et même sans ça, après la trahison de Brandon, l'idée de me passer la corde au cou une seconde fois me paraît suicidaire.

L'amour c'est une pratique de masochiste.

Une fois j'ai misé et j'ai perdu mon corps, mon âme et un morceau important de mon cœur. Un trio échoué, perdu pour une histoire éphémère. Et je ne suis pas près de recommencer.

Mais ça ne m'empêche pas de chérir en secret le rêve de vivre un jour en famille.

La sonnerie m'arrache le tympan lorsque je colle le combiné contre mon oreille. Je retiens ma respiration, quand un coup résonne contre le battant de la porte.

Sauvée par le gong !

J'envoie mon téléphone voler sur le bureau et m'essuie les yeux d'un geste vif, pile au moment où la tête de Dasher apparaît dans l'entrebâillement de la porte. Mon ami et associé m'observe, les sourcils froncés, la mine inquiète.

– Tout va bien ici ?

Je hoche sèchement la tête, la bouche scellée.

– Marie vient de déposer Willow. La gamine est dans la planque de Garou.

Je jette un coup d'œil à l'horloge en forme de tête canine et écarquille les yeux.

16 h 08.

Mon envie de pleurer s'envole et je quitte mon siège à la volée, le cœur plus léger. Mon bébé m'attend. Je dépasse Dasher. Marie, c'est une ancienne amie de maman. Une femme géniale qui prend sur son temps pour garder Willow deux fois par semaine afin que je puisse m'occuper des finances du refuge.

Au pas de course, impatiente de retrouver mon petit bout de chou, je zigzague entre les cages, jusqu'à l'apercevoir dans l'allée six, en pleine discussion avec le nouveau volontaire.

Celui-ci s'est débarrassé de sa veste en cuir, et son marcel blanc lui colle à la peau. Ses cheveux sont ébouriffés comme s'il avait passé sa journée à y glisser les doigts. Mais ce qui attire mon attention, c'est sa peau rougie.

Un hoquet prend vie dans ma gorge et je serre les lèvres pour le réduire au silence. Son bras droit est brûlé, du biceps au poignet. Ça a l'air récent, assez pour que sa chair soit encore rougeâtre. Malgré son attitude de connard, je le plains. Ça a dû faire un mal de chien.

Mais Willow s'en fiche. Elle enchaîne, sans se soucier de l'impact de ses paroles :

– Qu'est-ce que tu as au bras ?

– Des brûlures.

Il serre les dents sans se retourner.

– C'est quoi, des brûlures ?

– Ce sont des… Laisse tomber.

Deacon secoue le menton dans un grondement irrité. Willow reste immobile, fixée sur lui. Il doit sentir son regard puisqu'il soupire.

– Tu es sûre que tu as le droit d'être ici, gamine?

– Ma maman, c'est la patronne, alors j'ai le droit d'aller partout.

– Sawyer? La fée? C'est elle, ta mère?

Willow hoche la tête en souriant. Sur la pointe des pieds, elle s'approche du bénévole, un rictus diabolique aux lèvres.

La fée, sérieusement? Il n'a rien trouvé de mieux? J'essaye de retenir un sourire, mais c'est vraiment difficile, alors qu'elle ne le lâche pas du regard. Pour ne pas arranger les choses, Deacon semble au bord du malaise. Il gigote, ne cesse de regarder par-dessus son épaule, et ses doigts tatoués sont moins agiles qu'avant.

Alors comme ça, le grand méchant militaire n'est pas à l'aise au milieu d'enfants? Marrant, quand on voit les cicatrices qui barrent ses phalanges.

Je ravale un ricanement.

– Et ça, c'est quoi?

L'épaule calée contre le mur, j'observe ma fille tourner autour du tatoué. Elle babille, un feutre rose entre les doigts. De la pointe, elle redessine les contours d'une ligne sombre sur son poignet.

– Des tatouages.

Je laisse glisser mes yeux sur son bras gauche, où s'étend un immense jet d'encre qui imite l'étendue de ses brûlures.

Une montre à gousset à la vitre brisée, d'où s'extirpent des plaques militaires, mange une partie de sa peau, et ses aiguilles brisées en cinq morceaux, ensanglantées, reposent, plantées dans ce que je suppose être du sable.

Elles forment une croix sombre, qui ne laisse que peu de place à l'imagination concernant leur signification. Il a gravé dans sa chair les hommes qu'il a perdus. Les amis qu'il a laissés derrière lui. La famille qu'il a vue mourir.

L'émotion me couple le souffle.

Sa balayette à la main, Deacon se décale, prêt à pénétrer dans le domaine de Mongrel. Je fais un pas en avant pour me glisser devant lui. Personne ne pénètre chez Mongrel, sauf les habitués.

Avant que je puisse esquisser le moindre mouvement pour l'en avertir, Willow s'interpose entre lui et la porte.

– Nooon, noooon, tu n'as pas le droit d'entrer ici.

Sa voix atteint un niveau de décibels qui alerte probablement tous les chiens du refuge. Son index se lève vers lui et danse de droite à gauche, dans un petit « non » comique.

– Maman, elle ne veut pas qu'on s'approche de Mongrel.

– Mongrel ? C'est qui, ça ? Encore un de ces put… foutus clébards ?

Willow hoquette. Je plaque ma main sur ma bouche pour étouffer mon rire.

– Tu as dit un gros mot !

– Non, c'est faux.

– Si, c'est vrai. Tu as dit fou… quelque chose !

Elle lui fait les gros yeux. Cette fois, j'explose de rire, incapable de m'en empêcher. Voir une gamine à peine plus grande que trois pommes lui faire la leçon vaut son pesant d'or, oh, ça oui !

D'autant plus que cette gamine téméraire, nullement effrayée par le noir sur sa peau ou ses cicatrices, c'est la mienne.

À la seconde où son regard croise le mien, un immense sourire enfantin vient étirer son visage. Ses petits pieds chaussés de ballerines résonnent sur le sol quand elle se précipite vers moi, les bras grands ouverts. Elle est magnifique dans sa robe bleue, les mains bariolées de taches de feutre.

– Maman !

La poitrine débarrassée de mon envie de pleurer, je m'abaisse à sa hauteur et ris quand elle s'enroule autour de moi à la manière d'un poulpe. C'est comme un énorme câlin et quelque chose dans ma poitrine commence à fondre de bonheur.

Ses jambes ceinturent mes hanches et ses doigts crochètent ma nuque. Les lèvres collantes de sucré, elle fait claquer un baiser sur ma joue. Je ne prête plus la moindre attention à mon employé, focalisée sur mon rayon de soleil. Je lui caresse les cheveux, savourant son odeur de bébé.

Je suis comme une droguée qui a besoin de sa dose. Cette gosse est ma raison de vivre. Mon bébé. Ma petite femme. Ma princesse. L'élever seule est un véritable challenge que j'essaye de relever chaque jour, mais je donnerais ma vie pour elle.

Pour lui assurer un avenir.

– Il voulait aller chez Mongrel. Alors je lui ai dit non, parce que tu m'as dit que personne n'avait le droit d'y aller. Dis, est-ce qu'il est vraiment méchant Mongrel ? Et le monsieur ? C'est qui ? C'est un ami de tonton Dasher ? Tu as vu, il a des tatouages. Et des…

Ses sourcils s'arquent. Elle se concentre de toutes ses forces. Son regard s'illumine quand elle parvient enfin à mettre le doigt sur ce qu'elle cherche.

– Des cicatrices. Il dit que c'est des brûlures. C'est quoi des brûlures, maman ? Tu crois que ça lui fait mal, dis ? Je peux en avoir, moi, des brûlures ? Parce que j'en veux pas, si ça fait mal, moi, maman ! Peut-être que tu devrais lui faire un bisou magique. Tu m'en fais toujours quand je me fais bobo en tombant au parc.

Son doigt s'enfonce dans ma joue. Un bisou magique, hein ? Elle en a d'autres, des comme ça ? Elle est encore trop jeune pour comprendre ce que ça implique, mais ça ne m'empêche pas de rougir jusqu'à la racine des cheveux, gênée. Sans s'arrêter, Willow continue de gazouiller, son excitation réveillant mon cœur.

Et je ne semble pas être la seule, puisque pour la première fois de la journée, le rire de Deacon me parvient.

– Je me passerais bien du bisou magique, petite.

Son arrogance me hérisse. Ce n'est pas comme si j'avais envie de l'embrasser, bon sang! Je préfère encore embrasser Mongrel! Je gonfle les joues en direction de Willow. Ma fille se met à glousser, ses questions et ses propositions enfantines jetées aux oubliettes.

– Et si on allait rejoindre tonton Dasher, mon chaton? Je crois qu'il a une surprise pour toi.

– Une surprise? C'est quoi? C'est des gâteaux au chocolat, tu crois? J'ai vraiment, vraiment envie de gâteau au chocolat. Mamie Marie a dit que ce n'était pas bon pour mes dents. C'est vrai, maman? Elles vont tomber, mes dents, maman?

Je me mets à rire.

– Non, bien sûr que non… sauf si tu en manges trop…

Elle bat des pieds pour que je la pose et glisse sa paume dans la mienne. Débordante d'énergie, Willow tournoie sur elle-même, le visage rayonnant de bonheur. Deacon nous observe de loin, la bouche fermée. Avant de partir, je lui lance par-dessus mon épaule:

– N'allez pas là-bas. Je m'occuperai de ce box toute seule avant de fermer, ce soir. Mongrel n'aime pas tellement les inconnus.

Bel euphémisme.

Ce chien n'aime personne. Parfois, j'ai même l'impression qu'il se déteste lui-même.

Le nouveau m'observe, le visage froissé. Je soutiens son regard sans sourciller, tandis qu'il m'examine avant de renoncer et de se remettre au travail. Je sais qu'il a remarqué mes yeux fuyants lorsqu'elle a prononcé le nom de Mongrel et qu'il crève d'envie de me poser la question.

Mais il reste muet, son balai à la main, les doigts tachés de feutre rose, comme si le salaud insolent de ce matin s'était fait la malle.

Des petits dessins roses s'étendent sur la paume de sa main.

– Willow a encore frappé, à ce que je vois.

Willow regarde en l'air, une mine parfaitement angélique collée sur les traits. Comme ça, on lui donnerait le bon Dieu sans confession, même avec les preuves de ses crimes sous les yeux.

Deacon baisse le regard sur ses mains et soupire. Cependant, j'aperçois un demi-sourire venir redresser les coins de sa bouche. Je me mords la lèvre pour ne pas éclater de rire.

Willow a ce don pour plaire à tout le monde.

Même à un militaire macho au bord du suicide.

7

Deacon

– Comment se passent vos journées au refuge?

Je me racle la gorge. Aucune réponse sensée ne me vient. Du coup, je hausse les épaules. Kiersen m'observe, ses lunettes sur le bout du nez, un étrange rictus sur les lèvres. Son obstination à obtenir une réponse me pousse à ouvrir la bouche:

– Ça se passe.

Sans m'étendre sur le sujet, je balaye des yeux le bureau. Même jour. Même heure. Même question. Mêmes meubles. Même psy. Mais cette fois, son intonation est plus humaine, moins robotique.

Avec minutie, je la détaille des pieds à la tête, à la recherche de tout ce qui a changé chez elle.

Elle semble plus… joyeuse. Plus féminine.

Débarrassée de son air hautain et de son tailleur trois tailles trop petit, elle est presque mignonne, avec ses cheveux auburn et ses yeux marron. Quoiqu'elle semble un peu raide à mon goût. C'est un coup à te geler la queue.

– Et avec Mlle Arcane, tout se passe bien?

Je retombe sur terre. La simple mention de la fée me fait grogner, et je crache la première chose qui vient:

– Cette nana est un putain de despote. J'ai l'impression de me retrouver à nouveau chez les marines dès qu'elle ouvre la bouche.

Chaque matin, cette dingue guette mon arrivée, aussi réglée qu'une horloge, et me chie une pendule quand j'ai une seconde de retard.

Rien qu'une putain de seconde.

C'est toujours la même scène. Elle m'engueule, me rappelle d'être plus ponctuel à l'avenir si je veux garder ma place.

Puis elle me colle une pelle XXL et un balai qui a vu des jours meilleurs et m'abandonne, sans un mot de plus.

Et tous les matins, je zieute le balancement de ses hanches comme un chien affamé, jusqu'à ce qu'elle disparaisse dans son bureau ou qu'elle se retourne pour me fusiller une dernière fois du regard.

Pas à dire, si jamais le refuge venait à couler, elle pourrait devenir instructeur de la marine, sans le moindre souci.

La psy rit doucement. Ça aussi, c'est nouveau. Je me retiens de lui faire remarquer. Son stylo note rapidement quelques mots sur son carnet, puis elle plonge son regard dans le mien.

– Mais ?

– Mais rien du tout. Elle est casse-couilles.

Si casse-couilles que chaque soir, j'rentre épuisé, bien trop crevé pour me saouler. Ou pour baiser. Après trois jours sans coucher, ma bite est aussi bleue que mes couilles.

Mais, hey, trois jours d'abstinence sexuelle et de sobriété, après avoir passé des mois scotché à une bouteille et abonné aux chattes de passage, ça se fête, non ?

Nouveau rire.

– Et est-ce que vous dormez, monsieur St. John ?

Je me tends.

Toujours les mêmes conneries, hein ?

– Comme un bébé.

Pour une fois, je ne mens pas.

La nuit, je m'endors à la seconde où ma tête touche l'oreiller, vidé. Encore un truc que je dois à Sawyer et à sa manière de rouspéter. Là-bas, personne ne me traite comme un enfoiré cousu et bosselé, handicapé, voire incompétent.

Merde, au contraire. Au refuge, il n'y a pas de place pour la pitié.

On me traite comme un homme en pleine possession de ses moyens, alors que ça fait bien longtemps que mes muscles ont lâché et que mon corps s'écroule sur lui-même. Pourtant, ils continuent de me confier des conneries, sans un regard pour mes cicatrices ni mes boiteries.

Surtout Sawyer.

Jamais elle ne se soucie de savoir si je suis capable ou non de passer des heures le balai à la main, ou si je ne suis pas en train de douiller quand je passe mes après-midi à me faire traîner par deux pitbulls excités.

Alors même si ça m'écorche la gueule de l'admettre, ce petit bout de femme m'épuise. Nuit après nuit, elle m'oblige à mettre mon corps en veille, sans avoir besoin de m'enfiler une bouteille de scotch à même le goulot et une chatte.

– Faites-vous des cauchemars, monsieur St. John?

Oui.

– Jamais.

Je mens. Même quand je suis éreinté, ils me rendent visite dans mes rêves. Ensanglantés, blancs, rongés, brûlés. Je me réveille en sueur. La bouche ouverte en un cri muet. Mais je dors.

C'est déjà une victoire en soi, non?

– Deacon.

Elle me dévisage.

– Monsieur St. John, c'est mon père.

– D'accord, monsieur… Deacon.

Elle me sourit.

– Vous entretenez de bonnes relations avec votre père, Deacon ?

Je secoue la tête. Le ricanement qui m'arrache la gorge semble lui suffire, puisqu'elle soupire et griffonne quelques mots sur sa page noircie. Mon paternel est un de ces enfoirés qui pensent qu'un paquet d'argent peut vous ouvrir toutes les portes.

Depuis mon enfance, notre relation s'est limitée à de courts instants de silence.

Puis quand j'ai décidé de rejoindre la marine et de renoncer à l'entreprise familiale, son indifférence s'est transformée en haine pure et dure. Au point que, depuis mon retour au bercail, ni lui ni ma mère n'ont pris la peine de demander de mes nouvelles.

Mais je m'en fous. Ils ne sont rien pour moi. Ma famille, je me l'étais créée, là-bas, au milieu du sable et de la chaleur.

– Et avec votre mère ?

Je grimace.

– Je vois… Avez-vous encore des contacts avec des membres de votre famille, quelqu'un qui vous aide à tenir le coup ?

Non. C'est mieux ainsi.

Mon silence répond à ma place.

– Et les familles de vos collègues, les avez-vous déjà revues depuis les enterrements ?

Ça me file un coup au cœur. Je me frotte la poitrine, inconsciemment. Kiersen n'en perd pas une miette, ses yeux de vautour suivant chacun de mes mouvements.

– Non plus.

Après leurs enterrements, j'ai disparu. Plus de coup de fil. Plus de visite. Je les ai abandonnés.

– Et puis-je vous demander pourquoi, monsieur… Deacon?

Parce qu'après leur mort, je suis devenu une loque. Bien loin de l'homme loyal que j'étais avant toute cette merde. Je suis devenu un pilier de bar incapable de s'endormir sans avoir baisé jusqu'à l'inconscience. Un enfoiré qui essayait de faire taire ses démons, rien qu'une seconde, sans jamais y parvenir.

Ils sont trop bruyants. Trop présents. Ancrés dans mon crâne jusqu'à la fin de mes jours. Ils jouent sur mon cœur. M'arrachent des bouts et font défiler dans ma tête des images que je préférerais oublier.

Et quand je pense à eux, à mes frères d'armes, à mes frères tout court, c'est encore pire. Ils m'engloutissent comme un raz de marée dévastateur. Un tsunami d'émotions qui me laisse instable et prêt à tout pour m'infliger une douleur que je suis certain de mériter.

Alors ouais, je ne suis pas digne de leur parler. Je ne mérite même pas de respirer dans la même pièce qu'eux. Après ma sortie de l'hôpital, je n'ai jamais essayé de reprendre contact.

Parce que j'ai honte de ce que je suis devenu.

J'ai honte des cicatrices qui m'entachent le corps. Des brûlures qui me renvoient là-bas dès que j'y pose les yeux. De la douleur qui me scinde le cœur, dès que je prononce leur nom.

J'ai honte d'avoir survécu, moi, l'homme sans attache, sans famille, alors qu'eux, ces pères, ces frères et ces fils sont morts. Par ma faute. Juste sous mes yeux.

– Ils n'ont pas besoin que je leur rappelle que j'ai survécu. Merde, après tout ça… toute cette merde, ils méritent de vivre sans que je vienne leur rappeler ce qu'ils ont perdu.

Je jette un coup d'œil à ma montre.

C'est possible d'être aussi maudit? Bordel! J'ai dû pisser dans les céréales du Grand Manitou pour avoir aussi peu de chance, ce n'est pas possible autrement. Sans perdre une seconde, je quitte mon siège et récupère mon blouson de cuir.

– Merde, j'vais être en retard au boulot!

Kiersen m'observe, la bouche ouverte, sans comprendre ce qui se passe. Sans prendre le temps de m'arrêter pour lui expliquer, je m'élance vers la sortie.

– À la semaine prochaine, doc!

Je prends mes jambes à mon cou, claquant la porte du bureau derrière moi. La psy crie dans mon dos. Sauf que je ne m'arrête pas. Je vais être en retard. Encore.

Je suis sûr qu'elle est déjà en train de m'attendre, prête à m'arracher la gorge. Ça me plaît plus que ça ne devrait. J'enfile mon cuir en courant, les yeux fixés sur ma bécane garée sur le parking handicapé.

Une fois dessus, je fonce en direction de Wolf Rain, la poitrine lestée d'un poids dont je ne parviens pas à me détacher.

***

La moto dérape sur le gravier, envoyant des cailloux se vautrer contre la façade du bâtiment. Une fois la béquille dépliée, je quitte l'assise de la Harley avec empressement. Les muscles ravagés de mon bras et de ma jambe protestent. Comme si j'avais le diable aux trousses, je me mets à courir jusqu'à l'allée centrale qui mène à chaque cage du refuge.

Bien entendu, Sawyer m'attend, raide comme un piquet, le dos posé contre le bâtiment. Elle ne passe pas inaperçue avec son sweat-shirt rose pastel qui couvre ses bras, alors que moi, je crève de chaud sous ma veste en cuir.

Mon cœur s'emballe.

Sur le tissu de son sweat, pile sur sa poitrine de rêve, s'étendent les mots : « *Lazy is a very strong word. I prefer to call it selective participation*[1]. » en blanc

1. « Paresseux est un mot trop fort. Je préfère parler de participation sélective. »

cassé. Sérieusement ? Je me marre tout seul, la bouche couverte par mon casque.

Merde, cette nana est une véritable gamine !

Une gamine à la gueule de fée, qui fait tressauter ma queue tandis qu'elle s'approche de moi, la mine patibulaire. Comme si elle pouvait m'effrayer. J'en ai bouffé des biens plus grands qu'elle, en Irak. Mais à l'idée qu'elle essaye de m'impressionner, ma bite devient encore plus dure.

Enfin, si c'est encore possible.

Dès qu'elle est dans les parages, je bande comme un âne.

Ce sera quoi aujourd'hui, ma punition ? Un balayage complet du refuge ? J'y passerais des heures.

– C'est une manie chez vous d'arriver en retard, monsieur St. John ?

– Disons que j'aime me faire désirer…

La fée me fusille du regard, les joues rouges d'embarras. Tiens, tiens, tiens, alors elle a une fille, mais une petite anecdote sexuelle la met mal à l'aise ?

Un sourire goguenard me monte aux lèvres. C'est adorable. Elle est adorable. Même quand elle bombe le torse en essayant de paraître plus grande qu'elle ne l'est.

La coloration qui embrase sa peau satinée me file l'eau à la bouche. Merde, j'suis vraiment en manque. Trois jours sans tremper ma bite, et voilà que je bande pour ma patronne et ses mimiques d'ado prépubère.

– J'étais chez la psy. Et j'peux vous dire que quand elle commence à parler, elle s'arrête plus. Un vrai moulin! J'crois même qu'à ce stade, c'est elle qui devrait me payer pour l'écouter.

Je dramatise un peu. Depuis que j'ai accepté de venir passer mes journées ici, à nettoyer de la merde et à puer le chien, Kiersen semble avoir décidé de me lâcher un peu de lest. Mais la façon dont Sawyer me regarde, à la fois amusée et incertaine, me pousse à essayer de bannir toute trace de malaise de son visage si séduisant.

Les yeux rivés aux miens, elle secoue la tête, faisant valser le chignon à moitié défait sur le haut de son crâne. Une mèche décolorée glisse sur sa joue. L'envie d'y passer les doigts me prend à la gorge. Je serre les dents.

Merde, sérieusement? Je suis quoi, une foutue collégienne?

– Alors, c'est quoi ma punition, aujourd'hui? Vous allez me faire récurer les chiottes du club avec une brosse à dents et à poils?

Un minuscule sourire fait frémir le coin de sa bouche. L'idée semble lui plaire. Plus que nécessaire d'ailleurs. Merde, comme un con, je viens de lui filer une nouvelle idée pour me torturer.

Pourtant, je n'arrive pas à m'empêcher de sourire à mon tour.

– C'est une bonne idée… mais j'allais vous proposer de venir m'aider avec les chiens, aujourd'hui.

D'un coup de menton, elle désigne l'espace grillagé dans mon dos. Je mets une seconde avant de parvenir à détacher mes yeux des siens. Quand ils pétillent de malice, le bleu de ses iris devient plus clair et semble pailleté d'or.

Mauviette. Je deviens une mauviette.

– Avant de pouvoir quitter le refuge, chaque recrue doit apprendre quelques ordres basiques. Les trucs simples, quoi. Comme couché, pas bouger, assis, et non. Surtout le non. Les chiens ont un sérieux problème avec le mot *non*.

Je regarde par-dessus mon épaule, pour apercevoir une meute de pitbulls colorés, occupés à sniffer les alentours. Deux tables en bois clair se dressent au milieu du cercle. Des monticules verts et orange de différentes formes y traînent aussi.

J'ai aucune idée de ce à quoi ils servent.

Mais c'est toujours mieux que de passer des heures à brûler sous le soleil, les narines saturées par l'odeur de merde. Je hausse les épaules.

– Avec plaisir.

8

Sawyer

Vous vous êtes déjà mangé un pitbull excité de cinquante kilos en pleine poitrine ? Non ? Eh bien, ça fait un mal de chien.

Sans jeu de mots, bien sûr.

Entre le vol plané, les griffes enfoncées dans la peau et les coups de patte dans la gueule, c'est comme se faire charcuter par Freddy et en même temps se prendre un semi-remorque en pleine poire.

Le souffle coupé par le choc, je tangue sur mes pieds, les bras lestés par un chiot surexcité.

Dans mon dos, Deacon ricane. Puis, sans que je puisse m'y préparer, sa main tatouée vient se glisser contre ma peau pour m'aider à garder mon équilibre. Je censure un frisson lorsque son pouce frôle ma hanche nue. Sa peau calleuse réveille chacune de mes terminaisons nerveuses avec autant d'efficacité qu'un feu de cheminée brûlant en plein hiver.

Tout doux, Sawyer. Souviens-toi de qui il est. Ta nouvelle recrue. Le nouveau militaire suicidaire et instable. Celui contre lequel tout le monde te met en garde.

Le pitbull toujours dans les bras, je lui jette un coup d'œil par-dessus mon épaule, cachée derrière mes mèches blanches.

Entouré de tous les côtés par des chiens excités, Deacon sourit. Un vrai sourire. Mon regard ne peut s'empêcher d'errer sur son corps musclé.

Les manches de son polo remontées sur ses avant-bras marqués à la fois d'encre et de cicatrices, Deacon transpire la virilité avec ses tatouages et son regard sombre. Tout en muscles, il me dépasse de deux bonnes têtes au moins. Du haut de son mètre quatre-vingt-dix au bout de ses rangers de motard, il inspirerait à n'importe quelle nana dotée d'une libido active des envies classées X.

Il semble adorer ça.

Pire, il en joue, comme tout bon canon qui se respecte.

Comment lui en vouloir ? Avec sa gueule, aucune femme sensée ne lui résisterait. Enfin, jusqu'à ce qu'il ouvre la bouche et lâche le flot de conneries qui couve toujours derrière ses lèvres pleines.

Parce qu'en plus d'être assez mignon pour réveiller mes envies, il me donne du fil à retordre, comme si ce n'était pas assez de boulot de m'occuper d'une trentaine de chiens.

Depuis son arrivée, je me pointe chaque jour dix minutes en avance pour l'attendre sur le pas de la porte de mon bureau. Et chaque matin, il débarque deux minutes en retard et me sert la même merde, en souriant.

Comme si un sourire suffisait pour tout lui pardonner.

Surprenant mon regard de l'autre côté du grillage, Lana éclate de rire et fait mine de s'éventer à l'aide de sa main. Mes joues virent au rouge pivoine.

Et merde.

Prise la main dans le sac.

Un sac très, très, très sexy. Mais interdit. Honteuse de m'être fait avoir comme une ado en pleine contemplation du jardinier du voisin, j'enfonce la tête dans la fourrure soyeuse de Stella en essayant de masquer mon embarras.

J'ai vraiment besoin de baiser. Mais certainement pas avec mon employé, aussi mignon soit-il.

– Si on commençait?

Le rire amusé de mon amie et associée continue de résonner dans mon dos quand enfin, nous nous mettons au travail.

***

Une heure plus tard, Deacon se débrouille comme un chef. Sûr de lui et patient, il maîtrise chacun des ordres et fait des merveilles avec Stella.

– C'est très bien. Maintenant, fais-la te rejoindre pour la féliciter. On va s'arrêter là pour aujourd'hui.

Un signe de la main et Stella se rue à ses pieds, excitée comme une puce. Elle se laisse tomber sur ses rangers, le ventre à l'air.

Satisfaite, j'observe Deacon se pencher pour la gratouiller entre les pattes.

Cet exercice était une réussite. Et pas que pour les chiens. Pour Deacon aussi.

C'est Brock qui a eu l'idée de tester sa patience et jusqu'ici, l'ancien militaire s'est comporté comme un véritable gentleman, à l'écoute et réactif. Ce n'est pas parfait. Mais c'est encourageant. Quelques volontaires, dont Cherry, se sont regroupés devant le grillage pour observer le nouveau venu faire ses preuves.

Ou plutôt le mater en douce.

Je me retiens de grogner. Deacon les ignore, concentré sur la meute qui se court après.

– C'est quoi son histoire ?

Du menton, Deacon désigne Garou. Pas impressionné par le fait d'être entouré par une meute de pitbulls pesant trois fois son poids, le border terrier frétille, la langue pendante.

Je ricane quand il se vautre, ses pattes minuscules se dérobant sous lui alors qu'il prenait son élan pour s'élancer sur le dos de Stella.

– Il s'est pointé un matin et il n'a plus jamais voulu repartir.

Je hausse les épaules, un rictus amusé aux lèvres.

– On ne sait pas vraiment d'où il vient ni quel âge il a. On ne sait même pas s'il s'est enfui de lui-même ou si on l'a jeté à la rue. Un matin, il était juste… là. Au moment où Willow a posé les yeux sur lui, ça a été le coup de foudre. Depuis je n'ai jamais eu le courage de les séparer.

À la mention de ma fille, un microsourire étire sa bouche.

– Elle a quel âge, déjà ?

– Quatre ans et demi.

– Plus tard, elle va faire des ravages. Et je ne parle pas seulement de son visage d'ange. J'ai mis une heure avant de me débarrasser de tous ses dessins, hier soir.

J'éclate de rire.

Oh, oui… j'ai du mouron à me faire. Avec son sourire de poupée et ses idées, Willow est une pile électrique qui renverse tout sur son passage. Le rire de Deacon se mêle au mien.

Agacé d'être ignoré, Garou s'élance dans ma direction, apportant dans son sillage une Stella surexcitée.

Et cette fois, ce n'est pas un, mais deux chiens qui me foncent dessus à pleine vitesse. Je grimace quand ils me percutent à vive allure sans prendre la peine de s'arrêter.

Mes genoux flanchent. Pour la seconde fois de la journée, les doigts de Deacon se posent sur ma hanche pour m'empêcher de me vautrer. Débarrassée de mon sweat-shirt, la chaleur de sa paume contre ma peau est encore plus vive que la première fois.

Je me lèche les lèvres, nerveuse.

Comme statufié, Deacon m'observe, ses yeux passant de ma bouche à sa main balafrée, gentiment posée sur ma peau.

La bouche entrouverte, je reste comme une idiote à le fixer, jusqu'à ce que la voix d'Asher s'élève et me renvoie sur terre.

– Sawyer ! La vieille est revenue. Tu veux que je m'en charge ?

D'accooord, ça, ça craint.

Mon corps se raidit. Comme s'il avait senti la brusque tension qui enflamme mes veines, Deacon se fige. Comme un soldat rodé à l'exercice, ses yeux verts balayent les alentours, à la recherche d'une menace invisible.

Sous son tee-shirt taché, je vois ses muscles se tendre. Sa bonne humeur semble s'être envolée au profit d'un calme froid, presque meurtrier. Le contraste avec l'homme qui riait avec moi encore une seconde auparavant est saisissant.

Douloureux.

Sa mâchoire se serre.

Pour la première fois depuis son arrivée, je vois le militaire instable dont tout le monde parle. L'homme effrayé par des ombres qui ne dansent que dans sa tête.

Ça me file un coup dans le plexus. Ma gorge se serre. Je me retiens de lui dire qu'il n'y a rien à craindre, que la seule menace ici, c'est l'un des vestiges de mon passé qui patiente dans mon bureau, prêt à m'enguirlander.

Pas de salauds armés ici, juste une ancienne belle-mère au jugement facile.

Mais je ne suis pas sûre de pouvoir contrôler ma voix si je l'ouvre. Autour de nous, des jappements ennuyés s'élèvent. Garou vient glisser son museau humide dans ma paume. La chaleur de son petit corps collé à ma jambe me donne la force de me lancer.

Je lui souris, les doigts refermés dans sa fourrure.

– Je peux te les laisser? je chuchote.

Deacon vrille ses orbites aux miennes, le visage froissé par un mélange de sentiments que je ne parviens pas à identifier. Puis, au ralenti, il hoche la tête, se recule d'un pas. Sa main quitte mon dos et je serre les dents, privée de sa chaleur.

Dasher m'observe, les sourcils froncés.

– Tu es sûre d'avoir envie d'y aller? Je peux m'en occuper, m'assurer que c'est la dernière fois qu'elle vient nous emmerder.

Je secoue la tête. Dasher connaît toute l'histoire qui m'unit au vestige en question. En bon ami, il m'a plusieurs fois mise en garde contre Brandon et sa famille. Mais folle amoureuse comme je l'étais, je n'ai jamais pris la peine de l'écouter.

Malheureusement pour moi, il avait raison. Brandon et sa famille étaient une bande de chacals, prêts à me dépecer au moindre signe de faiblesse. Et faible, je l'étais. L'inquiétude peinte sur son visage fait se tordre mon cœur. Je pose ma main sur son bras, en essayant de lui sourire.

– Ça va aller. Ce n'est pas la première fois qu'elle débarque à Wolf Rain.

La première fois, c'était pour me remettre les papiers du divorce. Parce qu'il n'avait pas eu les couilles de le faire lui-même, bien entendu. Mauviette. La seconde, c'était pour exiger de voir sa petite-fille. Ce jour-là, elle était repartie avec la trace de ma main dessinée sur la joue.

– Évite de lui péter le nez. En fait, non, fais-le, mais n'oublie pas de tout filmer, cette fois! L'autre fois, avec Lana, on a tout manqué!

Le majeur fièrement dressé, mais la poitrine plus légère, je quitte le cercle grillagé, Garou sur mes talons.

Mon cœur se serre à chaque pas qui me rapproche du bureau.

Quand enfin j'y pénètre, je me fais violence pour ne pas mettre à la porte *manu militari* la femme coincée dans une robe sur mesure. Je sais à quel point elle peut être tenace. Alors je prends sur moi pour régler le problème malgré mon envie de prendre mes jambes à mon cou.

– Lya.

Mme Monroe me fusille du regard, hautaine jusqu'au bout des ongles. J'utilise son prénom comme une arme. Dans la guerre qui m'oppose à mon ancienne belle-mère, tous les coups sont permis.

Brièvement, mes yeux balayent son corps mince et tonique pour une femme de son âge. Ils s'arrêtent sur l'immense diamant étincelant à son doigt. Je ravale une pique acerbe.

Comme quoi, quand on a de l'argent, l'amour est surfait.

Sa bouche peinte de carmin se tord de dégoût lorsqu'elle aperçoit mon tee-shirt sans manches et les tatouages qui colorent ma peau.

– Sawyer.

Sa rancœur dégouline dans sa voix, comme si elle n'essayait même pas de censurer la haine que je lui inspire. Il y a encore une année, ses rancunes mal dissimulées m'auraient mise à terre.

Mais à présent, le seul sentiment que m'inspire cette femme, c'est de la lassitude.

De la lassitude et de la haine.

– Où est Willow ?

Je fais mine de ne pas comprendre.

– J'aurais aimé l'emmener prendre une glace, ou peut-être voudrait-elle aller au parc avec nous ? Aime-t-elle y aller ? Nous pourrions l'emmener en Suisse, durant nos vacances. Nicolas en serait ravi !

Je ravale un rire amusé. Une glace ? Et un séjour en Suisse ? Sérieusement ? À d'autres ! Pas une seule fois elle ne s'est pointée durant les cinq premières années de sa vie et maintenant, elle pense pouvoir débarquer et exiger de moi que je la laisse l'emmener en vacances ?

– Et la vraie raison, maintenant ? Je n'ai pas le temps de jouer, Lya. Certains d'entre nous travaillent.

Et ne se reposent pas sur les millions de son défunt mari.

– Ne sois donc pas si vindicative, ma pauvre Sawyer, ça ne te va pas au teint ! Mon fils aimerait voir sa fille, voilà tout !

À la mention de Brandon, la colère explose dans ma poitrine comme une balle. Je me tends, les poings serrés de rage. Il aimerait voir sa fille ? Mes dents s'enfoncent dans ma langue. Le goût du sang me soulève le cœur.

Ne pas hurler. Ne surtout pas hurler.

– C'est son droit, après tout ! Tu ne voudrais pas priver ta petite fille de son père, n'est-ce pas ? Après avoir grandi sans le tien, tu devrais comprendre que ce n'est pas facile pour une fillette d'accepter d'être privée de sa seule figure paternelle.

Cette fois, c'en est trop. La digue qui retenait jusque-là toutes les insultes que je gardais pour moi depuis des années vole en éclats. Un morceau de shrapnel vient m'écorcher le cœur.

– Brandon a fait des erreurs, mais il souhaite sincèrement se racheter.

Je crache un rire jaune, la gorge compressée par un mélange de douleur et de rage. Mes larmes me brûlent les yeux. Ce sont des larmes de rage. De colère. De haine. Mes paupières papillonnent pour les empêcher de couler.

Ça lui donnerait l'impression d'avoir gagné. Encore.

– Eh bien, vous lui direz qu'il a perdu ce droit le jour où il s'est barré en apprenant sa naissance.

Ma voix claque. D'autres mots moins polis se précipitent sur ma langue. Lya se hérisse. Ses doigts fins viennent effleurer son collier de perles d'un geste nerveux. Ses yeux fuient mon regard.

– Voyons, Sawyer…

Je secoue la tête. Hors de question d'entendre encore un seul mot provenant de sa bouche. Pas si elle veut repartir indemne.

– Je crois que vous feriez mieux de partir. Maintenant.

Lya hésite, puis, enfin, elle renonce. Elle me tourne le dos, dans une volte-face théâtrale. La porte claque derrière elle.

Quand le bruit de ses pas martelant le macadam s'estompe, je m'écroule dans mon siège, à bout de forces.

Alors comme ça, à présent, il veut la voir? Il n'en est pas question. Merde, il n'a pas le droit de faire ça. Il n'a pas le droit d'essayer de revenir dans sa vie. Pas après tant d'années passées à l'ignorer. À faire comme si elle n'était pas digne de son patronyme.

L'enflure égoïste.

Je bouillonne.

Depuis gamin, Brandon est habitué à avoir ce qu'il veut, quand il le veut, et surtout comme il le veut. Mais cette fois, dommage pour lui, je suis en travers de sa route, et il faudra plus que des avocats pompeux et des menaces pour me faire bouger.

Je vais tout faire pour qu'il reste aussi loin que possible de Willow. Reste à savoir comment.

Parce qu'un malheur n'arrive jamais seul, n'est-ce pas?

9

Deacon

– Allez, bon sang ! Saloperie de voiture ! Démarre !

Le cul posé sur le siège de ma Harley, le soleil réchauffant mon dos sous ma veste en cuir, j'observe mon boss s'exciter sur son tas de ferraille, les joues rouges de colère. Ça fait dix minutes qu'elle essaye de le faire démarrer en jurant à s'en arracher les cordes vocales.

En vain.

À chaque coup de clé, le moteur fait un bruit de pétard mouillé avant de s'éteindre. Faut être con pour ne pas comprendre qu'il a rendu l'âme, le vieux tacot. Sauf que Sawyer continue de s'acharner dessus, priant sans doute pour un miracle.

Dommage pour toi, la fée, les miracles, ça n'arrive jamais dans la vraie vie.

Après un énième essai infructueux, Sawyer passe une main rageuse dans ses cheveux décolorés, pour dégager sa figure.

Sa mâchoire est serrée, prête à imploser, et ses joues aussi rouges qu'après une bonne partie de jambes en l'air. Des mèches collent à la sueur qui couvre son front.

Le spectacle n'est pas déplaisant, loin de là, surtout après avoir passé une journée entière à subir son courroux de sergent instructeur en robe fleurie.

Journée de merde, soirée de merde.

J'ai dû nettoyer plus de merde ces six dernières heures qu'en trente putains d'années. Au point que j'ai l'impression que l'odeur va me rester dans le nez jusqu'à la fin de mes jours.

De quoi te coller une nausée d'enfer, à vie.

Bouffée par la colère, Sawyer crache des insultes comme un chat en colère, sa bouche tordue de rage. Manque de pot, chacune d'elles agrandit le sourire scotché sur mes lèvres.

C'est qu'elle peut être vulgaire quand elle veut, la petite ! Enfin, surtout quand sa gosse n'est pas là. Le démon rose bonbon a cet effet sur les gens. Il zappe leur vulgarité et les rend mielleux. Mais faudrait être aveugle pour lui résister. Le dos raide, Sawyer s'extirpe de l'habitacle surchauffé de l'ancienne Ford. Ses baskets rose fuchsia contrastent avec le sable orangé sous ses pieds.

Alors qu'elle se dirige vers l'avant du véhicule, son pied minuscule percute le garde-boue dans un brusque accès de rage brut.

Cette fois, je ricane. Elle se retourne, m'observe, et un éclat de colère passe dans ses yeux quand elle me voit planté là comme un con, à la regarder galérer.

Désolé, chérie. Je n'ai rien du prince charmant.

On se jauge du regard une seconde.

Je m'attends presque à ce qu'elle m'insulte, moi aussi, perdue dans sa colère. Mais elle se contente de secouer la tête, comme si je n'en valais pas la peine, et continue son chemin.

Sans perdre une seconde, elle se débarrasse de sa veste, soulève le capot et y enfouit sa main minuscule. La moitié de son bras disparaît dans le cambouis, de quoi réveiller les prémices de mon angoisse. Sur la pointe des pieds, pour espérer apercevoir le trouble-fête, elle se penche en avant, faisant pigeonner ses seins.

Alors ça, c'est un spectacle que je ne manquerais pour rien au monde. Surtout qu'il vaut de l'or. Elle a une paire de nichons d'enfer. Ni trop gros, ni trop petits. L'idéal pour finir dans ma bouche. Ou dans n'importe quelle bouche. Je ne suis pas jaloux.

Quel putain de pervers je fais !

Elle galère, et moi je bande comme un chien.

Mais je suis pour l'égalité des sexes. Qui sait, elle sait peut-être se servir d'un cric comme une déesse.

Je reste encore une dizaine de minutes à la regarder se mettre à dos tout l'Univers en maugréant contre une partie de la population, avant de me décider à me mettre en marche.

Je n'ai rien d'un preux chevalier en armure étincelante, mais je sais me débrouiller avec des gonzesses abattues.

Pourtant ce n'est pas tellement l'envie de jouer au héros qui me fait avancer, la bécane chromée entre les cuisses.

Non, ce sont ses yeux pleins de larmes.

Enfin, ça et l'affaissement de ses épaules, comme si en une seconde, elle devait porter tout le malheur du monde sur son dos. Seule, parce que personne n'est là pour l'aider.

Je ne connais que trop bien ce sentiment.

Celui d'être seul au monde.

Il est inscrit dans mes os depuis gamin.

Gravé sur ma chair depuis quelques mois.

Et pour une raison étrange, je hais le voir se refléter dans ses yeux. Ça court-circuite quelque chose dans ma poitrine. Ça fait sauter mes dernières résistances.

Mes rangers plantées dans le sol, je m'arrête à côté d'elle et lui tends mon casque.

– Besoin d'un coup de main, bébé ?

Elle grimace. Une tache de cambouis souille sa joue.

Mais même couverte de merde des pieds à la tête, elle me fait un effet monstre.

– J'ai surtout besoin d'un bon mécano… ou d'une batte de baseball.

Elle claque le capot. Je ricane. Mon doigt tapote mon guidon en rythme.

– Désolé ma belle, j'suis une brêle en mécanique. Mais j'peux t'aider à lui faire sa fête, s'il n'y a que ça pour te faire plaisir.

Elle relève la tête et essuie ses joues.

– Pff... Tu parles... Je le regretterai demain matin quand je devrai marcher jusqu'ici avec Willow sur le dos.

Je ricane.

– C'est bon pour le cardio...

Sawyer pince les lèvres.

– Est-ce que tu es en train d'insinuer que j'ai besoin de faire plus de sport?

Je secoue la tête, sans pouvoir m'empêcher de sourire. Mon regard divague sur son corps. Non. Pas besoin de sport. Ou peut-être du sport en chambre. La mienne, de préférence.

Suivant mon inspection, elle se renfrogne en regardant son ventre plat. Du pouce et de l'index, la blonde pince un excédent de graisse sur sa hanche. Ses ongles sont peints en vert pomme. Elle est adorable.

– Je le perds quand je veux... et puis, figure-toi que ça tient chaud!

Je me retiens de lui dire qu'ici, à Vegas, il fait toujours chaud. Pas envie de m'en manger une en pleine tronche. Surtout pas, vu les griffes acérées qu'elle fait bouger devant mes yeux, en signe d'avertissement. Je lui tends une seconde fois le casque sombre.

– Monte, je te ramène.

Sawyer m'observe entre ses cils.

– Je ne pense pas que ce soit une bonne idée…

Elle s'interrompt. Les rides sur son front se font plus marquées. Je ravale une pique.

– À toi de voir, la fée…

Je hausse les épaules, sous mon cuir.

– Je peux te déposer chez toi.

Je démarre le monstre entre mes cuisses, savourant les vibrations.

– Ou tu peux rester ici, toute la nuit, à te cailler le cul en maudissant tes ancêtres ! Je suis sûr que Mongrel partagerait volontiers sa grotte avec toi. Dans les deux cas, moi, j'me casse.

Elle trépigne, incapable de se décider. Pour un peu, je dirais que je lui colle une trouille bleue. Je lui offre mon sourire le plus aguicheur.

– T'inquiète pas, ma belle… je ne mords pas… Sauf si on me le demande.

Une rougeur apparaît sur ses joues et elle me fusille du regard. Mais sa peur semble s'être atténuée. Je fais de mon mieux pour me retenir de lui rire au nez. Ce serait tenter le diable. Un diable très mignon, avec un cul d'enfer. Merde, je suis sûr que la population d'âmes en enfer triplerait de volume si c'était Sawyer qui était chargée de les faucher. Après une seconde à la regarder batailler avec elle-même, je pousse un soupir.

Les muscles de mes jambes protestent contre le poids de la bécane.

Je n'ai pas fermé l'œil de la nuit hier et je suis drainé jusqu'à la moelle.

Je ne rêve que d'une bonne nuit de sommeil, sans rêve ni souvenir. Juste cinq heures de pause où mon cerveau cesse de me torturer. Où mes muscles cessent d'exister.

La fée sursaute quand le moteur se met à ronronner après un brusque coup de poignet. Je la regarde une dernière fois et fais mine d'avancer.

Un brusque élan de peur passe dans ses yeux bien trop grands.

– Attends ! Je vais… Je vais monter… Oui, je vais le faire… Mais… comment je… Comment je suis censée…

Je ravale un rictus amusé. Avec autant de grâce qu'un chaton nouveau-né, Sawyer s'approche de la Harley, son indécision peinte sur la face. Elle n'est jamais montée à moto.

Pas de doute là-dessus.

Tout dans son langage corporel me le hurle à la gueule.

Bizarrement, savoir que j'suis le premier enfoiré avec qui elle monte fait vibrer quelque chose dans ma poitrine. Quelque chose qui me colle la trouille de ma vie.

Quelque chose de nouveau.

– Fais passer ta jambe derrière moi, avant que je décide de t'abandonner ici pour aller bouffer…

Au bout d'un moment, elle s'empare du casque noir mat et l'enfile avec difficulté, puis l'une de ses mains atterrit sur mon bras lorsqu'elle tente de faire passer une jambe à l'arrière du siège. Après moult difficultés, son cul atterrit enfin sur le siège, dans un « ouf » soulagé.

Je fais de mon mieux pour stabiliser la Harley.

– Ne t'avise même pas de rigoler…

Je lève les mains en signe d'innocence, sans parvenir à me débarrasser du sourire scotché sur mes lèvres.

Son corps reste en arrière, ses mains posées sur ses cuisses, sans savoir quoi faire.

– Je peux?

Sans attendre de réponse de sa part, j'entrelace nos doigts, ignorant le frisson qui la fait vibrer quand ma peau grêlée effleure la sienne. Je serre les dents de colère. Avec autant de douceur que je possède, malgré le dégoût amer qui stagne dans ma bouche, je l'attire contre moi et referme ses bras autour de mon torse.

Il lui faut une seconde pour comprendre, mais elle serre enfin ses mains autour de mes hanches, sécurisant sa prise avec autant de force qu'un oisillon nouveau-né. Testant ses résistances, j'avance d'un mètre et ricane quand elle couine dans mon oreille.

– Va falloir que tu serres plus fort, chérie, ou j'vais devoir te ramasser sur la quatre-voies dès que je vais accélérer.

Elle se tend. Et merde.

Très délicat, Deacon. Très délicat.

Je la sens à deux doigts de quitter son perchoir pour courir se réfugier loin de ce cercueil chromé. Comme un con, je pose mes doigts sur les siens.

Pour l'empêcher de me fuir ou pour l'aider à s'accrocher?

Je n'en sais rien. Mais cette fois, je note qu'elle ne frissonne même pas quand mes cicatrices l'effleurent.

J'en profite pour la toucher. Mon pouce caresse le dos de sa main. Sa peau est douce. Parfaite sous la mienne constellée de crevasses.

Dans mon dos, Sawyer se racle la gorge, mais après un petit moment, la tension de son corps disparaît et elle se laisse aller. Je prends une grande inspiration lorsqu'elle se colle à moi.

Ses seins se pressent contre mon dos, et elle cale sa tête contre ma nuque. Elle m'entoure complètement, et chaque friction de son corps sur le mien met mon cœur en branle, tandis que son odeur suave de fleur dont raffolent les gonzesses dans son genre grille mes derniers neurones.

Et cette fois, ce n'est pas de dégoût.

Merde, voilà que je deviens un de ces enfoirés.

Cet aperçu au goût d'interdit me dessèche la bouche.

Interdit.

Elle est interdite.

Hors limite.

Ma queue ne semble pas du même avis. Cette salope gonfle l'avant de mon pantalon cargo, aussi visible que le soleil en pleine nuit. Je serre les dents en maudissant tour à tour ma patronne, son cul de déesse et ma bite qui prend ses aises sans mon accord.

Comme si je venais de m'y brûler les doigts, je retire mes mains des siennes et avance sur l'allée gravillonnée.

– Tiens-toi bien, la fée. Ça me ferait chier de te perdre.

Puis, sans perdre une seconde, je démarre. Le trajet tire en longueur. Les bras de Sawyer autour de mon torse, pile sur mes cicatrices, me filent des palpitations.

D'habitude, je hais quand les femmes les touchent. Leurs bords boursouflés me rappellent que je suis le dernier en vie. Je hais sentir leur compassion, elle me poisse l'âme. Mais avec elle… ce n'est pas pareil.

Je rêve de sentir ses doigts sur mon torse. Merde, je rêve de sentir ses doigts partout.

Ma queue réagit à cette idée. Putain, il n'y a rien de pire que de conduire avec la trique. En fait, si. Conduire avec la raison de la trique accrochée au dos.

Enfin, après dix minutes de douleur intense, Sawyer tapote mon épaule, mettant fin à mon supplice.

Je ralentis, stabilise la Harley devant une maison minuscule à la peinture écaillée.

Sawyer retire son casque, me le tend et entreprend de descendre de la selle, avec la grâce d'un éléphant.

Chaque soubresaut de la moto entre mes cuisses me file l'envie d'éclater de rire, enfin, jusqu'à ce qu'une litanie de « désolée ! » quitte sa bouche, quand elle me file un coup droit dans le genou.

Je suis presque certain qu'elle l'a fait exprès !

Les jambes tremblantes, la fée se plante devant moi, les joues rouges.

– Tu… tu veux rentrer une minute ?

Je secoue la tête. Pas question de poser un orteil chez elle, alors que j'ai autant envie de l'embrasser. D'autant que sa gosse dort dans l'une des chambres.

– Tu es sûr ? Je crois qu'il reste des bières au frigo et de la pizza.

– Nan, chérie, j'ai des trucs à faire.

Une bite à dompter par exemple, avant de faire une connerie comme lui sauter dessus.

Sa fille, Deek. Souviens-toi de sa gosse.

Un minuscule sourire étire ses lèvres. Je n'arrive pas à savoir si elle est soulagée ou gênée que j'aie dit non.

– Oh, j'imagine… Eh bien… Je suppose que je devrais rentrer.

Elle jette un coup d'œil dans son dos, avise la place vide de son pick-up et grimace.

– Je passe te chercher demain.

Cette fois, c'est elle qui secoue la tête.

– Ne t'emmerde pas avec ça, je vais demander à Lana de passer me prendre. Tu en as fait assez pour ce soir, je crois !

Comme si elle m'emmerdait, bordel !

Les yeux fixés sur le ciel, je l'écoute chercher ses clés, les faire tomber et lâcher un rire gêné. Puis, sa voix revient :

– À demain, Deacon...

Le ronronnement de ma Harley couvre le bruit de la porte d'entrée. Son parfum floral continue de saturer mes narines. Putain, cette nana est un véritable aimant à emmerdes. Pourtant, je crève d'envie de me jeter la tête la première dans la gueule du loup.

10

Sawyer

J'ai eu envie de l'embrasser. Hier soir. Je mourais d'envie de l'attirer chez moi, pour enfin céder à la pulsion qui me pousse vers lui. Merde, j'en ai rêvé toute la nuit ! Enfin, jusqu'à ce que son petit « non » vienne ternir mes envies.

Non.

J'en ai encore l'ego tout égratigné. Pff… Il est temps de me trouver un homme. Un vrai de vrai.

Ma morosité s'envole quand j'entends le vrombissement familier du camion de livraison ! La survie de Wolf Rain est essentiellement basée sur eux. Chaque mois, des bénévoles s'occupent de la collecte. Jusqu'ici, ça nous a toujours permis de tenir le coup, quand ça devenait trop dur. Je m'empresse de courir jusqu'au camion, et instantanément, la joie que j'ai ressentie en entendant le grincement familier des plaquettes de frein du camion s'envole quand les portes de la remorque s'ouvrent. Une déception amère me plombe l'estomac. Je comptais sur les dons mensuels pour tenter de remettre à flot les comptes du chenil.

Sauf que j'ai à peine de quoi tenir deux semaines, entre les croquettes et tout le nécessaire pour assurer le confort des chiens…

Mes bras retombent le long de mon corps avec autant de force que mon moral. Qu'est-ce que je vais faire, maintenant? À ce rythme-là, on fermera d'ici la fin de l'année. Je refuse cette éventualité.

J'aime mieux mourir qu'abandonner mes protégés!

– Ce serait le moment pour les chiens d'entamer une grève de la faim pour se plaindre du personnel, non? lancé-je à Deacon d'une voix trop enjouée pour être sincère.

L'ancien militaire ricane.

– Une grève de la faim? Tu parles! Ces enfoirés seraient prêts à se bouffer entre eux pour quelques croquettes, alors une grève…

C'est bien ça mon souci! Ces chiens sont de véritables morfales. Comment je suis censée contenter leur appétit vorace alors que nos stocks faiblissent de jour en jour?

Je bondis dans la remorque.

Onze paquets de croquettes, une douzaine de couvertures et quelques sachets de friandises. Bon, ce n'est pas grand-chose, mais on ne crache pas sur une main tendue, n'est-ce pas ? Surtout quand elle vous empêche de plonger définitivement dans le rouge.

– Tu m'aides à tout décharger ?

Il hoche la tête. Je ne perds pas une seconde. L'envie de pleurer m'oppresse la poitrine. J'ai besoin de faire quelque chose pour m'empêcher de m'effondrer. Les vingt minutes qui suivent se résument à moi en train de jeter des paquets de croquettes de cinq kilos à la face de Deacon.

Au bout du dixième, une partie de ma colère s'est évaporée. Mais la déception, elle, ruine toujours mes veines. Le dernier sachet de friandises au poulet séché coincé sous mon bras, je pousse un long soupir.

Je suis en sueur. Je crève de chaud et j'ai l'estomac pétri par l'angoisse.

Qu'est-ce que je vais faire, à présent ? Prier le ciel pour que des liasses de billets me tombent comme par magie sur le coin de la tronche ? Braquer une banque ? Sauter le pas et vendre la maison ?

Le militaire me tend la main. Je m'en empare et saute hors de la remorque. Étalé devant l'entrée de la remise, notre butin semble encore plus triste. Les bras croisés sur la poitrine, le front baigné de sueur, Deacon se poste à mes côtés.

– T'es sûre que c'est assez, la fée ?

– On va faire avec ce qu'on a.

Je hausse les épaules, comme si ça ne m'affectait pas.

On n'a pas vraiment le choix, de toute manière. Si on veut garder la tête hors de l'eau encore un peu, il va falloir se serrer la ceinture. Il me reste plus qu'à expliquer ça à une meute de pitbulls affamés, prêts à tout pour une ration.

Régime collectif. Tu parles d'une idée de merde. La moitié de nos protégés sont si maigres qu'ils font peur à voir, alors un régime? Autant leur tirer une balle.

– Sawyer?

– Qu'est-ce que tu veux que je te dise, Deacon? Les gens ne sont plus aussi généreux qu'avant et s'occuper d'une meute demande un paquet d'argent. Du coup, il n'y a pas le choix, va falloir se serrer la ceinture, mais ne t'inquiète pas pour moi, je vais me démerder, comme toujours.

Si seulement c'était aussi simple!

***

– Lana, tu as une idée de l'endroit où est la jeep? Elle était devant, ce matin.

– Dans la réserve, Deacon et Dash déchargent le reste des dons, répond-elle avec nonchalance.

– Le reste des dons? Comment ça?

– Je ne sais pas trop, vois avec eux. Ils sont aussi surexcités qu'après un match de football.

Sans plus d'explications, la brune disparaît au fond du bureau. C'est quoi encore, cette histoire?

On a déchargé tous les dons du mois ce matin! Alors à moins que mes prières aient été exaucées entre-temps... il n'y en aura pas avant le moins prochain, et encore, rien n'est sûr.

Je me rends au pas de course jusqu'à la réserve, à l'arrière du refuge. Le haut portail blanc est ouvert et j'aperçois l'arrière de la jeep. Des dizaines de paquets sont dispersés autour de la carrosserie.

Mon cœur menace de sauter hors de ma poitrine.

Je remonte l'allée jusqu'à la salle exiguë qui sent le poulet séché, pile quand Dash me dépasse, un sachet sur l'épaule. Deacon le suit de près, deux autres sacs à bout de bras. Il s'en débarrasse et se retourne vers moi. Un minuscule rictus déforme les coins de sa bouche quand il ressort et revient avec deux nouveaux sachets.

Je me décale pour les laisser passer, aussi excitée qu'une gosse un matin de Noël.

– Mais c'est quoi ce bordel? Vous avez eu tout ça où? Vous avez braqué un Petco sans m'inviter?

– Surprise!

Ça, pour une surprise, c'est une surprise! Un grand sourire bouffe le visage de Dasher. Celui du militaire se fait plus discret, mais il est indéniablement là.

– Je ne comprends rien...

– Figure-toi que cet enfoiré a réussi à convaincre la nana de l'animalerie de faire un don !

– Je n'ai rien réussi du tout. Elle en avait envie, c'est tout.

– Tu parles ! Elle bavait dès que tu ouvrais la bouche ! Tu lui aurais demandé la caisse, elle te l'aurait filée sans broncher !

– Conneries.

Le militaire danse d'un pied sur l'autre, subitement mal à l'aise.

– Désolé, boss, mais Cherry m'attend pour sortir Mongrel. Va falloir appeler Lana pour t'aider à décharger le reste !

– Ah, parce qu'il y en a encore ?

– Ben ouais ! Quand je te dis qu'elle est tombée amoureuse de la gueule du beau gosse ! Elle était prête à nous filer le reste de sa réserve, juste pour le faire sourire !

Bizarrement, quelque chose ternit ma joie. Amoureuse de la gueule de Deacon, hein? Pas que je ne le comprenne pas. Ce type est un tueur en série de petites culottes. Dash disparaît au volant du tout-terrain.

Dès qu'il quitte la pièce, l'atmosphère change complètement. La gêne du militaire semble s'être envolée. Il braque sur moi un regard intense, qui me fait me tortiller sur place.

Je m'humecte les lèvres.

– La nana de Petco, hein?

– Que veux-tu, la fée, je sais être charmant, quand la situation l'oblige.

Oh, ça, je le sais…

– Je n'en ai jamais douté. Elle était mignonne au moins?

Il hausse les épaules.

– Pas mon style.

– Et c'est quoi ton style, monsieur St. John? Les belles blondes?

– Les petites fées au caractère bien trempé.

Un sourire pervers étire ses lèvres. Mon bas-ventre se souvient subitement que je suis une femme.

Et merde! Qu'est-ce que je disais! Un sourire et pan, plus de sous-vêtements. C'est grâce à lui que Victoria's Secret se fait des couilles en or. Je me racle la gorge pour chasser la brusque tension qui m'oppresse la poitrine et bredouille la première chose qui me vient à la bouche:

– C'est gentil d'avoir fait ça pour les chiens. Ils seront contents de ne pas avoir à tenter une grève de la faim!

– Sauf que je ne l'ai pas fait pour eux.

– Oh…

Merde et re-merde. L'air me manque. La raison pour laquelle il l'a fait est implicite. Et ça me retourne de l'intérieur de l'entendre me le dire à voix haute. Déjà la veille, sa gentillesse a failli me faire craquer.

Calme-toi ! Sage ! C'est ton employé.

Employé. Employé. Employé. Employé. Employé. Employé. Employé.

– Tes employés ne savent rien des difficultés de Wolf Rain, n'est-ce pas ?

Comment tuer dans l'œuf mon envie de lui rouler la pelle du siècle en deux secondes top chrono. Je secoue la tête.

– Tu devrais leur en parler, bébé.

La dernière partie de mon désir s'envole, remplacée par la colère. Qu'est-ce qu'il croit ? Que je n'ai pas essayé ? Dès que je convoque mon équipe, ma gorge se coince.

– Ce n'est pas si facile.

– Je n'ai jamais dit le contraire. Mais t'es en train de te foutre en l'air pour que dalle. Qu'est-ce que tu aurais fait si je n'avais pas eu une gueule d'ange, ma belle ? Prier pour trouver un million caché dans un coin ?

Je tente d'enrayer mon envie de pleurer du mieux que je peux. Parce qu'il a raison. Il m'a tirée d'affaire, ce soir. Et je lui en suis reconnaissante. Mais ça me fait mal de le reconnaître.

– Je ne t'ai jamais demandé de faire ça…

– Pas besoin de me le dire. J'avais juste envie de le faire. Sauf que je ne serai pas toujours là pour vous tirer de la galère…

Les larmes me montent aux yeux.

– C'est juste quelques sachets de croquettes, pas besoin de chialer.

Le retour du Deacon grognon jette de l'huile sur le feu. Je papillonne des yeux, espérant freiner mes larmes. Mais ça a l'effet inverse. Je l'entends grommeler un truc du genre « les bonnes femmes, toutes des petites natures ».

– Oh, putain, tu ne vas pas te mettre à pleurer, maintenant ?

Je lâche un son, entre l'éclat de rire et le sanglot.

– Merci…

Deacon grogne. Pour lui, ce n'est peut-être que « des sachets de croquettes » mais pour Wolf Rain… pour moi, c'est bien plus. C'est quatre semaines de répit. C'est quatre semaines sans avoir un nœud à l'estomac, à compter chaque centime dépensé, à calculer chaque ration.

Quelque chose me pousse jusqu'à lui. Peut-être la reconnaissance qui me réchauffe de l'intérieur, ou peut-être son petit air gêné. Sans plus de préambule, j'enroule mes bras autour de sa nuque. Un frisson remonte le long de sa peau. Tout son corps se tend. J'ai l'impression de tenir un bloc de glaçon entre mes bras.

Je m'apprête à m'excuser pour mon manque de professionnalisme quand il passe ses bras autour de mes hanches. Mon souffle reste bloqué entre mes lèvres au moment où il m'attire plus fermement contre lui.

L'intimité de notre étreinte fait palpiter mon cœur. Le militaire passe du glaçon à une masse brûlante, déterminé à me ronger de l'intérieur. Son nez frôle ma tempe, caresse ma joue.

L'espace d'un instant, j'ai l'impression qu'il va m'embrasser. Merde, je prie pour qu'il le fasse, parce que j'en crève d'envie. Je relève la tête, la bouche tendue. Deacon m'observe. Sa respiration se fait plus profonde.

Mon cœur s'emballe. Chaque battement résonne dans mes tempes.

Embrasse-moi.

Embrasse-moi.

Embrasse-moi.

Embrasse-moi.

Depuis notre petit tour à moto, le contact de sa peau me hante. Le souvenir de ses muscles tendus sous mes doigts continue de perturber mes nuits.

J'ai l'impression d'être retombée en plein dans l'adolescence. Un frôlement et pouf, je me transforme en torche humaine.

Sa bouche se rapproche de la mienne. Oh, oui. L'envie sature mes veines. Je m'y prépare, clos mes yeux, prête à le sentir prendre d'assaut mes lèvres, quand la voix suraiguë de Lana résonne.

– Sawyer, ramène ton cul ici avant que je me pète un truc ! hurle mon ancienne meilleure amie, de l'autre côté de la porte.

La bulle qui s'était formée entre Deacon et moi éclate en millions de petits morceaux. La déception se répand dans ma bouche.

Maudite sois-tu, Lana !

L'ancien militaire recule d'un pas, sa main toujours glissée dans la mienne. Son visage reste hermétique. Comme si une seconde avant, nous n'étions pas à deux doigts de nous rouler la pelle du siècle.

En plus d'égratigner salement mon ego, son absence de réaction me donne envie de me cacher dans un trou de souris. Ce type souffle le chaud puis le froid ! De quoi me faire tourner la tête !

– Va falloir me rendre ma main, bébé.

Je mets quelques secondes avant de comprendre que je tiens toujours sa main dans la mienne. Oh, punaise, la honte !

Je m'empresse de la lâcher, les joues rouges de honte.

– Hum… Je vais… Je vais aider Lana. Encore merci pour tout ça.

– Parle-lui.

Il a raison.

Bien sûr qu'il a raison, mais ce serait admettre avoir merdé. Et ça, ça m'arrache le cœur.

– Elle mérite de le savoir, je sais… je le coupe.

– Tu mérites surtout d'être aidée, Sawyer. T'es pas toute seule dans cette merde. Dash et Lana sont là pour toi.

Ma bouche s'entrouvre, mais aucun mot ne parvient à en sortir.

– J'ai l'impression que tu oublies parfois que tu as des gens prêts à tout pour te venir en aide.

Je n'ai pas le temps de lui répondre qu'il pose un bref baiser sur ma joue et tourne les talons.

11

Deacon

– Tu sais où est Sawyer?

Dos au mur, Brock m'observe, les doigts passés entre les interstices du grillage. Je lui tourne le dos, sans prendre la peine de lui faire face.

Depuis mon arrivée, c'est le seul à ne pas s'être pressé pour me voir et se présenter. Ou dans le cas de Cherry, la séduisante volontaire rousse, pour me sucer dans un coin du refuge.

Le souvenir de sa bouche pulpeuse refermée autour de ma queue me tord les couilles. Trois jours d'abstinence sexuelle réduits à néant à cause de sa langue tentatrice.

Est-ce que je regrette de m'être laissé tenter? Putain, non.

Mais si l'accueil de Cherry a été… chaleureux, Brock s'est contenté de m'épier à distance, avec réserve, comme s'il attendait simplement que j'explose, en bon cinglé, bon à enfermer.

Peut-être qu'il a raison. Peut-être que je vais finir par exploser comme un bâton de dynamite.

Honnêtement, je n'en sais rien et je ne veux pas le savoir.

Alors, je l'ai laissé faire, pour ce que j'en ai à foutre. Je ne suis pas ici pour me faire des amis. Ou pour prouver quoi que ce soit, à qui que ce soit. Surtout pas à un militaire encore plus baisé que moi.

Je me voile pas la face, je suis fixé sur mes objectifs comme un coureur.

Je suis ici pour obtenir le précieux sésame capable de me rouvrir les portes du seul monde que je connais.

L'enfer sur terre.

La vie civile n'est pas pour moi. Essayer de m'y faire ne mène à rien. Je ne suis pas fait pour ça, je ne suis pas programmé pour subir toutes ces conneries civiles : ces discussions et ces prises de tête quotidiennes pour savoir quoi bouffer ou qui rencontrer.

Je suis fait pour me battre. Pour tuer. Parce qu'on s'est assuré que j'étais le meilleur, sans compter les dollars dépensés. Au fond d'moi, j'sais que je suis fait pour traîner au milieu de ce pays de merde qui m'a volé une part de mon âme, simplement parce qu'on est aussi bousillé l'un que l'autre.

On est une bombe à retardement qui aurait dû péter depuis bien longtemps.

Je suis fait pour être un simple pion dans une guerre bien trop grande pour moi. Pas pour avoir quelqu'un sur qui compter et me reposer en cas d'échec ou de pépin.

La mâchoire serrée à m'en faire péter les dents, je m'oblige à replonger dans le présent. Pendant tout ce temps, le militaire au crâne rasé n'a pas bougé d'un pouce, ses yeux toujours rivés sur moi.

Quelque chose passe sur son visage, avant qu'il redevienne une page brouillée impossible à lire.

Mon balai à la main, je reprends le boulot, sans prêter attention à l'enfoiré derrière moi. Pourtant, sa présence fait clignoter chacun de mes radars.

Ils me hurlent de rester sur mes gardes. Que le grand gaillard dans mon dos est une foutue menace. Comme si son physique de catcheur n'était pas déjà assez parlant.

Je fais de mon mieux pour les ignorer. Pour continuer de bosser, sans prêter attention à mes poils dressés et à la douleur qui me scinde la nuque.

– J'en sais rien, j'suis pas sa putain de baby-sitter, je grogne.

– Vu comment tu la mates dès qu'elle débarque, je me pose la question.

Touché.

Mes phalanges se serrent sur le manche du balai, jusqu'à ce que les muscles écorchés de ma main protestent. Je serre les dents.

Putain d'enfoiré.

Mais il n'a pas tort. Dès qu'elle apparaît dans mon champ de vision, j'me transforme en chien en chaleur.

Me manque plus que la langue pendante et la queue qui frétille. Je me retourne pour le fusiller du regard.

Brock braque ses yeux dans les miens, sans se départir de son rictus d'enculé. L'envie de lui coller mon poing dans la tronche pour le lui faire ravaler me prend à la gorge.

Puis quand, au ralenti, il glisse ses doigts le long de sa poche, mon envie se transforme en désir de mort.

Mon corps se tend. Je m'attends presque à le voir sortir une arme. N'importe quoi. Un simple geste et je me retrouve catapulté là-bas, au milieu du sable et des tirs, où tout peut devenir une menace si on y reste trop longtemps. Ma main se tord, prête à atteindre mon holster en moins de temps qu'il n'en faut pour le dire.

J'ai été formé pour réagir. Pour être le premier à tirer. Pour défendre ma vie. Mes hommes, et il n'y a pas si longtemps encore, ma patrie.

Mais il ne se passe rien. Il n'y a pas de tir, pas d'arme, de menace, ou de holster pendu à ma cuisse. Juste les aboiements excités des chiens et le regard perplexe de Bock qui perce un trou dans mon crâne. Je ne suis pas là-bas.

Je suis paumé dans un coin perdu au milieu du Nevada, dans un autre désert. En sécurité.

Je grimace quand il en ressort une flasque sombre.

Débile. Foutu débile.

Il prend une gorgée, tandis que je me fustige en silence.

– Garde ça pour toi.

– On a peur de la patronne, Brock?

Je ricane. Brock grimace, autant à cause de l'alcool qui lui brûle la gorge que de la pique qui m'échappe.

– Disons que j'ai connu des sergents instructeurs moins casse-couilles qu'elle à l'armée…

Je me marre.

Casse-couilles?

C'est l'euphémisme du siècle.

Cette nana, avec ses courbes de déesse et sa taille de lutine, ferait se pisser dessus n'importe quel enfoiré un peu trop zélé.

Je plains l'idiot qui serait assez débile pour briser le cœur de sa fille plus tard.

– Ouais, j'ai pu le remarquer. Pour une nana aussi petite, elle a d'la voix… et une sacrée paire de couilles.

En tant que mère solitaire, et seule patronne de son avenir, elle a plus de courage dans son petit doigt que certains des enculés avec lesquels j'ai servi durant mes trois tours en Irak.

Cette fois, c'est Brock qui rigole. Il me tend la flasque et je la regarde une seconde, une seconde de trop, avant de secouer le menton. J'essaye d'arrêter. De tenir le cap, en me tenant éloigné des bouteilles qui traînent partout où je pose les yeux.

– Kiersen va me tuer si j'bois au boulot et que Sawyer me chope. Tu connais la psy. Elle est douée pour apprendre ce genre de conneries. Cette nana a dû être membre du FBI dans une autre vie, ce n'est pas possible autrement.

À la mention de Kiersen, le militaire se met à sourire comme un crétin de collégien amoureux. Putain, voyez-vous ça ! Le militaire amoureux de sa timide petite psy, en voilà un bon début de blague vaseuse.

Je me retiens de lui rire à la gueule.

– Ça dure depuis combien de temps entre vous ?

Un tic nerveux tord sa joue. C'est à son tour de me fusiller du regard. Je lui offre mon plus beau sourire en retour.

– Il n'y a rien entre elle et moi.

– J'ai l'air d'être aussi con que ça ?

Brock ricane comme un demeuré. La réponse est claire et me file l'envie de lui claquer la gueule. Enfoiré.

– C'est récent. Quelques semaines peut-être ? Je n'en sais rien.

C'est bien ce que je pensais. Mon rictus le hérisse.

– On évite de le crier sur tous les toits, connard. On ne fait rien d'autre que baiser. On n'est pas maqués ou une merde de ce genre.

Encore heureux.

Merde, mais c'est légal au moins pour un psy de

s'envoyer son client ? Il doit bien y avoir une loi complètement baisée pour proscrire ce genre de conneries, j'en suis sûr. Je ricane.

J'ai presque envie de lui demander si elle est aussi raide au plumard. Mais un bref coup d'œil en direction de ses poings couturés m'en dissuade.

Merde, je l'envie, cet enfoiré de petit chanceux. Moi aussi, si je pouvais me la taper sans risquer de perdre ma queue, je me ferais un plaisir d'aller la voir. Parce que s'envoyer une reine des glaces serait bien mieux que d'avoir à écouter ses conneries pendant des heures.

Puis si en plus de ça, la psy pouvait ressembler à une petite fée tatouée échappée d'un conte *hardcore*, je m'y rendrais chaque jeudi, avec deux heures d'avance.

Et avec le sourire aux lèvres.

L'image s'imprègne sous mes paupières. Qui aurait pu deviner que la fée Clochette pouvait être aussi bandante, en petite psy débraillée après une partie de jambes en l'air mouvementée ? Pas moi.

Je déglutis, la bite aussi dure que du roc.

Depuis le temps, cette garce n'a toujours pas eu le mémo.

Putain d'intouchable, voilà ce qu'elle est, la petite fée. Une foutue sainte qui ne s'approchera jamais de ma bite ni de ma bouche.

Intouchable. Intouchable.

Je me le répète jusqu'à ce que ma queue lâche l'affaire et arrête de me torturer.

– Tu trempes ta queue où tu veux, mon gars. Ce n'est certainement pas moi qui vais te juger.

Il se marre puis redevient sérieux, en entendant la voix de Sawyer résonner derrière nous. Ma bite se réveille instantanément, et j'me mets à la chercher du regard. Un silence s'installe entre nous et alors que je m'apprête à reprendre mon boulot, pressé de finir cette journée, il lâche une bombe juste à mes pieds.

– Ne fais pas tout foirer avec elle.

Sa mise en garde me recolle les pieds sur terre. « Ne fais pas tout foirer. » Paye ton foutu conseil à la con.

Partout où j'passe, je sème le chaos. Ma famille. Mes hommes. Ce n'est qu'une question de temps avant qu'une merde vienne foutre à terre tous les efforts que j'fais pour obtenir le Saint Graal.

– Tu entends quoi par tout faire foirer, connard?

Il hausse les épaules et reste mutique.

Ne la baise pas.

Ne la regarde pas.

N'y pense même pas.

Voilà ce qu'il veut dire. Sauf que ça, j'le sais déjà et je compose avec ces conneries depuis mon arrivée.

Brock continue de me regarder, comme un putain de lunatique. J'sens qu'il a envie de m'avouer un truc, mais que quelque chose l'en empêche.

Je soutiens son regard, jusqu'à ce qu'il soupire et lâche l'affaire.

C'est mieux comme ça.

Je n'ai pas le temps de me prendre la tête sur ce genre de conneries d'adolescents.

D'autant que je ne compte pas la baiser. Juste la mater jusqu'à ce que je m'en lasse. Parce que je me lasse toujours. Pas d'exception. Pas de fausse promesse. Juste du sexe.

L'air préoccupé, Brock balaye des yeux la manche noir et blanc tatouée sur mon bras. Son visage s'illumine quand il aperçoit les plaques gravées au milieu de l'horloge brisée.

– Quel régiment?

– La marine.

– Putain de vendu!

Brock grommelle.

– Laisse-moi deviner, connard, l'U.S. Army?

Il hoche vigoureusement la tête.

– Putain, oui! Je ne suis pas une putain de lopette de marine!

Je me marre tout seul. Ça me fait du bien de rire. Surtout au détriment d'un membre de l'U.S. Army.

– Tu t'es engagé à quel âge?

– Je venais de finir le lycée. J'étais encore un putain de gosse. Toi?

Je hausse les épaules quand il grimace. J'sais exactement ce qu'il pense. Faudrait être con pour ne pas le deviner, alors que tout son visage se tord de consternation.

Quand tu t'engages, tu t'attends à vivre de la merde, à voir des trucs qui vont rester à jamais dans ta mémoire. La vérité, c'est que tu sais exactement ce qui t'attend là-bas, mais tu y vas malgré tout. Sans hésiter. Sans te poser la moindre foutue question.

Sauf que même préparé, ton premier mort te retourne et change à jamais ta façon de voir les choses. Parce que le sang qu'il y a à présent sur tes mains devient une croix qu'tu dois porter. Tout seul. Comme un homme.

Il n'y a personne derrière toi pour te dire comment gérer toute cette merde. On est là pour te montrer comment avoir les couilles d'appuyer sur la gâchette, mais jamais pour t'apprendre comment garder la tête haute et tes pensées sous clé.

Au fil du temps, mort après mort, tu finis par t'y faire, par ne plus les compter, ça devient ta vie, ton boulot, ta façon de vivre. Mais ça ne les empêche pas de s'inscrire dans ta mémoire.

Eux, les morts sans visage qui te hantent dès que tu baisses la tête et montres un instant de faiblesse.

– Après mes études de lettres. T'y es resté combien de temps ?

– Trop longtemps.

Assez pour que ces années à me balader dans la crasse s'immiscent dans mon crâne et y foutent le boxon. Pourtant, je crève d'y retourner et de foutre les compteurs à zéro.

De régler une injustice en vengeant leurs morts, jusqu'à ce que la faucheuse se rende compte qu'elle a merdé : que j'aurais dû crever moi aussi.

– Les cicatrices viennent de là ?

J'acquiesce, aussi raide que la barre enfoncée dans mon dos. Mes cicatrices se mettent à brûler, en un rappel cuisant de ce que j'ai vécu là-bas. Mais ce n'est rien comparé à ce que je méritais.

– Une mine nous a explosé à la gueule pendant l'une de nos patrouilles. Deux des membres de mon équipe sont morts sur le coup.

Il reste mutique, attendant la suite. Je rassemble mon courage pour reprendre.

– Le bruit a rameuté une troupe de fils de putes. Ces enfoirés ont profité de ce qu'on était en sous-nombre pour tenter une embuscade. Avec les autres… on a tenté de résister aussi longtemps qu'on a pu.

Jusqu'à ce qu'on vienne les abattre comme des chiens, juste sous mes yeux.

J'aurais dû mourir avec eux. J'aurais dû mourir avec eux. J'aurais dû mourir avec eux.

Le souvenir du poids du corps de Jay contre mon torse, celui de son crâne perforé et son sang glissant sur mon visage me prennent à la gorge. Je déglutis, la bouche pâteuse. Mon poing frotte ma poitrine, pile sur mon cœur.

– T'as perdu toute ton équipe, ce jour-là ?

Nouveau hochement de tête, plus sec que le précédent, tandis que la douleur se réveille dans mon torse.

– Ils étaient plus nombreux. Ces fils de putes nous ont tirés comme des lapins. Moi et Jay, on a été les derniers à tenir.

En une heure, ma vie a chaviré, s'est désaxée et menace depuis de s'effondrer. En une heure, j'ai perdu chacun de mes frères.

Brock passe une main nerveuse dans sa barbe.

– Merde… Putain, Deacon, je suis désolé.

Je reste silencieux, les lèvres soudées. En parler me retourne l'estomac et le cœur.

Merde, tel une foutue mauviette, rien que prononcer leurs noms me file la nausée. Quelques secondes s'écoulent, comme s'il me laissait du temps pour m'en remettre, pour me recomposer un visage neutre, avant qu'il rouvre la bouche.

– À propos d'équipe… On se retrouve tous au Toxic, demain soir, après le boulot ! Pour décompresser entre amis et célébrer l'arrivée de notre nouvelle recrue. Tu devrais venir. Sawyer sera là.

Il hausse les épaules. Une sortie entre collègues ? Et puis quoi encore ? Un barbecue entre amis, à se raconter notre vie autour d'une bière bon marché ? Merde, rien que l'idée me colle des frissons dans le dos. Mais sans me laisser le temps de l'ouvrir pour refuser, Brock me tourne le dos.

Sans un mot de plus, sa flasque entre les doigts, il se barre, sa bombe prête à imploser à mes pieds.

L'enfoiré…

– Passe le bonjour à Kiersen de ma part ! je hurle.

Un majeur fièrement dressé par-dessus son épaule me répond.

12

Sawyer

– Hey, Sawyer, tu te rappelles cette soirée qu'on a passée à soigner le cul de Brock après sa rencontre avec Mongrel ?

Sans pouvoir me retenir, j'éclate de rire, les larmes aux yeux. La musique qui fait vibrer les tables avale mon éclat, comme une mer implacable.

Ce soir, je m'accorde une soirée bien méritée, loin des problèmes d'argent qui me pendent au nez et de la visite de Lya. Une soirée où je noie mes soucis sous une couche de vodka-pamplemousse, jusqu'à ce que tout devienne flou dans ma tête.

Secouée par un rire en partie dû à l'alcool qui stagne dans mes veines, je frappe la table en fer du plat de ma paume jusqu'à retrouver mon souffle.

Ma robe en dentelle noire me remonte sur les cuisses quand je me lève pour attraper le verre que la serveuse vient de ramener.

– Pu… naise, ouais ! Il couinait plus que Willow quand elle a eu la varicelle !

Lana plisse le nez de manière comique et fait danser ses glaçons dans son cocktail bleu lagon, faussement déçue.

– Honnêtement, les filles… je ne pensais pas qu'un militaire puisse être une telle chochotte ! Il a carrément fait voler en éclats le mythe des machos impassibles.

Brock laisse échapper un ricanement nasal.

– C'était pour vous attendrir et avoir vos jolies petites mains sur le cul.

Le bénévole pointe son index sur moi, un petit sourire railleur aux lèvres, et je rétorque :

– À d'autres, Brock, tu étais en train de pleurer tout ce que tu avais pour trois pauvres coups de crocs dans le cul. Et ce n'est même pas un souvenir agréable, t'es loin d'avoir le plus beau cul de l'Amérique.

Le hoquet qui le secoue est typiquement féminin, je le jurerais ! Les bras enroulés autour de mon ventre, je me vautre hilare sur Brock qui me fusille du regard.

Mais avant qu'il ait le temps de m'envoyer une pique assassine, Cherry débarque dans mon champ de vision, sa main aux ongles parfaitement manucurés s'imposant sur mon avant-bras avec la délicatesse d'un mur de briques.

– Regardez qui j'ai trouvé !

Pendu à son bras, Deacon balaye du regard l'assemblée. Ses yeux verts s'attardent sur moi. Je lui souris, les joues brûlantes.

L'alcool. Je jure que c'est l'alcool qui me file chaud, et pas son regard capable de faire tomber toutes les culottes de la planète.

Juré, Votre Honneur !

J'avale ma salive de travers lorsqu'il se glisse à mes côtés – délaissant une Cherry déroutée – sa cuisse serrée contre la mienne. Le tissu rêche de son jean frôle ma peau nue.

Sa chaleur corporelle me transperce.

Ce soir, il ne porte pas sa veste sombre, et ses cicatrices comme ses tatouages sont visibles. Je louche sur ces traces qui lui marquent la peau. Ce n'est pas la première fois que je les vois, mais elles me font toujours le même effet.

Un coup au cœur pour les cicatrices et une chaleur traîtresse entre les cuisses pour l'encre tatouée sur son bras.

Un tee-shirt noir tendu sur son torse massif, Deacon domine l'assemblée d'une bonne tête. Tout le monde se retourne sur son passage. Je me retiens de grogner.

Ça devrait être interdit d'être aussi beau. C'est ça ! Ça devrait être prohibé d'être aussi canon, juste par respect pour les petites culottes de toutes les filles du Toxic.

Enfin, elles, elles ont une chance d'enfer : elles peuvent l'épier sans retenue, la bouche ouverte et les cuisses serrées. Moi, je dois me contenter de lui jeter un bref coup d'œil, par-ci, par-là.

Oh, et puis zut… ce soir, j'ai le droit de tricher !

Un frisson me remonte le long de la nuque. Mon cœur se met à palpiter quand il penche la tête vers moi pour couvrir la musique qui gronde. Son odeur masculine m'enveloppe. J'aime son odeur. Non, mieux encore, j'adore son odeur.

Et comme la dernière des imbéciles, je me retrouve à le renifler.

J'ai l'air d'une foutue droguée en train de sniffer sa came.

Ah, l'alcool.

– On dirait que je suis encore en retard…

Il m'observe, amusé.

Oh, je suis cuite. Il m'a vue.

Pour préserver mon amour-propre, je fais semblant de renifler. Voilà, ni vu ni connu.

– Vous avez bu combien de verres avant que j'arrive ?

Le rire qui m'échappe me prend par surprise. Je lève deux doigts.

– Je vais finir par croire que tu aimes que je te punisse, tu sais ?

Le corps immense de Deacon se fige dans son siège. Un éclat bizarre se met à briller au fond de ses yeux.

Bien consciente du double sens de mes paroles, j'ouvre la bouche, la poitrine brûlante.

– Oh ! Non, ce n'est pas du tout ce que j'ai voulu dire… Enfin, je veux dire… Je…

Je grommelle et fais claquer ma main contre mon front, les joues rouges de honte.

Je n'arrive pas à croire que je viens de sortir une connerie pareille. Sérieusement ?

Plus pervers, tu ne peux pas faire !

Pour sauver le peu de dignité qu'il me reste, je mets ça sur le compte des cocktails que je me suis envoyés le ventre vide.

Deacon rit, puis il redevient sérieux.

Je louche sur ses lèvres, abrutie par l'alcool.

Sa bouche tentatrice s'approche de mon oreille. Je frissonne quand son souffle brûlant s'échoue dans mon cou. Sur le ton de la confidence, il me dit :

– Tu sais très bien que j'adore ça, Sawyer.

Un mélange entre un hoquet de stupeur et un gémissement de volupté quitte ma gorge. Sa manière de prononcer mon prénom réveille une sensation bizarre en moi.

Un goût d'interdit.

Je voudrais le réprimer, mais je n'y arrive pas. Parce que j'aime le son que sa bouche fait quand elle le prononce et la sensation que ses mots réveillent en moi.

Je serre les cuisses.

C'est ton employé. C'est ton employé. C'est ton employé. C'est ton employé.

Je me le répète, encore et encore, espérant que ça suffise à tarir mon envie de l'embrasser.

Techniquement, ce n'est ton employé que si tu le payes. Ce qui n'est pas le cas.

Le démon posté sur mon épaule m'offre un rictus diabolique.

Le regard lourd, Deacon m'observe, avant de se détourner. Je retiens mon souffle.

J'ai envie qu'il me regarde encore. J'ai envie qu'il ne regarde que moi. Je mordille ma langue car je ne veux pas dire de bêtise.

– Je crois que vous parliez de cul, avant que je débarque !

Dasher le corrige, avec un rictus sardonique :

– On parlait de Brock et de sa rencontre avec les crocs de Mongrel.

– Ça, mon ami, c'est une histoire que j'ai besoin d'entendre avant d'être trop bourré pour m'en souvenir.

Tout le monde autour de la table éclate de rire, sauf Brock qui nous fusille tous du regard, un à un.

***

– Tu viens danser avec moi ? me hurle Lana.

Je hoche frénétiquement la tête. Un troupeau

d'éléphants danse dans mon crâne. Et mon estomac vide fait des claquettes. Mais je m'amuse trop pour refuser.

Pour la première fois depuis des semaines, j'ai l'impression de respirer sans me forcer.

Le poids des regrets semble s'être envolé de mes épaules, me laissant joyeuse et agitée. Ce n'est qu'une question de temps avant que mes problèmes me reviennent à la gueule comme un boomerang, alors je me contente de profiter.

Deacon se lève pour me laisser passer, les sourcils froncés.

– Ça va ?

Je hoche la tête.

Ça va même plus que bien. J'arrange ma robe sur mes cuisses, avant de me remuer pour m'extirper de la banquette. Sa main atterrit dans le bas de mon dos, lorsque je passe à côté de lui. J'en frissonne.

Lana attrape ma main et m'attire vers la piste de danse.

Je serre les dents quand la chaleur de la peau du tatoué quitte la mienne, mais bientôt mon enthousiasme revient. Une nouvelle musique commence, plus sensuelle que la précédente.

Resplendissante dans sa robe en satin rouge bordeaux, Lana fait danser ses sourcils et se poste à mes côtés. Je ricane. Ses doigts se glissent derrière ma nuque et elle attire ma tête contre la sienne.

– Deacon n'arrête pas de te regarder, et *mamma mia*, ce regard ! Je donnerais cher pour qu'on me regarde comme ça rien qu'une fois, ma chérie !

Je me retiens de lui dire que c'est ce que fait Dasher dès qu'il la voit, elle et ses jambes longilignes. Le pauvre vieux n'est pas près d'arriver à ses fins avec la belle rousse. Non pas que ça me regarde.

– Arrête tes sottises ! Il regarde tout le monde comme ça !

Je décide de me laisser aller.

À part la musique, plus rien ne compte.

Morte de rire, je me déhanche contre ma meilleure amie, la tête rejetée en arrière. Le corps fuselé de Lana se presse contre le mien, et ensemble, on se tortille au rythme de la musique.

Les basses s'infiltrent sous mes pieds.

Je me sens vivante. Libre.

L'espace d'un instant, je redeviens l'adolescente insouciante que j'étais avant de rencontrer Brandon. La gamine innocente, naïve, qui a bradé ses premières fois dans l'espoir d'être aimée.

L'idiote.

Au loin, je sens Deacon qui m'observe. L'intensité de son regard me pousse à me tortiller plus, ma robe à moitié remontée sur mes cuisses. Je danse sous ses yeux, consciente que même si je le veux, il est hors-jeu.

J'essuie mon visage d'une main.

Des doigts brutaux s'enfoncent dans la peau de mes hanches, et un corps musclé se frotte contre mes fesses. Mon cœur fait un bond. Mon estomac se serre et mon champ de vision s'obscurcit.

Lana se fige.

L'haleine chargée d'alcool de l'homme me file l'envie de dégobiller. Pourtant, je prends sur moi pour paraître polie.

– Hey, désolée, mais je ne suis pas intéressée...

J'esquisse un pas en avant. L'inconnu suit le mouvement, sa bouche butinant mon cou.

– Allez, bébé, c'est juste une danse...

Je secoue la tête. Pas question de danser avec un connard complètement torché. C'est un coup à finir avec du vomi plein les cheveux. J'en sais quelque chose.

– J'ai dit non.

Mes doigts s'enfoncent dans ses poignets. Les ongles plantés dans sa peau, j'essaye de déloger ses mains de mes hanches. Mais il s'accroche, jusqu'à ce que sa poigne devienne douloureuse. Je me tortille pour lui échapper.

– Je vous ai dit de me lâcher !

Lana ouvre la bouche, quand brusquement, son corps quitte le mien. Les yeux écarquillés, je jette un coup d'œil par-dessus mon épaule, les cheveux collés au visage.

Deacon se dresse devant l'enquiquineur, sa main refermée autour de sa gorge. L'idiot se débat frénétiquement, les yeux rouges.

– Je crois que la dame a dit non, connard.

Sa voix sonne comme un grondement de tonnerre. Je me lèche les lèvres, indécise.

Lana hoquette.

– Putain, lâche-moi, sale enculé ! On faisait que danser ! Putain, mais regarde-la ! Vu comment cette chienne bougeait, elle n'attendait que ça !

Le mot *chienne* me file un coup à l'estomac. Mais je n'ai pas le temps d'ouvrir la bouche pour me défendre que mon employé se transforme sous mes yeux.

Son sang ne fait qu'un tour, et son poing immense file dans l'air pour s'écraser contre le nez du type. Celui-ci recule, tangue sur ses pieds. Le bruit que fait son os en rencontrant les phalanges de l'ancien marine me fait frissonner de dégoût.

– Espèce d'enculé, tu m'as pété le nez !

Mon agresseur plaque ses mains sur sa bouche. Du sang se met à glisser entre ses doigts serrés. Mon estomac se retourne.

La nausée me monte à la gorge.

Oh, oh…

La main sur les lèvres, j'écarquille les yeux, à la fois troublée et en colère. Sur un coup de sang, Deacon vient de ruiner notre soirée. Mais d'un autre côté… le souvenir des mains de ce type sur mes hanches ravive mes nausées.

Sauf que la violence n'était pas la solution.

Oui, je sais, je suis bien placée pour dire ça…

Rectification : la violence n'est jamais la réponse quand vous avez une douzaine de témoins autour de vous.

Je m'apprête à voler dans les plumes de mon employé, quand je prends brusquement conscience de son état. L'étau autour de mon cœur se resserre.

Les couleurs ont déserté son visage tordu par un mélange d'angoisse et de fragilité. Il me jette un coup d'œil, la respiration hachée. Bouffé par l'inquiétude, il m'examine, méthodique, sans oublier un seul endroit, à la recherche de la moindre balafre capable de réveiller sa colère.

Sa poitrine bouge à un rythme effréné.

La peur vorace qui stagne dans son regard hanté menace de m'arracher le cœur. Mais ce n'est rien comparé à ce qui le ronge. Focalisée sur mon employé, ma peur relayée au second plan, je fais un pas.

Ses doigts se contractent, ses poings se referment à plusieurs reprises. L'envie de sauter sur mon agresseur vautré à terre, la bouche en sang, continue de le torturer. Je le sens. Je puise dans toute la douceur qu'il me reste pour m'approcher un peu plus de lui, secouée, mais déterminée à l'aider.

– Deacon? Je vais bien, d'accord? Tout va bien. Je vais bien. Il faut que tu… J'ai besoin que…

Je me répète ces mots comme un mantra. Peut-être que je finirai par le convaincre que c'est le cas.

Que je vais bien. Qu'on va bien. Qu'il va bien.

Je trouve finalement le courage de le regarder dans les yeux et j'y vois un monde de terreur.

À cet instant, debout au milieu de la foule, il semble seul au monde, abandonné, comme un enfant qui a grandi trop vite.

Un adolescent coincé dans le corps d'un homme, avec l'âme saturée par ce qu'il a vu, par toutes les merdes qu'il a commises au nom de son pays.

Un homme perdu dans un brouillard de souffrance et de confusion.

Ma gorge se serre. Son masque se craquelle et enfin, j'aperçois chaque fêlure qu'il s'efforce de cacher.

Chaque sentiment que son visage hurle pour lui.

Douleur. Colère. Honte. Dégoût de soi-même. Rage. Beaucoup de rage.

Contre qui, je n'en sais rien. La tristesse me tord le ventre.

L'envie de pleurer enfle dans ma poitrine. Je bats furieusement des paupières afin de m'empêcher de me mettre à sangloter. C'est de ma faute. C'est de ma faute. Mais me blâmer ne sert à rien.

Ma main glisse dans la sienne souillée de sang.

Le sien, sans doute. Celui de mon agresseur, sûrement.

Avec la même douceur que j'utilise avec les chiens apeurés, je fais descendre mes doigts sur sa peau couverte de frissons et les entrelace aux siens. La sensation de sa paume refermée sur la mienne fait battre mon cœur un peu plus vite.

– Deacon?

Au ralenti, il tourne la tête vers moi. Son visage a été drainé de son sang. La lumière vive qui éclaire la boîte de nuit fait danser des ombres menaçantes sur ses joues.

Le regard sombre, il ressemble au militaire colérique qu'on m'a décrit.

Froid, dur, les muscles frémissants, il m'inspire un mélange de crainte et de respect. Comme ce lion que tu regardes de loin, au zoo, mais que tu n'oses pas approcher de trop près.

Parce que tu sais qu'il pourrait t'égorger.

Comme un prédateur, dépourvu de but et prêt à se retourner contre n'importe qui.

Dans un grondement de bête sauvage à l'agonie, Deacon libère sa main de la mienne. Puis, sans un regard de plus, il bat en retraite, bousculant les gens sur son passage. Engourdie de la tête aux pieds, je le regarde disparaître au milieu de la foule, le souvenir de sa douleur gravé dans la chair.

Je dois… Je dois…

Je n'en sais rien. Je n'en sais rien, merde ! Et ça me brise le cœur.

Je sais simplement que je veux effacer toute la douleur que j'vois sur son visage.

L'idée de le laisser affronter seul la merde que j'ai vue dans ses yeux rajoute une couche de souffrance sur mes balafres internes. Alors, la poitrine lestée par une douleur qui n'est pas la mienne, je fais un pas en avant, prête à le rejoindre.

Après que j'ai fait trois pas, le regard verrouillé sur la sortie qu'il vient d'emprunter comme s'il avait le diable aux trousses, la main de Brock s'enroule autour de mon poignet, suspendant mon avancée. Aussi perdue que mon employé, je fronce les sourcils, les yeux baignés de larmes.

L'ancien militaire secoue simplement la tête.

– Laisse-le partir, Sawyer…

J'ouvre la bouche pour protester, avant de renoncer.

– Crois-moi, ma belle. Vaut mieux qu'il reste seul…

13

Deacon

Le cœur broyé par les doutes, je me balance d'un pied sur l'autre, mon casque de moto à la main. Le bout de ma ranger coquée racle le gravier.

Le soleil se couche dans mon dos, signe que j'traîne là depuis au moins deux bonnes heures, à me foutre la tête à l'envers.

Y aller. Ne pas y aller.

Porter ses couilles ou fuir.

Encore.

Merde, mais à quel moment j'suis devenu un foutu trouillard incapable d'assumer ses conneries ?

Avant toute cette merde, j'aurais défoncé la porte de son bureau afin de lui balancer tout ce que j'avais sur le cœur. Maintenant ? J'suis incapable de regarder dans sa putain de direction sans me transformer en lopette.

Merde et re-merde ! J'suis en train de devenir une poule mouillée.

Trois jours après la soirée ratée, je n'arrive toujours pas à rejoindre Sawyer pour m'excuser. Et ce n'est pas faute d'essayer. Chaque soir, j'me poste à l'entrée du refuge, le cul posé sur ma bécane. Je l'attends des heures durant, espérant que d'ici là, j'aurai trouvé la force de me bouger et d'assumer que je suis un enculé.

Ce soir-là, après mon coup de sang, j'ai sombré, bouffé par la culpabilité et les souvenirs… Alors, j'ai retrouvé mes vieux démons. Sauf que la fille coincée sous mon corps a mis une seconde avant de se transformer en petite pixie au corps élancé.

Quant à la bouteille de scotch que je me suis envoyée, elle m'a aidé à finir de l'imaginer. Jusqu'à ce que l'alcool transforme son visage tordu de plaisir. Qu'il lui colle un regard apeuré.

J'inspire. J'ai la gorge nouée et la tête encore plus enfumée que d'habitude. Ça craint. Je déteste ne pas pouvoir penser clairement.

Le pire dans tout ça, c'est que j'sais parfaitement ce qui me colle au siège de ma Harley. C'est le souvenir de la terreur que j'ai lue dans ses yeux quand elle m'a regardé, ce soir-là.

Comme si j'allais la blesser.

C'était la première fois qu'une femme me regardait comme ça. Et ça m'a retourné la tête, encore plus que les souvenirs de guerre qui me sont revenus à la gueule à la seconde où j'ai quitté mon siège pour dégager l'enfoiré.

Ouais.

C'est ce souvenir qui m'empêche de me jeter à l'eau. De prendre mon courage à deux mains, pour lui avouer que j'ai merdé comme un bleu.

Depuis quand j'me soucie autant de ce que les gens peuvent penser de mes excès de colère? Depuis quand l'envie de m'excuser me prend à la gorge jusqu'à m'empêcher de respirer?

Merde… cette nana met un vrai boxon dans ma tête.

Et elle ne le sait même pas.

Un ricanement nasal m'échappe.

Elle fout tellement la merde dans ma vie, avec son regard terrifié et ses punitions familières, que j'me pointe tous les matins en avance, depuis trois jours. Juste pour l'éviter.

Moi, l'enfoiré qui aime se faire désirer.

Foutu trouillard.

Le premier matin, elle a patienté, sa pelle à la main, plus crispée que d'habitude. De là où j'étais, je pouvais presque voir les rouages de son cerveau se mettre en marche, pour savoir si j'allais venir ou pas.

Le second, elle est arrivée encore plus tôt que moi. Mais elle n'a pas quitté son bureau. Ça ne m'a pas empêché de sentir son regard dans mon dos toute la journée.

Le troisième, elle a semblé avoir renoncé. Pas de regard. Pas de punition. Pas d'attente.

Elle a juste disparu. J'me suis maudit en silence quand mon cœur s'est arrêté en ne la trouvant pas là à m'attendre bien sagement, prête à me faire regretter d'être un casse-couilles.

Enfermant mes doutes dans un coin de ma tête, je m'oblige à avancer. Terminé. J'arrête de penser. Ça ne fait que m'embrouiller encore plus l'esprit. Pas à pas, j'avale la distance qui sépare l'entrée gravillonnée du bureau.

J'ai la gorge serrée tandis que je m'approche d'elle en traînant les pieds. Sur un coup de tête, j'ouvre la porte à la volée, sans prendre la peine de m'annoncer.

– Tu as une minute?

Les traits tirés par la fatigue, elle ne quitte pas des yeux son écran d'ordinateur. Les écouteurs enfoncés dans ses oreilles crachent une musique puissante que j'arrive à entendre d'ici.

J'reste une minute comme un con, à la bouffer des yeux, sans qu'elle s'aperçoive de ma présence.

La lèvre inférieure coincée entre les dents, elle semble perdue dans son monde. Vu sa mine déboussolée et ses yeux écarquillés, il n'a rien de féerique, son monde.

À croire qu'il est aussi miné que le mien.

J'prends mon courage à deux mains pour m'avancer. Une odeur de friandise pour chien embaume la pièce. C'est bizarrement rassurant.

Mes doigts tapotent son épaule. Je savoure le bref contact de sa peau contre la mienne.

Surprise, la fée fait un bond sur sa chaise, avant de me lancer un regard terrifié. Je me fige, le cœur au bord des lèvres. Sa main se presse contre sa poitrine, et la veine sur son front se met à battre.

Puis elle semble s'apercevoir que ce n'est que moi. Moi, l'enfoiré qui l'a terrifiée.

Sa peur se jugule, remplacée par une certaine raideur. Je me renfrogne.

– Oh, c'est toi...

Ouais, ce n'est que moi.

Elle a l'air déçue.

Je hoche la tête, comme le dernier des imbéciles. Je ne sais pas quoi ajouter, alors je me lance et crache la première chose qui me passe dans la tête :

– Ouais, enfin... J'voulais simplement m'excuser pour l'autre soir. J'ai merdé.

J'ai envie de ravaler les mots aussitôt qu'ils quittent mes lèvres, mais je me retiens.

Parce que je le suis vraiment. Désolé, je veux dire.

Je suis désolé d'avoir merdé. D'avoir ruiné leur soirée. D'avoir fait tout foirer en perdant mon sang-froid.

Je suis désolé d'être un enfoiré sanguin.

Mais je ne suis certainement pas désolé d'avoir brisé le nez de ce fils de pute aux pattes baladeuses.

Il aurait dû y réfléchir à deux fois, avant de la toucher. Elle ou n'importe quelle autre fille. J'ai beau être un enfoiré, je ne me suis jamais invité là où je n'étais pas désiré. Surtout qu'il ne faut pas avoir cent soixante de QI pour comprendre que non, c'est non.

J'aurais adoré lui fourrer ça dans le crâne à coups de poing dans la gueule.

Sawyer reste silencieuse. Trop silencieuse. Et raide. Trop raide. Focalisée sur son écran, elle ne me regarde même pas. J'y jette un coup d'œil. Ce sont des chiffres. Plein de chiffres. Ça semble la passionner.

Du moins, plus que de me regarder.

J'ai l'impression qu'on a enfermé mon palpitant dans une de ces boules à neige à la con que tu secoues comme un taré, quand t'es gamin.

Sauf que depuis, la pluie de flocons de neige s'est transformée en shrapnel et s'enfonce dans mon cœur, au point qu'il termine la tête à l'envers et la gueule en sang.

Et moi avec.

Sawyer reste silencieuse, presque mutique. Son regard troublé me file l'envie de me tortiller comme un gamin qu'on aurait pris la main dans le sac en train de mater des nanas dans les chiottes du coin.

Merde, je déteste ça. Je déteste l'emprise qu'elle a sur moi, à cet instant.

– Tu n'aurais jamais dû le frapper.

Le ton qu'elle emploie rend mon absence de retenue encore plus douloureuse. Je me gratte la poitrine. Mes poumons me sont remontés dans la gorge, à tel point que je peine à respirer.

Pourtant, je parviens à cracher un rire jaune.

Bien sûr que si.

C'est ce qu'il méritait pour l'avoir traitée comme il l'a fait.

– Cet enfoiré t'a touchée.

Elle fronce le nez et me dévisage, le visage froissé.

– Faux, il a simplement essayé de m'emmener danser. C'est ce que font les hommes en soirée.

– En frottant sa queue contre tes fesses.

Ma soudaine vulgarité réveille sa colère. Piquée au vif, Sawyer plante ses mains sur ses hanches, la bouche pincée de fureur. Ses yeux pétillent.

Merde, ce qu'elle est belle, quand elle est en colère.

Lorsqu'elle se rend compte que son petit manège ne marche pas avec moi, elle m'agite son index sous le nez. J'dois prendre sur moi pour garder un visage neutre. Mon courroux se fissure.

– Figure-toi que je bosse avec des chiens toute la journée ! J'ai l'habitude qu'on me prenne pour un frottoir géant.

Ma rage prend un nouveau coup dans l'aile quand elle débite sa connerie, les sourcils froncés. J'empêche un sourire d'étirer les coins de mes lèvres. Parce que je suis toujours en colère.

Énervé par les merdes qu'elle m'inspire. Ainsi que les choses que j'aurais aimé faire à l'autre enflure.

Et que si je ris, elle risque de m'en coller une.

– Ce n'est pas pour autant que tu devais lui briser le nez, pu... naise !

Sa retenue fait frémir ma bouche.

– Il aurait dû y penser avant de s'obstiner.

Elle souffle par le nez.

– Je peux me défendre toute seule, Deacon ! Je n'ai jamais eu besoin de l'aide de qui que ce soit pour me débarrasser d'un ivrogne à la bite hyperactive ! Personne !

Je m'apprête à lui répondre quand, à l'extérieur du bureau, la voix paniquée de Cherry résonne.

– Boss ! Boss !

Le battant cogne contre le mur quand elle déboule, essoufflée. Les calendriers à l'effigie d'une douzaine de races de chiens différentes se mettent à se balancer, soufflés par la porte.

– On a un problème !

Sawyer m'observe une seconde, avant de se focaliser sur la bénévole.

– Mongrel s'est barré !

À ces mots, le visage de la jeune femme se décompose. Sans perdre un instant, elle quitte son siège. Je la suis, lorsqu'elle se précipite hors du bureau, comme si elle avait le diable aux trousses.

Quand on arrive devant la porte menant à l'espace privé de Mongrel, j'aperçois Dasher appuyé contre le mur. Son bras est écorché. Une mince rigole de sang coule le long de son poignet. Quelques gouttes ont même taché son tee-shirt.

– Nom de Dieu, Dash, ça va?

Dasher acquiesce. Il se passe la main sur le visage et siffle quand il effleure sa nouvelle blessure de guerre. Une balafre sanglante scinde sa pommette. Ce n'est pas assez profond pour laisser une marque sur sa belle gueule, mais ça a l'air douloureux.

D'une main, il se tient les côtes, et de l'autre, il se retient au mur. Puant l'inquiétude à des kilomètres, Sawyer hoquette. Sa main glisse sur la joue du blond, son pouce effleurant sa bouche par mégarde.

Ce simple geste me remue les tripes.

Parce que je meurs d'envie qu'elle me touche, moi aussi. Et pas seulement le visage. J'ai envie de sentir ses mains sur mon corps. Sur ma queue.

Partout.

– Tu es sûr que ça va? Merde, il ne t'a vraiment pas loupé…

Dasher se contente de hocher la tête. Un demi-sourire étire ses lèvres. Il pose la main sur son bras. Je me retiens de grogner.

– Ça va, je crois que je vais survivre.

Sawyer lui sourit malgré les larmes que je vois briller dans ses yeux.

– Elles vont toutes te tomber dans les bras, si ça laisse une cicatrice.

À l'aide des manches de son sweat-shirt, elle tamponne le sang qui coule sur la joue du bénévole. L'espace d'un instant, je dois déployer tout mon courage pour ne pas la ceinturer, afin de l'éloigner du blond.

– Cherry, aide-le à désinfecter ça, tu veux? Et appelle Lana pour la prévenir que je passerai prendre Willow un peu plus tard que d'habitude. Je me charge de retrouver le monstre.

L'idée qu'elle aille seule chercher Mongrel fait dérailler mon rythme cardiaque. Depuis mon arrivée, les anecdotes à propos de ce chien s'amoncellent, mais jamais je n'ai entendu quelque chose de gentil à son sujet. L'imaginer se confronter à Cerbère en personne, elle, la jolie p'tite fée, me retourne l'estomac.

Je crache alors:

– Je viens avec toi.

Sawyer soutient mon regard, puis elle hoche la tête.

– On va prendre le quatre-quatre. Tu sais par où il est parti?

Cherry désigne du doigt le désert dans notre dos. Je fronce les sourcils.

Sérieusement?

– Il a toujours sa muselière, on n'a pas eu le temps de la lui retirer, mais… sois prudente, d'accord ? Ce chien est complètement taré ! Je ne comprends toujours pas pourquoi tu n'as pas voulu t'en débarrasser après ce qui s'est passé avec Brock !

Un éclat de tristesse pure passe dans les yeux de Sawyer, avant qu'elle ouvre la bouche :

– Je pensais pouvoir le sauver… mais peut-être que j'ai eu tort de croire qu'il pouvait l'être.

Sa confession me file un coup au cœur, parce qu'elle fait écho en moi. Du revers de la main, elle s'essuie les yeux.

– Allons-y avant qu'il fasse encore plus de conneries…

14

Sawyer

Coincée dans l'habitacle étouffant du quatre roues motrices, je scanne le désert qui s'étend à perte de vue devant nous, à l'affût du moindre mouvement. Mais tout est calme. Il n'y a pas un chat à l'horizon. Pressés par le temps, nous avons quitté la civilisation depuis plusieurs kilomètres déjà, et autour de nous, tout est vide.

Il n'y a rien.

Juste de la terre, des arbustes biscornus et quelques roues abandonnées sur le bas-côté. Bizarrement, l'absence de vie me retire un poids des épaules. Ici, il ne peut blesser personne.

À part lui-même.

Après quinze minutes de route, le refuge a depuis bien longtemps disparu dans notre dos. Nous sommes seuls, au milieu de nulle part, à chercher un chien qui refuse d'être sauvé.

Curieusement, cette idée fait se serrer ma poitrine.

– On cherche quoi, du coup ? Un chien à trois têtes ? Cujo[1] ? Le putain de croque-mitaine ?

Je pouffe.

– Rien de tout ça, juste... juste Mongrel.

Très parlant, ma pauvre fille ! Tu ne veux pas lui dessiner un chien en bâtonnet, pendant que tu y es ?

Je ricane lorsqu'il tire la gueule.

– Mais encore ? Je n'en sais rien, il est comment, ce con ?

– Crois-moi... tu ne peux pas le louper. C'est un monstre.

Je hausse les épaules. Mongrel, c'est Mongrel. Un chien psychotique qui parfois me fait penser à Deacon.

La joue posée contre la vitre, je reste mutique, à contempler son profil. Il est séduisant, sans la colère qui lui tord les traits.

Trop séduisant pour mes hormones en chaleur, depuis le départ de Brandon.

C'est un mélange entre Brad Pitt et Levi Stocke, le tout avec les abdos de Ryan Gosling et les gros bras musclés et tatoués de Jason Momoa dans *Aquaman*.

Un pur régal pour les yeux, quoi !

Un sourire de sa part, et on frôle la surchauffe hormonale ! Reprends-toi, ma pauvre fille, tu vas finir par te mettre à baver !

---

1. Chien enragé et meurtrier, tiré du roman éponyme de Stephen King paru en 1981.

– Sérieusement? Tu ne vas vraiment rien lâcher d'autre, juste que c'est un monstre? C'est tout? Je ne sais pas, moi, tu n'as rien de plus utile? Comme sa couleur? Ou bien sa taille? Merde, à ce stade, même son type de croquettes préféré serait un putain de pas en avant!

Je ris. Je ne peux pas m'en empêcher. Même si j'angoisse de ne pas savoir où il est.

– Il est noir. Dans le genre massif. Et les croquettes, ce n'est pas son truc. Il préfère la pâtée. Et semble avoir un faible pour le cul de Brock. D'autres informations, monsieur?

Je sens les coins de mes lèvres se retrousser vers le haut. Il garde les yeux sur la route, concentré sur sa tâche.

– Merde, si on ramène un coyote au refuge, ce sera de ta faute, bébé.

Un nouveau rire s'extirpe de ma bouche, avant de se transformer en long bâillement.

La fatigue pulse dans mes veines. Cette journée s'éternise.

Alors que je devrais être avec ma fille, à passer une soirée plaid-Netflix à enchaîner les épisodes de *Pat' Patrouille* devant une glace au caramel, je suis coincée avec l'incarnation vivante du péché, sous une chaleur étouffante.

À me morfondre à propos d'un chien qui a blessé mon meilleur ami.

Dans d'autres circonstances, j'aurais hurlé *amen* et ravalé mes doutes, mais ce soir ? Je ne rêvais que de rentrer à la maison et mettre Willow au lit pour prendre un bon bain glacé.

Cela dit, il pouvait venir me masser les pieds, s'il le voulait.

Deacon pousse un soupir.

– Et c'est quoi son histoire, à lui ? Dès que j'prononce son nom, on s'fige comme si c'était Jack l'Éventreur.

J'ôte mes pieds du siège, soudainement nauséeuse, toute trace de pensée cochonne envolée. Un lourd soupir soulève ma poitrine. On ne m'a jamais demandé son histoire. Jamais. Aucun volontaire. Aucun adoptant. Personne.

C'est comme si ce chien n'intéressait personne, sauf moi.

Et à quel prix ?

Pourtant, lui, il s'y intéresse. Peut-être qu'il pose cette question juste pour empêcher le silence de s'installer entre nous ? Ou peut-être que sous ses airs de gros dur qui rumine en silence depuis notre départ, il s'y intéresse vraiment.

Je n'arrive pas à décider. Et je m'en moque. Parce que pour une fois, j'ai besoin de parler.

Alors, je prends une grande inspiration et me jette à l'eau.

Ma langue passe sur mes lèvres. Son regard dérive un instant de la route pour la suivre. Le rouge me monte aux joues. Une vague de chaleur enfle dans mes veines.

– Mongrel… Mongrel, c'est l'un des premiers chiens qu'on a réussi à tirer d'affaire grâce à Wolf Rain… Notre première recrue.

Je balaye des yeux le tableau de bord, puis les fais glisser sur son bras tatoué, contemple les dessins gravés dans sa chair, la gorge serrée par l'émotion.

Tout est bon pour m'empêcher de continuer. Mes doigts se mettent à trembler lorsque je triture le bouton de la radio, monte puis baisse le volume. Deacon reste silencieux.

Il se contente de m'écouter sagement. Ça ne lui ressemble pas, mais c'est ce qu'il me faut.

Je déglutis.

– Son ancien propriétaire était un fumier de la pire espèce. Cet enfoiré n'était pas assez futé pour additionner deux plus deux, alors il se servait de Mongrel et d'autres pitbulls comme chiens de combat.

Le dégoût me tord la gorge.

– Le pire, c'est qu'il se faisait un fric pas possible, plus que ce que je gagne tous les mois ! Mais inutile de te dire où passait la moitié de son argent !

Au fil des années, j'avais appris à détester l'homme et ses travers.

– Quand on est arrivés chez lui, juste après avoir gagné le procès, la moitié des chiens étaient déjà morts.

Le jugement s'était éternisé, et c'était trop tard. Ce fils de pute avait injecté de la mort-aux-rats dans leur bouffe et avait mis les voiles, avant de pouvoir être arrêté ! On a pu en sauver seulement deux.

L'amertume laisse un goût acide dans ma bouche.

– Le fils de pute…

Sa voix monte dans les aigus et c'en est presque comique. Mais il n'y a rien d'amusant dans cette histoire. C'est sérieux. Trop sérieux. Les jointures de ses mains sont blanches, tellement il serre le volant.

– Quand ils sont arrivés, ils étaient dans un état pitoyable. Maigres, couturés et agressifs. On les a baptisés Crâne et Mongrel. Crâne était encore un chiot. Il nous en a fait baver, mais il était assez jeune pour qu'on puisse reprendre son éducation et lui trouver une famille assez vite.

Brock et sa petite fille Ava ont craqué sur lui à la seconde où ils l'ont aperçu.

– Mongrel, lui…

Je peine à articuler la suite.

Parce que l'avouer à voix haute, c'est l'abandonner. C'est renoncer à le sauver.

– Lui, il était trop brisé. Personne ne pouvait l'approcher. Au début, je pensais vraiment qu'il allait finir par se calmer, tu sais… Je pensais vraiment que sa rage contre l'homme allait régresser, quelle idiote, bon sang !

Je lâche un rire sans joie. Deacon me jette un regard encourageant. Alors, je prends sur moi pour poursuivre, même si chaque mot fait grincer de tristesse mon cœur.

J'ai besoin de me confier. J'ai besoin de mettre des mots sur ce que j'ai sur le cœur, de cracher une vérité que je refuse de m'avouer.

– Elle n'a fait que grimper. Sa haine, je veux dire. Merde ! On ne peut même pas l'approcher sans qu'il nous chie une pendule et essaye de nous arracher un bras ! Brock y a laissé un morceau de fesse, d'ailleurs !

Avant de continuer, je prends une inspiration, la gorge saturée.

– Les premières semaines, j'ai essayé de l'amadouer. J'ai passé des nuits entières dans la cage d'à côté, à croiser les doigts pour qu'il finisse par s'habituer à ma présence.

J'appuie l'arrière de mon crâne contre l'appuie-tête et incline celui-ci pour pouvoir continuer à le regarder. Je suis épuisée. Autant émotionnellement que physiquement.

– Mais je suppose qu'il a fini par baisser les bras.

Deacon quitte la route des yeux pour m'observer. Je me contente de hausser les épaules.

– Il n'y a pas que les hommes qui baissent les bras, quand les choses deviennent trop compliquées à gérer.

Les chiens le font aussi. Mais eux, ils n'essayent pas de se foutre en l'air comme des lâches. Ils deviennent juste agressifs pour se protéger.

Son corps se tend. Un masque imperméable tombe sur ses traits.

Je grimace. J'avais oublié à qui j'avais affaire, l'espace d'un instant.

Quel tact, Sawyer! Bravo! Pauvre idiote...

Je murmure un « désolée » écorché. Deacon reste mutique, mais un muscle dans sa mâchoire tressaute. Pour m'empêcher de culpabiliser, je reprends de plus belle.

– Parfois...

Mes doigts serrent la laisse gravée à son nom. Du pouce, je redessine une à une les lettres, le temps de me reprendre.

– Parfois je me dis que je ferais mieux d'arrêter, de limiter les dégâts et de le laisser partir. Parce que cette vie qu'il mène, elle est encore pire que celle qu'il avait avant d'arriver à Wolf Rain.

Les sourcils de l'ancien militaire se haussent, mais il reste silencieux.

– Au refuge, il voit des chiens partout. Tout le temps. Ça le rend tellement agressif que Dasher a dû installer des barricades tout autour de sa cage pour lui bloquer la vue.

Je renifle.

– Par égoïsme, parce que l'abandonner me briserait le cœur, je le condamne à vivre prisonnier de son passé. Et pour ne pas arranger la situation, en faisant ça, je fous en danger mes collègues et mes employés. Sauf que je n'arrive pas à me résoudre à juste... le laisser tomber.

Je serre les poings, rongée par la honte.

– Bon sang, tu dois te dire que je suis une sacrée idiote, hein? Je pleure pour un stupide chien.

Du revers de la main, j'essuie mes joues détrempées. Je ne me suis même pas rendu compte que je pleurais, avant que l'une de mes larmes s'écrase sur ma main et me ramène à la réalité.

Je dois avoir l'air fin, avec du mascara plein les joues, style raton laveur qui vient de se réveiller.

– Tu as eu raison.

Confuse, je fronce les sourcils.

Eu raison de quoi? De forcer Mongrel à vivre dans une nouvelle cage dorée, parce que j'étais trop bornée pour abandonner? Je ne me voile plus la face depuis longtemps: durant des années, j'ai laissé ma fierté m'aveugler.

À présent, j'ai l'impression d'avoir à en payer le prix.

– Tu as eu raison de te battre pour lui, Sawyer.

Je suis surprise. Et peut-être un peu émue. Non, en fait, je le suis totalement. Parce que ça vient de lui. L'empaffé qui s'amuse à me foutre en rogne à la moindre occasion.

Il soupire. Sa tête se tourne vers moi, et il plante ses yeux dans les miens. Mon rythme cardiaque s'emballe. Je suis presque sûre qu'il peut l'entendre du siège conducteur, tellement il bat fort. Mais hypnotisée par son regard, je suis trop happée pour m'en soucier.

– Tu as tort de croire que sa vie est plus merdique que sa précédente. Tu sais pourquoi? Parce que cette fois, quelqu'un est prêt à croire en lui. Merde, Sawyer… on a tous besoin de quelqu'un qui se batte pour nous, même quand on a déjà renoncé.

Les larmes me brûlent les yeux. Je ne sais pas quelle est mon excuse, mais les mots sortent de ma bouche avant que je puisse les arrêter.

– Et toi, tu as quelqu'un?

Ses mains se resserrent sur le volant. Sa bouche se pince, et je sens mon cœur me remonter dans la gorge.

La réponse est claire. Pour une raison étrange, elle ravive la douleur qui me pèse sur la poitrine depuis le début de la soirée.

– Je pourrais être celle qui se bat pour toi. Je suis assez tenace pour croire pour vous deux.

Je presse son bras brûlé.

– Ne t'en fais pas pour moi, bébé… Je suis assez grand pour m'en sortir tout seul. Contente-toi de croire en Mongrel, moi… j'suis pas important.

Je tente de lui sourire, mais je n'y arrive pas. Parce que je sens mon cœur jouer des claquettes, sous mes côtes, et mes yeux s'embuer.

Il a de l'importance. Il a tellement d'importance !

Mais il est trop fissuré pour s'en rendre compte, c'est tout.

– Putain, ce n'est pas lui là-bas ? Cet enfoiré n'a pas chômé, regarde-moi ça ! Il nous a presque semés !

Sans détourner les yeux de sa figure, je hoche la tête, envahie par un curieux sentiment. Je reste dans le quatre-quatre lorsqu'il s'en extirpe après s'être emparé de la laisse.

Et comme la dernière des idiotes, je fais la promesse la plus stupide du monde.

Ce soir au milieu du désert, la poitrine verrouillée par un mélange d'angoisse et de reconnaissance, je me promets de ne jamais le laisser tomber.

Parce que sous ses airs d'enfoiré colérique au sérieux penchant pour l'autodestruction, j'aperçois un enfant coincé dans le corps d'un homme, un gosse qu'on a trop souvent abandonné et qui a besoin d'aide pour avancer.

J'aperçois un homme bouffé par la douleur, à qui on n'a pas appris à se pardonner. Deacon est rongé par le chagrin, cloîtré dans ses souvenirs, tandis que le reste du monde continue d'avancer…

Pour la première fois depuis notre rencontre, j'ai

l'impression de rencontrer le vrai Deacon. Celui qui ne cherche pas à réveiller la colère pour s'épargner la compassion, celui qui ne se force pas à porter un masque d'indifférence partout où il va.

Et il me plaît bien plus que l'ancien.

15

Deacon

J'ai fait un tas de conneries complètement dingues dans ma vie, mais courir après un clébard de la taille d'un poney avec une fée collée au cul, c'est une première. Les poumons coincés dans la gorge, je tire sur la laisse du chien-poney-ours pour le faire avancer.

Même ceinturé par le cuir de sa muselière, il se débat, ses pattes grattant son museau pour s'en défaire.

Entre ça et ses grondements énervés qu'il pousse d'une voix enrouée, Mongrel est tout ce qu'il y a de plus flippant.

Un foutu chien de l'enfer, échappé de la garde personnelle de Satan, et capable de t'écorcher vif, voilà ce qu'il est.

Cujo, à côté, c'est un foutu amateur !

– Ouais, j'ai compris, mon pote, tu n'as pas envie de rentrer, mais tu n'as pas vraiment le choix. Ta proprio compte sur moi pour ramener ton petit cul d'enfoiré en sécurité.

Ses pattes battent l'air quand je tire une nouvelle fois sur le cordon, afin qu'il soit plus proche du pick-up.

Plutôt crever que de le porter jusque là-bas.

Après avoir eu un aperçu des cicatrices que ce démon a laissées sur le cul de Brock, j'préfère m'abstenir.

J'ai assez de cicatrices comme ça.

Et je tiens à mes mains.

Sauf que mes muscles brûlés protestent à chaque traction, réveillant ma douleur. Je serre les dents. J'ai l'impression d'être un foutu chaton en face du pitbull noir qui lutte de toutes ses forces contre moi.

C'est peut-être le cas. Après tout, douze semaines passées allongé, brûlé au troisième degré sur trente pour cent du corps, ça laisse des séquelles.

Putain d'ironie, bien sûr que ça en laisse !

Ça marque à jamais, jusque dans la chair.

– Ouvre-moi la porte du pick-up.

Il ne me faut que quelques secondes pour monter le monstre à l'arrière de la jeep.

Sawyer le tient par sa muselière pour m'empêcher de me manger un coup de tête dans la gueule.

Merde ! Comment aurait-elle pu faire seule ?

Ce chien est énorme et pèse autant qu'un poids mort.

En tout cas, il est bien plus lourd que la petite fée qui lui murmure des mots doux, étouffés sous les grognements tonitruants qu'il pousse.

En deux temps, trois mouvements, nous sommes à nouveau en route pour le refuge, mais cette fois, aucune voix surexcitée ne me raconte combien elle tient à Mongrel.

Coincée dans son siège, la mine défaite, Sawyer est silencieuse, bien trop silencieuse. Comme brisée.

Son poing devant la bouche, ma fée a le regard perdu par la fenêtre, ses sourcils froncés. Elle ne semble pas avoir envie de me parler, alors je garde toutes les merdes qui me viennent à la bouche.

Parce que parfois, le silence, c'est ce qu'il y a de mieux pour faire taire la douleur.

***

– N'entre pas dans la cage.

Sawyer m'expédie un regard sombre, les doigts passés entre les barreaux de la porte, prête à s'aventurer dans la gueule du loup.

Ou plutôt du pitbull furieux.

Je campe sur mes positions, le corps perclus de souffrances. Mes brûlures sont douloureuses, mes muscles étirés. Je douille sévère, mais je prends sur moi pour garder un visage neutre.

– Faut lui retirer sa muselière.

Et la laisser se faire bouffer ? Puis quoi encore ? Offrir un morceau de mon cul au démon ? Plutôt crever.

Sous mes yeux, et sans que je puisse rien y faire, la lourde porte grillagée de la cage de Mongrel s'ouvre.

– Sawyer, bordel !

Après on ose dire que je suis l'enfoiré aux tendances suicidaires ? Sur la pointe des pieds, pour ne pas exciter encore plus le clébard nerveux, la blonde s'approche de lui. D'un coup sec et fluide, elle défait la lanière qui maintient la muselière sur la gueule du molosse.

Puis sans s'attarder une seconde de plus, elle s'élance vers moi. Mais débarrassé de sa prison de cuir, Mongrel ne perd pas de temps non plus. Toutes dents dehors, il se précipite sur elle, prêt à la mordre.

Le visage déformé par la trouille, Sawyer recogne la porte grillagée derrière elle, son poignet délicat ripant contre l'un des barreaux lorsque le pitbull enragé s'y vautre.

Je n'ai que le temps de m'élancer pour repousser le battant d'un coup d'épaule et de dégager son poignet massacré avant que le pitbull d'un noir d'encre se remette à hurler à la mort.

Bouffé par la rage, le chien tourne comme un fou dans sa petite boîte, la gorge éraillée par ses aboiements frénétiques.

Perdu dans sa folie, il ne semble pas comprendre que la fée est sa seule alliée.

Dans d'autres circonstances, j'aurais été désolé pour ce chien, par ce qu'il a dû subir pour devenir aussi bousillé. Sauf que ce sont les larmes silencieuses et scintillantes qui dévalent les joues de ma fée qui poussent mon cœur à tambouriner contre mes côtes.

– Laisse-le se calmer, ma belle…

Le bras en sang, Sawyer dévisage Mongrel, un mélange de pitié et de colère peint sur la face. De l'eau brouille ses grands yeux bleus.

Mon cœur joue des claquettes dans ma poitrine.

Pendant plusieurs secondes, elle reste silencieuse, braquée sur Mongrel, puis, dans un soupir, elle se retourne.

– Tu veux venir prendre un verre?

Je hoche la tête.

J'en crève d'envie.

Ensemble, on se dirige vers le bureau, abandonnant derrière nous le pitbull en rogne qui continue de remuer. Chaque pas qui nous éloigne de sa cage donne l'occasion à Sawyer de se recomposer un masque neutre.

Oublier les larmes. Oublier la douleur. Il ne reste que du vide. Ça menace de m'exploser la poitrine.

La porte du bureau claque dans mon dos. L'odeur de nourriture pour chien me sature les narines. À bout de forces, Sawyer s'affale dans son siège et se met à le faire rouler jusqu'à un petit kiosque, d'où elle extirpe une bouteille de Jack Daniel's.

Dans un sourire aussi faux que le mien, elle agite la bouteille sous mes yeux. Je fais semblant de soupirer et porte la main à ma poitrine.

– Une femme selon mon cœur.

Le rouge lui monte aux joues, mais son rictus devient plus vrai. Plus réel, moins creux.

– Je peux ?

Du menton, je désigne sa peau écorchée. Voir sa chair si lisse, si attirante, ensanglantée fait s'emballer mon cœur. Son regard se décroche du mien pour glisser le long de son bras tatoué.

Son pouce effleure la plaie, comme si elle ne s'en était pas rendu compte avant qu'elle fût là.

– C'est qu'une égratignure.

– Laisse-moi voir…

J'avance, doucement, pour lui donner une chance de me repousser.

C'est l'apothéose dans ma tête quand enfin j'effleure son bras, et l'apocalypse dans mon cœur quand elle frissonne, les yeux rivés aux miens.

Je retiens mon souffle.

J'ai l'air d'une putain de pucelle.

Et à cet instant, elle a l'air aussi perdue que moi.

Piochant dans les vestiges de la douceur que je possédais autrefois, je glisse l'une de ses mèches décolorées derrière son oreille, incapable de quitter des yeux ses lèvres.

Je me demande quel goût elles ont. J'mise sur la noix de coco, parce que je la vois passer sa vie à rouler un stick à lèvres goût coco sur sa bouche.

J'imagine quelles sensations elles me procureraient, plaquées sur les miennes.

Mon pouce effleure sa lèvre inférieure. Son souffle s'échoue contre mes cicatrices. J'appuie mon front contre le sien.

Je n'arrive pas à résister.

Ne fais pas ça.

Ne fais pas ça.

Ne fais pas ça.

Ne fais pas ça.

– Merde, Sawyer... Tu me rends dingue.

La tentation est trop forte. Je cède dans une explosion de sentiments contradictoires. Je pose ma bouche contre la sienne, doucement au départ, avant qu'un gémissement de sa part vienne faire céder mes dernières réserves. Mon baiser se fait plus dur, plus vorace.

Je prends plus que je ne donne, guidé par mon besoin de la faire mienne.

Je crochète sa nuque, referme mon poing dans ses cheveux et l'approche de mon torse, me sentant comme le putain de roi du monde, juste grâce à ses lèvres.

Timidement, sa langue se mêle à la mienne, réveillant ma queue. Ses mains viennent agripper mes bras, ses doigts frôlant mes cicatrices sans qu'elle s'éloigne ou cherche à les éviter.

Et là, c'est l'explosion dans ma poitrine. Cette nana est une tentation que je refuse d'ignorer. C'est comme une drogue. Un foutu poison enfoncé profondément dans mon palpitant.

Je glisse mes mains sur son ventre, savourant son frisson. Puis, brusquement, la réalité me revient en pleine gueule comme une brique en plein sur la tronche.

Je recule en titubant.

Ma patronne. La fée. L'intouchable.

Je viens d'embrasser Sawyer. Et je serais prêt à tuer pour recommencer. Encore et encore.

Mais qu'est-ce que je fous, putain? Elle est hors-jeu.

– Merde… Faut que j'y aille.

Le souffle enrayé par le désir, je prends mes jambes à mon cou, tel le lâche que je suis.

***

– Je l'ai embrassée.

Kiersen m'observe avec des yeux si écarquillés qu'ils font flipper. Je me rencogne dans mon siège, la mâchoire serrée.

– Vous l'avez… embrassée?

– Putain, vous avez très bien compris. Ne me faites pas répéter !

La psy se hérisse. Son stylo gribouille de nouveaux adjectifs sur son carnet. Je n'ai plus besoin de me pencher pour les lire. J'les devine.

Enfoiré. Menteur. Casse-couilles. Colérique.

Avec les mots « casse-couilles » et « colérique » entourés en rouge. Je ravale un sourire.

– Et pourquoi l'avez-vous embrassée, Deacon ?

J'en crevais d'envie. Depuis que j'ai posé les yeux sur elle, il y a deux semaines, j'en crève d'envie. Putain de petite fée aux grands yeux bleus. Elle s'est immiscée dans chacune de mes pensées comme un poison, jusqu'à me saturer le cerveau d'images salaces.

Mais ça, je le garde pour moi. Kiersen ferait une syncope si je lui dévoilais chaque fantasme que la peau tatouée et le sourire joyeux de ma patronne m'inspirent.

– Je n'en sais rien, merde ! Elle était là. Aussi perdue que moi. Je l'ai embrassée. Fin de l'histoire. C'était juste un foutu baiser !

Un baiser que j'ai envie de répéter, encore et encore, jusqu'à ne plus pouvoir me débarrasser du goût de ses lèvres. Jusqu'à ce qu'elle me refasse la même foutue promesse, celle qui continue à sauter à pieds joints sur mon pompeux écorché.

Elle veut croire en moi. Pour moi. C'est la seule nana assez timbrée pour le faire. Ça veut dire quelque chose, non ? Ça doit vouloir dire quelque chose.

– Est-ce aussi l'avis de Mlle Arcane ?

Je n'en sais rien. Peut-être que oui. Je ne me suis pas éternisé assez longtemps pour le savoir.

– Merde, c'était un baiser. Je ne me suis pas mis à genoux !

Il n'y a que trois raisons pour qu'un homme se foute à genoux : la prière, le mariage ou la chatte. J'ne suis pas du genre grenouille de bénitier, ou assez con pour me passer la corde au cou.

La psy se renfrogne. Elle remonte ses lunettes sur son nez, ses yeux ne quittant pas les miens.

Elle me juge en silence, jusqu'à ce que j'ouvre la bouche pour cracher :

– Vous êtes une hypocrite, Kiersen. Vous baisez bien avec Brock, nan ?

Touché ! Kiersen se fige, le dos droit, son tailleur moulant sa poitrine. Sur son visage, sa colère laisse place à de la rage.

– Ma vie personnelle ne vous regarde nullement, monsieur St. John.

Le retour du « monsieur St. John », signe que je viens de faire voler en éclats sa retenue policée. J'aurais dû sortir le nom de l'autre crétin bien plus tôt. Juste pour la voir exploser.

Nouveau mot griffonné d'une main nerveuse sur les pages sombres du carnet.

– Avez-vous envie de l'embrasser encore?

Chaque putain de jour. Chaque putain de minute. Dès que je pose les yeux sur elle.

– Putain, mais vous déjà l'avez vue? Cette nana est carrément baisable! Faudrait être con ou aveugle pour ne pas en avoir envie!

Cette fois, elle soupire. Du plat de la main, elle lisse l'avant de son tailleur. Ses yeux sont moins pétillants qu'avant, ses gestes moins assurés. Comme si mentionner Brock avait altéré ses muscles et bousillé sa façon de bouger.

Je retiens un sourire goguenard en comprenant.

Elle est amoureuse, la petite psy. Et lui, il est trop con pour s'en apercevoir.

– C'est tout ce qu'elle est pour vous? Complètement baisable?

Je serre les dents à m'en faire péter la mâchoire. Cette idiote modifie mes propos pour me faire passer pour un enfoiré.

– Ce n'est pas ce que j'ai voulu dire.

– Et qu'est-ce que vous vouliez dire, alors, monsieur St. John? Qu'elle est tellement belle que vous avez envie de l'avoir dans votre lit, mais pas dans votre vie?

Je secoue le menton. Pas question de glisser sur ce terrain-là. Hors de question d'en parler, avant que l'idée puisse me monter à la tête et séduire qui que ce soit là-haut.

– Putain, Kiersen, vous…

Son stylo claque contre le cuir quand elle se lève pour me foudroyer du regard.

– Laissez-moi finir, monsieur St. John!

Voyez-vous ça, le robot s'est fait pousser une paire pendant la nuit! Je laisse planer un rictus sombre sur mes lèvres. Kiersen me fusille du regard, nullement effrayée.

– Je suis sûre que Mlle Arcane est une femme formidable et qu'elle mérite mieux que ça.

Mieux que toi.

Bien mieux que toi.

Mes poumons me remontent dans la gorge. J'arrive plus à respirer. Au fond de mes veines, ma colère s'effrite.

Et j'me retrouve seul avec ma honte, comme une barre enflammée enfoncée dans le bide. Ça fait un mal de chien. Ça me coupe la respiration. Ça court-circuite mon cerveau.

Mais ça ne m'empêche pas de penser qu'elle a raison, la psy.

La fée mérite mieux qu'un enfoiré à la peau abîmée et à l'esprit défoncé. Elle mérite un gars sans passé, capable d'avancer sans flipper parce que sa tête est rongée par des démons qu'il est le seul à voir.

Elle mérite un homme fidèle, un homme capable de vénérer le sol qu'elle foule, un homme bon susceptible de lui offrir un futur sans période d'ombre.

Sans se soucier de la douleur qui menace d'exploser ma cage thoracique, la psy continue sur sa lancée :

– Êtes-vous sûr d'avoir envie de ruiner vos chances de réintégrer la marine pour un coup d'un soir ?

Non. Non.

Pourtant, ce n'est pas l'idée d'avoir à abandonner la marine qui me retourne le cœur. C'est celle de ruiner mes chances de côtoyer Sawyer.

Mais j'ne suis pas assez con pour penser pouvoir lui offrir autre chose qu'une nuit de baise. C'est un fait. Je suis un queutard. Je drague, je baise et j'oublie.

Je l'étais même avant qu'on m'ampute d'une partie de ma vie.

Je le suis encore maintenant. Ce n'est pas près de changer. Je ne suis pas fait pour me caser. Pour avoir des gosses, une grosse maison, un chien de famille et un monospace.

La merde que j'ai vue s'est chargée de me ruiner cette possibilité, en se gravant dans ma mémoire à jamais.

Alors même si ça m'arrache la bouche de l'admettre : je respecte trop Sawyer pour lui infliger mes conneries. Pour la baiser et me barrer.

Mais voyez-vous ça, je deviens une poule mouillée.

– Vous avez besoin de ce travail, Deacon. Alors de mon point de vue… qu'importe ce que vous inspire Mlle Arcane, ce n'est qu'une passade, et elle ne vaut pas le risque de mettre en péril votre place au sein de Wolf Rain. À moins que vous ayez changé d'avis sur les histoires d'amour, monsieur St. John ?

Chacun de ses mots s'enfonce dans mon palpitant, jusqu'à ce qu'il n'en reste rien. Ce n'est qu'une passade. Une attirance passagère qui me martèle le crâne et la queue. Une envie éphémère qui s'infiltre dans mes veines. Un désir momentané qui réveille l'enfoiré que j'étais avant.

Une douleur fugitive, que je m'inflige tout seul, putain de masochiste que je suis.

Elle a raison.

Elle a raison.

Elle a raison.

– Deacon ? Monsieur St. John ? Vous m'écoutez ?

Sans prendre la peine de lui répondre, j'quitte le siège trop confortable, ma veste sous le bras, et j'me barre.

J'ai une fée à oublier et une chatte à trouver pour y parvenir.

16

Sawyer

La petite main de Willow dans la mienne, je pousse la porte du glacier, un sourire me bouffant les lèvres. Le carillon tinte au-dessus de notre tête, et l'odeur de noix de coco sature mes narines à la seconde où on pose le pied à l'intérieur.

J'adore cet endroit.

J'aime l'ambiance familiale qui y règne et les murs aussi colorés que leurs glaces. Un petit bout de paradis qui embaume la coco et réveille à chaque fois mon côté gourmand.

Derrière le comptoir, la vendeuse nous sourit. Je lui fais coucou, avant de me diriger droit vers la vitrine.

Dès qu'elle l'aperçoit, Willow me lâche pour se précipiter vers le kiosque rempli de pots colorés.

– Tu veux quel parfum, mon chaton?

Mon bébé finit le nez collé à la vitre, lorgnant les différents parfums exposés sous son nez. Elle peine à les lire. Sourcils froncés, elle articule lentement et à haute voix chaque parfum de glace pour trouver celui qui ferait s'emballer son petit cœur.

Sa robe blanche tachée de peinture bat contre ses chevilles lorsqu'elle se met sur la pointe des pieds pour loucher sur la dernière rangée. Le front contre la vitre, elle se lèche les lèvres, bouffée par l'envie.

Son petit pouce se pose pile en face du bac de fraise, avant de glisser jusqu'au chocolat, puis à la vanille. Son petit nez se plisse de dégoût tandis qu'elle épelle le mot *schtroumpf*.

Indécise, elle zieute les glaces, puis moi, et encore les glaces, jusqu'à ce que je ricane.

Ma main glisse dans ses doux cheveux blonds et je sais qu'un sourire niais et rempli de fierté maternelle tend mes lèvres.

– Fraise ou chocolat? je demande, connaissant parfaitement les goûts de ce petit démon.

– Est-ce que je peux avoir les deux? tente-t-elle en m'adressant un regard de chiot battu.

Elle est aussi gourmande que moi.

En riant, comblée, je hoche la tête et passe commande. L'instant d'après, nos glaces entre les doigts, nous allons nous asseoir. Excitée comme une puce, Willow me raconte sa journée à l'école, sans omettre aucun détail.

Et je n'en loupe aucun, le sourire sur mes lèvres s'étirant de seconde en seconde.

Vous avez déjà vécu un de ces moments où tout le reste devient abstrait, où vous êtes tellement heureuse que la seule chose qui compte, c'est le moment présent ? Eh bien, je le vis dès que je pose les yeux sur ma petite tête blonde.

Dès qu'elle se retourne pour me sourire.

Dès qu'elle prononce le mot *maman*, avec sa voix enfantine qui fait battre mon cœur.

Oubliés les problèmes du refuge, oubliés Mongrel et son instabilité, oubliés Deacon et sa fuite.

Pas question d'y penser. Je préfère éviter le sujet, l'enterrer sous la douzaine d'autres sujets à éviter comme les soucis d'argent du refuge, les soucis avec mon ex-belle-mère. Du moins pour l'instant.

Juste un instant de répit, avant de me mettre la tête à l'envers à force d'y penser. Sauf que je n'arrive pas à tuer l'espoir qui continue de saturer mon cœur.

Mais aujourd'hui, il ne reste qu'elle, ses mains barbouillées de feutre et ma poitrine serrée de bonheur. Willow a toujours été ma soupape de sécurité. Mon petit moment de détente, mon coin de paradis au milieu de l'enfer, une bouffée d'oxygène quand j'ai l'impression de sombrer, mais dernièrement, submergée par le refuge, j'ai eu si peu de temps pour elle que je m'en veux.

C'est ma fille, mon trésor, et ça me fend le cœur de savoir qu'elle n'a pas osé venir me demander de lui faire son petit déjeuner le matin même, alors que je m'arrachais les cheveux sur la gestion du refuge.

C'est Dasher qui me l'a avoué, avant que je décide de tout jeter aux orties pour passer la journée avec elle.

J'avais besoin de cet après-midi entre mère et fille. Nous en avions besoin.

On prend place l'une en face de l'autre.

– Pourquoi tonton Dasher n'est pas venu avec nous? Il adore les glaces!

– Parce qu'il avait du travail, et je voulais passer cette journée avec toi, mon chaton, réponds-je en riant.

Sa petite bouche s'ouvre en un « o » surpris, et le rouge lui monte aux joues. Puis elle reprend le récit de sa journée, les yeux pétillants. Je l'écoute en savourant ma glace.

Elle me parle de son amie Maeve, de sa maîtresse Mme Collins, ou encore de Deacon et de ses tatouages.

Chaque fois qu'elle prononce son nom, mon esprit s'évade et je me remets à penser à notre baiser. Et sa fuite précipitée.

À chaque fois, ça me fout un coup en plein plexus. Quoi, j'embrassais si mal que ça? Ma fierté piétinée dans les chaussettes, j'essaye de faire de mon mieux pour occulter ce souvenir de ma mémoire.

Mais c'est peine perdue. Parce que lui… il embrasse bien.

Trop bien, d'ailleurs.

De quoi filer l'envie de recommencer encore et encore.

– Maman?

– Oui, mon chaton?

Sa cuillère en plastique à la main, Willow guette quelque chose dans mon dos. Mes sourcils se froncent quand je jette un coup d'œil par-dessus mon épaule.

La surprise me prend à la gorge. Bientôt remplacée par la rage.

– C'est qui le monsieur qui nous regarde?

Je grimace. Cet homme costumé qui fait tache au milieu des couleurs, c'est son père. Mais ça, je le garde pour moi. Ma colère me coupe le souffle.

– Maman revient tout de suite, ma princesse.

Je quitte mon siège, les lèvres pincées.

Il n'a pas changé, depuis le temps. Toujours aussi beau. Toujours aussi lâche. Sa chevelure a toujours la même teinte de blond, ses yeux sont toujours aussi verts, et il est toujours aussi séduisant.

La seule chose qui a changé, c'est sa carrure. Il est plus sec, plus… homme.

– Qu'est-ce que tu fiches ici, Brandon?

Je lance les hostilités, déjà épuisée par la confrontation qui s'annonce.

– Tu n'as pas changé, Sawyer, toujours aussi honnête… et magnifique.

Je lève les yeux au ciel si fort que j'ai l'impression que je vais les perdre. Sérieusement? Un compliment?

Merde, nous n'avons plus 16 ans, ses flatteries ne m'atteignent plus depuis bien longtemps.

Pire encore, elles ont l'effet inverse.

– Réponds à ma question.

Cet idiot a l'audace de hausser les épaules, comme si ce n'était pas grand-chose.

– Je voulais voir ma fille, et l'un des membres du refuge a eu la gentillesse de m'indiquer où te trouver. Tu as maigri? Je te trouve plus min…

Et merde… quel est l'enfoiré assez débile pour lui avoir dit où je me trouvais? Qui que ce soit, cette personne va être virée. VIRÉE. Délaissant mes envies de jouer à la patronne sadique, j'embraye, sans lui laisser le temps de finir:

– Du coup, tu décides de te pointer comme une fleur après six ans d'absence?

Brandon pousse un soupire exaspéré.

Comme si c'était à lui d'être exaspéré! C'est moi qui devrais l'être!

– Sawyer…

Mon sang ne fait qu'un tour. Ce ton doucereux, je le hais, presque autant que son sourire, que son odeur, que sa présence dans ce glacier.

– Ne m'appelle pas comme ça!

Nouveau soupir. Je ronge mon frein pour ne pas le gifler. Pas devant Willow. Jamais devant elle. Le visage froissé par la timidité, Willow se glisse à mes côtés, gazouillant de sa voix fluette:

– Bonjour.

Brandon reste muet, les yeux braqués sur sa fille. Quelque chose passe dans son regard, avant qu'il se mette à sourire à pleines dents.

– Bonjour, Willow. Je suis heureux de pouvoir enfin te rencontrer…

Je me mords la langue si fort que le goût du sang m'explose dans la bouche.

Le salaud. L'enfoiré. L'enflure!

Les insultes glissent sur ma langue, comme une luge sur une pente enneigée. Mais bien sûr, il est trop égoïste pour comprendre l'erreur qu'il vient de commettre.

– C'est Brandon, un ami de maman.

Je foudroie du regard mon ex-mari, avec assez de fureur pour qu'il se mette à gesticuler, mal à l'aise. Heureusement pour lui, il a la présence d'esprit de tenir sa langue et se contente de hocher la tête.

Willow l'observe, sa spatule dégoulinant de coulis caramel aux doigts.

– C'est un ami du refuge?

Je hoche la tête, remerciant le ciel pour cette excuse improvisée.

Bon sang, j'adore cette gamine.

– C'est ça, mon chaton, un ami du refuge.

Rassurée, sa timidité fond aussi vite que la glace qu'elle tient à la main.

– Vous connaissez tonton Dasher, alors?

Brandon lui sourit.

– Je le connais depuis très, très longtemps.

Elle hoche la tête, heureuse, puis lui tend sa glace, les joues roses.

– Tu veux un bout de ma glace, dis?

Le blond secoue la tête, amusé.

– Non, merci, ma chérie.

Je me mords la langue pour m'empêcher de l'envoyer paître.

– Et si tu allais te rasseoir pour manger, ma chérie? J'arrive tout de suite!

Willow acquiesce puis regagne sa place, les mains barbouillées de glace fondue.

– Au revoir, Willow.

La poitrine contractée, je reprends mon souffle, m'exhortant au calme. Dès qu'elle est assise et trop occupée par les jeux sur le cornet en papier, je foudroie Brandon du regard.

– Sawyer…

Je secoue la tête.

– Non, tu sais quoi? Ne t'avise pas de continuer, j'en ai eu assez! Tu n'aurais jamais dû te pointer ici!

Quand il tente d'ouvrir la bouche, j'explose, les briques autour de mes souvenirs s'effondrent petit à petit. Je dois sortir de là. M'éloigner de lui et de ses fausses promesses. Mais avant ça, je dois mettre les choses au clair.

– Bon sang, Brandon ! Mais à quoi tu penses ! Tu ne peux pas juste te ramener et espérer que je vais te la présenter.

Mon ex-mari grimace. Mais alors que je pense qu'il a compris, il lâche une bombe à mes pieds.

– C'est ma fille à moi aussi, Sawyer, j'ai le droit de la voir.

Oh, non, il n'a pas osé.

Mais si, bien sûr que si.

C'est la tempête, dans mon crâne. Les insultes se mêlent aux pleurs et aux réprimandes. J'ai les lèvres serrées et la colère comme seule alliée. Du coup, je me laisse aller, je lui crache tout ce que j'ai sur le cœur, jusqu'à en ressortir essoufflée :

– C'était aussi ta fille quand tu l'as abandonnée quelques jours après sa naissance ? C'était aussi ta fille quand tu m'as craché à la gueule qu'elle ne ressemblait pas aux Monroe ? Dis-moi !

Après avoir repris mon souffle et viré les larmes qui stagnent dans mes yeux du revers de la main, je reprends :

– C'est quoi son dessin animé préféré ? Son parfum de glace préféré ? Ou encore son livre de chevet favori ? Elle est allergique à quoi ? Qu'est-ce qui lui fait le plus peur ?

Chaque soir, elle enchaîne les épisodes de Pat' Patrouille, elle adore la glace à la fraise et au chocolat, le tout noyé sous une couche épaisse de caramel fondu. Le Petit Prince, *un cadeau de ma mère, avant que la maladie ait raison d'elle, je dois le lui lire chaque soir, sinon elle ne dort pas. Elle ne peut pas s'approcher de cacahuètes et crève de trouille dès qu'elle doit aller dans l'eau.*

Je connais les réponses par cœur. Je connais ma fille sur le bout des doigts.

Parce qu'elle est une partie de moi, ma plus belle partie. Parce que sa venue a été la plus belle chose qui me soit arrivée. Parce que je l'aime et que pour rien au monde je ne l'abandonnerais.

– Tu ne la connais pas. Tu ne sais rien sur elle ! Tu l'as abandonnée, putain !

Brandon se fige. Son masque se fissure, mais il tâche de rester droit. Trop droit. Trop guindé.

Trop lui.

Il n'a pas changé. Il est resté le même, après toutes ces années.

– J'ai commis une erreur en vous abandonnant.

Cette fois, c'est plus fort que moi, je crache un rire amer qui m'arrache la gorge, espérant que Willow ne m'entende pas.

– Une erreur ? Une erreur, c'est oublier de régler l'électricité ou de mettre le chèque dans l'enveloppe. Abandonner un nouveau-né, ça, c'est autre chose !

Ma colère fait bouillir mes veines. À bout de souffle, je halète, secouée par la nausée. Mon estomac semble jouer des claquettes dans mon ventre. Mais le pire, ce n'est pas ça.

Le pire ce sont les torsions qui me meurtrissent le cœur.

Ne pas vomir sur ses chaussures. Ne pas vomir sur ses chaussures. Ne pas vomir sur ses chaussures. Ne pas vomir sur ses chaussures.

– Écoute… j'étais jeune et idiot.

Je pouffe, les larmes aux yeux.

– Jeune? Et moi, alors? J'avais 19 ans! 19 ans!

J'étais une gamine, perdue dans un monde d'adultes. Une gosse abandonnée par son prince charmant, une épouse délaissée par son mari. Pour ne pas arranger les choses, j'avais une petite princesse à élever et des factures à payer, mais personne sur qui me reposer.

Alors l'excuse de l'âge, qu'il se la garde!

Après tout, je n'ai pas flanché, moi, et j'étais bien plus jeune que lui! Pas une fois, je n'ai pensé à abandonner la petite blondinette qui me fait signe, le nez plongé dans sa double glace fraise-choco.

Jamais. Pas même quand les temps étaient si durs que je pleurais chaque nuit, à prier pour qu'on me vienne en aide. Surtout pas ces jours-là.

Non, j'ai assumé mon rôle de mère jusqu'au bout. Je me suis défoncée pour lui offrir la meilleure vie possible, jonglant entre son éducation, la maladie de maman et l'ouverture du refuge.

Parce que Willow mérite chaque goutte de sueur versée, chaque larme échappée, chaque coup au cœur quand elle me parlait de son père absent.

Elle mérite le monde, la lune et les étoiles.

Brandon claque la langue, comme il le ferait avec un poney récalcitrant. Le visage froissé par un mélange de colère et de tristesse, il vrille ses yeux dans les miens.

– Sawyer, ne rends pas les choses plus difficiles…

Je hoquette.

Rendre les choses plus difficiles?

Ainsi, c'est ce qu'il pense de moi ! Pour lui, je ne suis qu'une de ces nanas casse-couilles qui aiment compliquer la vie des autres par pur plaisir, le dernier rempart qui se dresse entre lui et sa fille non désirée.

Ce qu'il ignore, c'est que j'essaye justement de préserver une vie. Simplement, pas la sienne. Ça fait des années que j'ai arrêté de me soucier de sa petite personne, des mois que je n'ai pas pensé à lui.

Pourtant, sa simple présence ravive des souvenirs que j'avais enfouis au plus profond de mon esprit.

Un rire désabusé sort de ma bouche.

– Ça suffit, j'en ai assez entendu pour aujourd'hui.

La démarche chaloupée, l'esprit altéré et les battements de mon cœur si puissants qu'ils résonnent dans mes tempes, je m'éloigne de mon ex-mari. Il esquisse le geste de me rattraper, puis se ravise.

Bonne décision, j'aurais détesté le gifler devant Willow.

– Tu veux la voir? Appelle mon avocat! Je n'en ai pas changé depuis notre divorce.

Le cœur au bord des lèvres, ma glace au café prête à me saturer la gorge, j'attrape Willow par la main et l'entraîne à l'extérieur du glacier.

– On y va, mon poussin? Je suis sûre que Garou doit nous attendre!

17

Deacon

Une seule balle.

C'est tout ce qu'il faut pour stopper ce massacre. Pour mettre fin à la mascarade qui se joue sous mes yeux.

Une balle. Une seule, en pleine tête. Pile entre ses deux yeux. Jusqu'à ce que son crâne explose et que le sang nappe le sol d'une couche carmin.

Mais je n'y arrive pas.

Prisonnier de mon propre corps, je me contente de le regarder, enragé, bouffé par l'envie de lui faire sauter la tête.

Mon arme à la main et mon doigt sur la détente, je dévisage sans pouvoir tirer l'enfoiré qui a pulvérisé mon âme et arraché mon cœur à main nue.

Même visage. Même sourire meurtrier. Même arme.

Même enfoiré psychotique que je meurs d'envie de crever.

Mais cette fois, c'est différent. Cette fois, il ne se tient pas sur les vestiges métalliques de notre jeep.

Non. C'est pire encore.

Plus sanglant. Plus réel.

Cette fois, sous ses rangers brûlées gisent les corps de mes frères d'armes. Ensanglantés, rongés par la chaleur des flammes incandescentes qui dansent sur leurs uniformes, leurs os qui craquent à chaque pas, l'odeur atroce de leur chair brûlée.

La nausée me coupe la respiration.

L'odeur de leur chair calcinée me brûle la gorge. Je n'arrive pas à détacher mon regard de leurs visages noircis, de leurs yeux ouverts sur le vide.

J'ai l'impression de me noyer dans leur sang, dans les souvenirs qui me ravagent le crâne.

La respiration irrégulière, je me mets à chialer comme un gamin, mon cœur en miettes.

La brûlure du brasier se fait plus intense de seconde en seconde, au point que j'sens sa morsure sur la peau de mon visage.

Je crève d'envie d'appuyer sur la détente et d'en finir, une bonne fois pour toutes.

De rendre justice à ces hommes tombés à mes côtés.

L'enfoiré ricane, ses yeux fauves braqués sur ma silhouette effondrée.

Mon propre corps m'a lâché, bouffé par la souffrance. Je ne suis plus qu'une masse sanglante, défoncée, couchée au milieu du sable et du métal. Une foutue loque qui ne parvient même plus à faire ce qu'elle sait faire de mieux : tuer.

Ensanglanté, battu, je me redresse sur un coude, les doigts tremblants sur la crosse de mon arme de poing, prêt à tirer.

La douleur ravage mes côtes brisées. Je tousse du sang. Ma tête tourne. J'ai l'impression de crever. Mais je reste conscient. Conscient qu'ils sont morts. Que je suis en vie. Que tout se joue maintenant.

Petit à petit, j'sens les flammes remonter le long de ma jambe, coincée sous les débris de notre véhicule explosé.

Elles lèchent ma chair, embrasent mes nerfs, font fondre mes muscles.

Je n'arrive pas à bouger. Je n'arrive pas à m'extirper de ce cauchemar éveillé.

Je hurle en silence, incapable de laisser échapper le moindre son.

Le monstre ricane. Il se marre, le con, amusé par le carnage qu'il vient de commettre.

Sans savoir qu'il vient de signer son arrêt de mort.

La haine coule dans mes veines et le goût de la vengeance dans ma bouche porte un nom : justice.

Ce soir, cette salope va être à moi.

Les morts ne réclament jamais vengeance.

Mais je suis tout ce qu'il y a de plus vivant.

Un sourire dément étire ma bouche défoncée. L'enculé se fige, prêt lui aussi à tirer. Mais je suis plus rapide, cette fois.

Je presse la détente. La balle fuse, rapide, mortelle. Sauf qu'elle n'atteint jamais la cible.

Jamais.

À la place, celle-ci dévie, se distend, pour prendre l'apparence de mon meilleur ami. Une brume rose s'étend derrière sa tête.

Ahuri, rongé par la rage, la haine et la souffrance, je le vois s'effondrer, le crâne percé. Il s'affale à mes pieds, tandis que les flammes remontent toujours plus haut sur ma peau, me recouvrant tout entier.

C'est toujours à ce moment-là que je souhaiterais être mort, moi aussi.

***

Couvert de sueur, l'esprit en vrac et au bord de la crise de panique, j'me redresse dans le lit de Cherry.

J'ai la poitrine compressée, serrée dans une main imaginaire tout droit sortie de mes souvenirs. Je halète, à bout de souffle, une partie de moi toujours plongée en enfer.

Chaque nuit, je perds pied et je me retrouve catapulté là-bas, au milieu des flammes, du sang et des corps.

Au milieu des cadavres de mes frères et de la folie de mon bourreau.

Chaque putain de nuit, je l'affronte, sans parvenir à le terminer.

Chaque. Putain. De. Nuit.

Les poumons bouffés par la panique, j'ai l'air d'un gosse pris en plein cauchemar. Je tremble. Je halète. Je panique.

J'me souviens. J'me remémore.

Dégoûté par ma faiblesse, j'me laisse tomber au milieu des draps, pile au moment où la rousse sort de la salle de bains, aussi nue que le jour de sa naissance.

Les bras étendus au-dessus de la tête, sa masse de cheveux roux entre ses doigts et une moue séductrice aux lèvres, elle a l'air d'un foutu succube, toute en courbes, prête à te sucer jusqu'à la moelle.

Pile ce qu'il me fallait pour oublier la merde qui continue de résonner dans mon crâne, tiens!

Pleinement concentré sur ses seins, je force ma poitrine à se détendre, à faire place à l'air vital qu'elle me refuse. Je me force à oublier le chaos que je subis chaque nuit.

J'y fous toute ma volonté.

Et ça marche.

De seconde en seconde, la panique perd peu à peu sa prise sur mes poumons et j'arrive à respirer, sans me forcer.

– Salut…

Cherry me sourit.

Sa chatte épilée s'exhibe sans gêne sous mes yeux, réveillant instantanément ma queue.

C'est mieux qu'une dose de Viagra. Mieux qu'un porno.

Aguicheuse, la rousse se glisse jusqu'à moi, son regard planté sur ma bite dressée. Un sourire typiquement masculin étire ma bouche.

Elle se passe la langue sur les lèvres, comme affamée. Les pupilles élargies comme une putain de chatte en chasse, elle pose un baiser sur mon bas-ventre, puis un sur le début de ma bite.

Sa langue trace un chemin humide jusqu'à mes couilles.

– Bonjour à toi aussi, mon mignon.

Merde, sérieux ?

Ça, c'est une première. Cette timbrée parle à ma queue, avant de la glisser dans sa bouche humide. Mais je n'ai pas le temps de l'envoyer bouler que sa langue attaque direct avec un coup bas.

Littéralement.

Faudrait être con pour reculer maintenant.

Mutine, Cherry fait glisser le piercing qui orne sa langue le long de ma verge, jusqu'à ce que je rejette la tête en arrière.

– Bordel, ma belle…

Elle glousse autour de ma bite. Les tremblements font se resserrer mon plaisir. Merde, j'ai l'impression que mes boules vont me remonter dans la gorge.

Les yeux fixés sur le visage de Cherry, j'laisse toute la merde dans ma tête s'effacer, sous ses coups de langue experts.

Elle est magnifique, même avec ma bite en bouche. Merde, elle est même plus que ça.

Alors pourquoi, tandis qu'elle a ses lèvres refermées sur mon gland, j'pense à la fée? Pourquoi c'est son visage qui s'imprime sur mes rétines quand j'explose au fond de sa gorge dans un grognement animal?

Merde! Je suis baisé. Complètement baisé.

Cette nana m'obsède, sans que j'arrive à comprendre pourquoi.

La colère explose dans mes veines. Fait chier! Fallait que j'flashe sur la seule nana de cette foutue planète qui est hors-jeu, si j'veux un jour pouvoir rentrer chez moi.

Plus con, tu crèves.

Coup du destin, ou instant de karma? Je n'en sais rien, mais ça me fout les nerfs à vif.

Heureusement pour moi et le mobilier de Cherry, la sonnerie stridente de mon téléphone m'empêche de m'attarder sur le sujet.

– Putain, merde! Bouge de là, j'vais être en retard!

– Être sympa, le matin, ça te tuerait, connard?

Elle me fusille du regard, mais se décale pour me laisser me relever.

– Tu me dois un orgasme, enfoiré !

Bien sûr, ma belle… compte là-dessus.

***

Par miracle, quand j'arrive au refuge avec neuf minutes de retard, personne ne m'attend pour me souffler dans les bronches. Personne, sauf une petite forme vautrée contre le mur. Ignorant ma déception de ne pas croiser Sawyer aujourd'hui, je m'approche de la fille de ma tortionnaire :

– Tu sais où est ta mère, petite ?

Elle renifle, et sa tête oscille de droite à gauche. Des minuscules boucles blondes lui tombent devant les yeux. Recroquevillée sur elle-même, elle serre sa main contre son torse, les yeux baignés de larmes.

Tout chez elle me hurle au visage qu'un truc ne tourne pas rond.

Merde, faudrait être un débile pour ne pas le remarquer.

Mais mal à l'aise au milieu des gamins, je me tortille sur place, sans savoir quoi faire ou dire pour la calmer. Collez-moi un terroriste embusqué dans les pattes, je gère. Mais une gosse en pleurs ? Là, c'est une autre histoire.

Simon, lui, il aurait su quoi faire. Cet enfoiré était né pour être père, avant de finir en boîte.

Alors que moi, j'suis bouffé par l'envie de me tirer à toute vitesse.

– Est-ce que ça va?

Encore une fois, elle fait non de la tête. Elle serre sa main minuscule contre son torse.

C'était une question idiote.

– Tu as mal quelque part, princesse?

Cette fois, elle acquiesce.

Parfait. J'ai une gosse blessée qui chiale sur les bras. Putain de journée de merde. Willow se recroqueville sur elle-même.

– Et si tu me montrais où tu as mal? Peut-être que je peux t'aider, si tu me montres.

Sa main minuscule s'ouvre, phalange après phalange, les doigts tendus vers moi, et enfin j'aperçois ce qui lui colle les larmes aux yeux.

Une minuscule entaille sur sa paume.

Je glisse ma main sous la sienne pour y regarder de plus près, le cœur bizarrement contracté.

Il y a quelques gouttes de sang qui perlent sur les bords écharpés, mais ce n'est rien d'autre qu'une égratignure. Sauf que dans son imagination d'enfant, ça signifie le monde pour elle.

Du coup, je puise dans les vestiges de ma douceur et je lui souris.

– Et si on allait nettoyer tout ça dans le bureau?

– Ça va piquer? Je ne veux pas qu'on nettoie si ça pique!

Je ris doucement face à sa mine boudeuse.

– Promis, ça ne va pas piquer.

– Tu le jures, dis?

Je dessine une croix sur mon cœur. Au point où j'en suis… Willow glousse.

– Promis juré craché, si je mens, j'vais en enfer, princesse.

– C'est d'accord, alors…

Rassurée, la gosse resserre sa main dans la mienne, si grande en comparaison. J'ai à peine le temps de récupérer mon casque qu'elle me tire jusqu'au bureau.

Le visage bouffé par un rictus amusé, je la suis du mieux que je peux, les muscles tiraillés.

Mon genou proteste. Je censure ma douleur.

Vive et débordante d'énergie, la gamine babille sur tout le chemin, ses peurs jetées aux oubliettes. Lorsqu'on arrive enfin à la porte, j'ai les oreilles qui sonnent et une moue attendrie plaquée sur la bouche.

C'est qu'elle est mignonne, la petite, avec ses manies et ses traces colorées. C'est à peine si elle ne réveille pas mon envie de paternité.

Willow pousse la porte, envoyant le battant claquer contre le mur, et s'élance sur la chaise à roulettes de bureau. Ses petits pieds claquent sur le sol lorsqu'elle court.

À l'aide de la chaise, elle grimpe sur le bureau enseveli sous les dossiers, en rigolant quand le siège se met à tournoyer sous elle. Elle se traîne jusqu'à l'un des coins du meuble et laisse pendouiller ses pieds chaussés de répliques de rangers dans le vide.

– Tu sais où ta mère range les mer… le désinfectant?

– Tu as encore dit un gros mot!

Et merde…

Je grimace. Je retire ce que j'ai dit, les gosses, ce n'est pas pour moi. Je ne pourrais jamais me retenir de jurer pendant dix-huit ans.

– J'ai remarqué, ouais…

– Ce sera notre secret…

Je ricane, en la remerciant.

Lorsqu'elle se met à dessiner sans répondre à ma question, je fouille dans les tiroirs, un à un, jusqu'à tomber sur une bouteille déjà bien entamée de désinfectant et une boîte neuve de sparadraps.

J'suis à deux doigts de hurler un « putain, merci » mais je me retiens de justesse. Comme un con, je fais danser la bouteille et la boîte devant son nez, prêt à tout pour la faire sourire.

D'un air solennel, Willow me tend la main, les sourcils froncés et la bouche pincée:

– Je suis prête…

J'fais de mon mieux pour m'empêcher de ricaner, de peur de la froisser. On n'imagine pas à quel point c'est susceptible, ces petites choses, avant d'avoir eu affaire à un gosse qui fait la gueule.

Ma filleule, Elena, était la reine du tirage de tronche. J'y avais droit à chaque visite. Cette gosse était aussi casse-couilles que son père.

Parfois, il m'arrive de me demander si elle l'est toujours autant.

La tête ballottée par les souvenirs d'Elena, je fais gicler un peu de désinfectant sur la blessure, puis me penche en avant pour souffler dessus.

– Ça chatouille !

J'éclate de rire.

– Et voilà, c'est terminé !

Willow examine sa paume, la mine concentrée, comme si elle avait peur que ses doigts aient changé de place entre-temps. Je ravale un nouveau rire amusé.

– Qu'est-ce que vous faites là, tous les deux ?

Je me fige, les narines saturées par une odeur florale. Celle-là même qui me hante la nuit. Fluette, Sawyer se glisse jusqu'au bureau, les sourcils froncés.

Focalisé sur la petite qui bat des pieds devant moi, j'essaye de garder un air détaché, pour ne pas me faire griller.

C'est peine perdue.

Elle rentre dans une pièce, et brusquement, je suis conscient de chaque bruit qu'elle produit malgré elle.

Chacun d'eux.

Le frottement de ses tennis sur le sol en lino du bureau. Le bruissement de son sweat-shirt quand elle frôle du bras l'un des casiers entreposés dans un coin. Les cliquetis que produisent les bracelets colorés qui pendent à son poignet.

Ou encore le son étranglé qu'elle fait en apercevant le bandage enroulé autour de la paume de sa fille.

C'est comme si l'espace d'une seconde, elle avait oublié comment respirer. Chaque foutu bruit. Quelque chose les amplifiait dans mon crâne, comme si un haut-parleur géant les crachait directement dans mes oreilles.

Comme si je n'étais déjà pas assez conscient de sa présence.

Merde, cette nana, elle est impossible à ignorer.

Elle rentre dans une pièce et je me retrouve comme un con à la dévisager, à me demander si je suis toujours en vie, si je ne me suis pas mangé un camion en pleine face en arrivant pour finir au paradis.

Parce qu'une nana comme ça, avec son parfum de jasmin et son sourire capable d'illuminer une putain de planète, c'est forcément un mirage créé par l'esprit.

Un ange tombé sur terre. L'incarnation même de la perfection, pile devant mes yeux.

Je deviens sentimental. Simon et les autres se foutraient bien de ma gueule, s'ils étaient là.

– Regarde, maman ! Deacon il a soigné mon bobo, comme toi tu le fais !

Bouffée par la fierté, la gamine lui montre son sparadrap à l'effigie d'une princesse quelconque.

– C'est de la faute de Garou ! Je voulais lui donner une friandise et il m'a fait mal ! Mais il n'a pas fait exprès, tu sais, maman ! Il avait juste très, très faim, Garou !

Je hausse les épaules, quand Sawyer m'expédie un regard interrogateur.

Je n'en sais rien.

Je m'en fous.

J'ai fait mon boulot.

Je ne veux rien savoir de plus.

Je devrais vraiment me tirer maintenant qu'elle est là, sauf que j'reste planté là comme un con, à la dévisager comme s'il s'agissait d'une des sept merveilles du monde.

Putain, ce qu'elle est belle, la fée, avec ses tatouages et ses cheveux décolorés.

Ou encore avec ses grands yeux énamourés quand elle regarde sa progéniture babiller sans s'arrêter.

J'ai envie qu'elle me regarde comme ça. Comme si j'étais son monde.

Comme si pour une fois, je comptais pour quelqu'un.

Incapable de me retenir, je fais glisser mon regard sur son corps. Ce matin, elle ne porte pas un de ces tee-shirts ridicules au slogan idiot, mais une robe d'été blanche, au décolleté échancré.

Je me retiens de loucher sur ses seins.

C'est très éloigné de ce qu'elle porte d'habitude pour travailler. Trop éloigné. La jalousie explose dans ma poitrine comme une grenade.

Est-ce qu'elle avait rendez-vous avec un homme ? Ça expliquerait son retard.

Putain, reprends-toi, Deacon !

Ça ne te regarde pas.

Ça ne te regarde pas.

Ça ne te regarde pas.

Ça ne te regarde pas.

Peut-être que si je me le répète assez, ça finira par arrêter de sonner comme un mensonge éhonté.

– Merci pour ça.

Du menton, et les yeux pétillant d'amour maternel, elle désigne Willow occupée à colorier le paquet de bandes adhésives. La langue pendue, la petite blessée de guerre trace des dessins sans queue ni tête.

Je lui souris.

– Elle est géniale.

– Je crois qu'elle tient ça de sa mère !

Je me marre, en la bouffant des yeux.

– C'est vrai…

Sawyer devient rouge. Elle aspire ses lèvres et les mordille.

Ne l'embrasse pas encore, bordel!

Ne l'embrasse pas.

Ne gâche pas tout encore une fois, crétin.

La fée prend une profonde inspiration comme pour se donner des forces et s'apprête à ouvrir la bouche, quand la voix criarde de Cherry résonne:

– Hey, beau gosse, tu as oublié ça chez moi, ce matin!

Mes plaques militaires pendant le long de son cou, la rousse s'introduit dans le bureau et vient plaquer un rapide baiser sur mes lèvres. Un minishort en jean scinde ses cuisses bronzées, et un top blanc couvre sa poitrine démesurée.

Trop surpris par son arrivée pour la repousser, je la laisse faire.

En une seconde le visage de Sawyer se vide de ses couleurs.

– Tu viens toujours dîner à la maison, ce soir?

L'intimité entre Sawyer et moi vole en éclats. Je jurerais que j'sens des morceaux s'enfoncer directement dans mon cœur. Je crache un « ouais » écorché, me sentant comme le dernier des cons.

J'ai du mal à me retenir d'envoyer chier Cherry.

La rousse m'offre un sourire carnassier avant de disparaître, mes plaques toujours autour du cou. J'dois prendre sur moi pour ne pas les lui arracher.

Sawyer déglutit. Elle semble peinée. Ça me bouffe de l'intérieur.

Je crève de lui dire que ce n'est pas ce qu'elle croit. Que Cherry et moi, on ne fait que baiser.

Mais ça n'arrangerait rien. Putain, ça serait encore pire alors j'ferme ma gueule.

– Sachez que vous pouvez coucher avec qui vous voulez, monsieur St. John, mais je tiens à ce que ça reste en dehors du refuge, alors merci de bien vous abstenir de vous afficher avec Mlle Tiersen devant tout le monde.

Il ne reste plus rien sur son visage. Ni joie. Ni gentillesse. Ni timidité, quand je l'observe d'un peu trop près.

Juste du dégoût et un peu de pitié.

Je la dégoûte. Je la dégoûte, putain. J'ai l'impression qu'on m'enfonce un tison dans la poitrine. Pile dans l'estomac. J'sens la bile me remonter dans la gorge. Je la dégoûte. Je lui fais pitié.

C'est ce que je cherchais, non ? Tuer dans l'œuf c'qu'elle me faisait ressentir. Foutre en l'air mes chances de la baiser, pour ne plus en être tenté.

Alors pourquoi j'ai l'impression d'avoir la poitrine bouffée par les flammes ?

18

Sawyer

Les pieds étendus devant moi, la tête rejetée en arrière, je laisse les rayons du soleil me griller la figure, jusqu'à ce que ma peau se mette à me brûler.

Les yeux plissés, je lutte pour faire face au scintillement du soleil agressif qui se réfléchit sur chaque maille du grillage que j'ai installé à la sueur de mon front.

Sous mon dos, la table, dont le bois du plateau est rayé par les griffes, fait surchauffer l'arrière de mes cuisses coincées dans un minishort sombre. Après des heures passées à essayer de résoudre le casse-tête des finances de Wolf Rain, je m'accorde une pause bien méritée, le crâne vrillé par une migraine atroce.

À cette heure-ci, le refuge est calme. Pas d'aboiement, pas de cri, pas de son.

Juste un silence bien mérité. Apaisant.

Vu la chaleur, nous avons délaissé le bureau surchauffé pour nous installer au milieu de la grande cage d'entraînement, sur l'une des tables dispatchées aux quatre coins du cercle grillagé, afin de profiter du soleil.

La chaleur me brûle la rétine quand j'ouvre finalement les yeux.

Je serre les dents en me jurant que cette fois je ne détournerai pas le regard.

Trois secondes, je tiens trois petites secondes avant que ma volonté vole en éclats et que je focalise à nouveau toute mon attention sur ma nouvelle ennemie, Cherry. La rousse est occupée à entraîner un Dace surexcité à s'asseoir sur commande.

Dace, notre nouvelle recrue, est une calamité. Joueur, et nullement entraîné, ce chien est capable de faire perdre toute patience. Je ravale un sourire.

Ce n'était pas du tout pour ça que ça a été au tour de Cherry de s'occuper de lui, ce matin.

Pas du tout, je le jure, Votre Honneur. Je ne suis pas aussi vile, juré !

Pourtant, quand elle manque de finir le cul dans le petit bassin d'éducation au fin fond de la cage sous une impulsion brusque de Dace, je ne peux retenir un sourire carnassier.

Ouais, putain, éclate-toi à jouer au thon échoué dans la flotte fraîche.

À mes côtés, Lana scanne les nouveaux dossiers posés sur ses genoux, à la recherche du prochain chanceux à nous rejoindre.

Les pochettes cartonnées se ressemblent toutes : qu'elles soient blanches, bleues ou violettes, une photo d'un chien émacié y est agrafée, le nom du pauvre malheureux écrit au marqueur juste au-dessus. Les doigts fins de Lana frôlent les photos, caressant ces chiens à l'allure altérée par la faim.

Je les connais par cœur, ces photos. Au point que je pourrais les dessiner les yeux fermés. Mais elles me font toujours le même effet monstre.

Un coup dans le plexus, jusqu'à ce que ma respiration devienne lourde, les larmes aux yeux et une brusque envie d'envoyer mon poing valser contre un nez.

C'est pour ça que j'évite de les regarder à nouveau. J'ai assez mal pour aujourd'hui. J'ai l'impression que ma poitrine fourmille de douleur.

Les yeux braqués sur Cherry, je scanne chaque parcelle de son corps de mannequin Victoria's Secret, en essayant de ne pas laisser ma jalousie me bouffer tout entière.

Pourtant, elle aussi a l'air stupide devant un Dace qui ne veut rien entendre, plantée entre un cochon à demi mâchonné et une épaisse corde pleine de bave – celle que tous les pensionnaires préfèrent.

– Tu crois qu'ils sont vrais ?

Loupé…

Dix secondes. J'aurai tenu dix secondes. Je bats des records, aujourd'hui.

Lana me jette un regard interrogateur par-dessus le dossier qu'elle a choisi, sans comprendre de quoi je parle.

– Ses seins !

Je mime une paire de seins démesurés à l'aide de mes mains, puis j'ajuste la position de mes doigts après un dernier regard. Lana pouffe.

Mais elle se met malgré tout à zieuter la poitrine de Cherry à son tour.

– Regarde-les de plus près ! On dirait les créatures dans *Alien*, tu sais, les trucs avec la tête en forme de double dong et avec plein de dents, non ?

Mon amie fronce les sourcils, un sourire au coin des lèvres. Son stylo fétiche frappe contre la pile de dossiers.

– Tu parles des aliens ?

– Voilà ! Je te jure, j'ai l'impression qu'ils vont lui arracher la moitié du visage, dès qu'elle lui colle sous le nez ! Ou la queue. Je n'arrive pas à me décider, vu le nombre de fois où elle se baisse.

Vingt-cinq fois.

Je le sais, parce que j'ai compté.

Du moins, jusqu'à ce que Deacon me surprenne, en me prenant en traître. Enfin, pour sa défense, il ne faisait que rapporter les cônes d'entraînement qu'il avait utilisés durant la moitié de la matinée.

Pourtant, à peine passé le sas de sécurité de la cage, il m'a grillée en train de fusiller du regard la grande bénévole qui se penchait exagérément pour féliciter un Dace perdu.

– T'es complètement accro, ma pauvre !

Je baisse la tête sur la photo entre mes doigts, pour cacher mes joues rougies. Ma nuque craque durement, les séquelles de ma nuit agitée se réverbérant dans ma colonne courbée alors que je me plie au-dessus de la table dressée au milieu de l'herbe.

Moi, accro ? Pff... Obsession tout à fait passagère, c'était tout. Pas de quoi sortir une pancarte « psychopathe obsessionnelle ».

– Hey ! C'est une question tout à fait innocente ! Je me la pose depuis son arrivée à Wolf Rain, figure-toi !

Joueuse, Lana m'enfonce son index dans la joue, jusqu'à ce que je tourne la tête vers elle.

Perchée sur la pointe des pieds, mon amie enfonce encore et encore son ongle dans ma peau, un sourire enfantin planté sur les lèvres.

– Donc tu es en train de me dire que cette question n'a rien à voir avec le fait que Cherry joue à cache-cache avec Deacon ?

Totalement.

– Même pas en rêve.

– Et que du coup, le voir avec Cherry ne te donne pas envie de lui arracher les cheveux, ajoute-t-elle.

– Exactement.

C'est faux.

– Tu parles ! J'ai l'impression d'entendre ton vagin hurler son nom dès qu'il est dans les parages.

Je hoquette.

Sérieusement ? Mon vagin ?

Et puis quoi encore ! Mon cœur peut-être ? Mon vagin ne criait rien du tout, tout simplement parce qu'un vagin ça ne hurle pas, bon sang...

Mais s'il le pouvait...

– Hey, attends une seconde ! J'admets qu'il faudrait être aveugle pour ne pas avoir envie de lui et que je suis peut-être, je dis bien peut-être, en manque. Mais avec lui ou un autre, ça ne change rien.

Je ravale le goût amer qui se répand dans ma bouche quand j'articule la dernière partie. Le mouvement de mes doigts sur la table se fait plus agressif.

Je me lèche les lèvres, submergée par la nausée.

Avec lui ou un autre. Quelle connerie !

Ça change tout, c'est là le fond du problème. C'est Deacon. Lui et ses tatouages. Ses retards. C'est sa façon de me regarder. De prononcer mon nom. C'est sa façon d'avoir l'air perdu, son instabilité et ses démons.

C'est lui, tout entier, ou rien.

– Alors qu'est-ce que tu attends pour aller le voir et l'inviter à sortir ?

Je lève les yeux au ciel en secouant la tête. Deacon arrive derrière Cherry, pour lui murmurer quelque chose à l'oreille.

Quelque chose que je crève d'envie d'entendre, juste pour arrêter de penser à lui. La volontaire hoche la tête en souriant comme une débile.

Je détourne les yeux, bouffée par la jalousie. Mon regard rencontre le dessin d'un poney rose. Les traces de peinture écaillée ne laissant aucun doute sur son auteure : Willow.

La chaleur qui m'emplit la poitrine à la pensée de mon bébé apaise instantanément ma colère et je trace doucement les contours flous de l'équidé.

– Et puis quoi encore ? Tu es complètement dingue !

– Pourquoi ? Parce que je te dis de te lâcher, pour une fois ? C'est vrai, quoi ! Depuis Willow, c'est limite si tu n'as pas fait vœu d'abstinence ! Tu es sûre de savoir encore comment ça marche ?

Je grimace. Non, mais quelle mégère ! Ça ne faisait pas si longtemps que ça, bon sang ! Puis, le sexe, c'est comme le vélo, non ? Ça ne s'oublie pas.

Quelques minutes de préliminaires, puis…

Ça rentre.

Ça sort.

Ça rentre.

Ça sort.

Et ça, jusqu'à ce que tu touches les étoiles. Enfin, si l'enfoiré en question est assez doué, sinon, le seul truc que tu touches à ce moment-là, c'est le fond.

– Je suis maman, pas Mère Teresa.

– On dirait, pourtant.

Je me renfrogne. Sans me jeter le moindre regard, Deacon s'adosse contre le mur, sa veste en cuir sous le bras, les yeux rivés sur ses pieds. Je me mords la langue et déploie toute ma volonté pour ne pas mater ses bras nus.

Ne le regarde pas.

Ne le regarde pas.

Ne le regarde pas.

Ne le regarde pas.

– Hey, c'est vrai ! Tu te fous des bâtons dans les roues toute seule. C'est à peine si on arrive à te persuader de sortir avec Dasher ! Et ne me sors pas l'excuse du « je suis trop vieille pour ces conneries » ! Tu as 25 ans, bon sang, pas 60 !

Je ravale l'injure qui me pique la langue, ma retenue à deux doigts de voler en éclats, et me contente de la fusiller du regard, tout en espérant qu'elle en restera là. Mais ce serait mal connaître Lana et son tact légendaire.

Quand elle a quelque chose en tête, elle ne lâche jamais l'affaire.

Jamais.

Pire qu'un chien avec son os.

Pour mon plus grand malheur.

À ce stade, j'ai les joues tellement rouges que je dois faire concurrence au soleil, niveau émission de chaleur.

J'entends presque ma poitrine grincer de douleur.

– C'est quand la dernière fois que tu as couché avec quelqu'un ? Et je ne parle pas de Marco !

La mention de mon sextoy, Marco – cadeau de Lana et Dasher après ma rupture pour que, je cite, je puisse « enfin connaître les joies de l'orgasme » – rajoute encore plus de rouge sur mes joues.

Je jette un coup d'œil à Deacon, toujours posté au même endroit.

Bon, ça va pour cette fois, mon honneur est sauf, il n'a rien entendu. Lana trépigne, son séduisant visage tordu dans une moue faussement énervée.

– Alors ?

Je m'oblige à compter, même si je sais très bien que ça ne sert à rien. Je connais le nombre par cœur.

Zéro.

– Je n'en sais rien, moi ? Deux ans, peut-être ? Ou bien trois ? Mais certainement pas quatre.

– Bon, question plus simple alors : c'est quand la dernière fois qu'un homme t'a fait cet effet ?

Cette fois, je me tends comme un arc. La réponse me reste coincée dans la gorge. Enfoncée entre mon déni et ma peur de l'avouer. Pourtant, les mots quittent ma gorge sans que j'aie ordonné à ma bouche de bouger.

– Personne… depuis Brandon !

Adossée contre le plateau de la table, Lana me fait les gros yeux.

D'ailleurs, ce triple idiot de Brandon a saturé mon répondeur, ce week-end.

J'ai fait l'autruche deux jours entiers, ignorant ses messages et ses appels, jusqu'à ce qu'il se lasse et lâche l'affaire.

Je n'en suis pas fière.

– Alors saute-lui dessus, putain ! Lâche-toi, pour une fois ! Souviens-toi que tu es une femme avant d'être une mère et que tu as le droit de t'amuser ! Même si ce n'est que pour un soir !

Je grimace, les mains crispées sur le bois quitte à en gagner des échardes.

– Pas question !

– Pourquoi pas ?

Je ravale la vraie réponse qui me passe sur la langue. Parce que je ne suis pas près de me l'avouer.

Pas encore.

Pas maintenant. Pas ce soir, alors que j'ai l'impression d'être à deux doigts de craquer.

– Parce qu'il est avec Cherry, figure-toi !

Lana m'observe comme si j'étais la femme la plus idiote sur cette foutue planète. Je fixe un point imaginaire, au loin, pour ne pas avoir à la regarder.

Soudain, son index se pointe juste entre mes deux yeux, me faisant loucher alors que mon amie, une main sur la hanche, me sermonne comme si j'étais une abrutie finie :

– Cherry baise tout ce qui a une queue. D'ici une semaine, elle se sera lassée et lui aussi… Et si tu me donnais la vraie excuse, maintenant!

Je craque. Les yeux baignés de larmes, les épaules secouées par les sanglots et la voix rauque, j'abandonne.

– Parce que j'ai l'impression qu'il pourrait me briser le cœur, d'accord? C'est bon, tu es contente, maintenant?

Parce que j'ai l'impression qu'il pourrait réveiller en moi des idées d'avenir que j'avais enterrées au fond de mon cœur, après le départ de Brandon.

Parce que l'espace d'un instant l'autre soir, je me suis mise à espérer.

Et qu'on sait tous que l'espoir est un traître. Qu'il brise, trahit et laisse à terre.

Lana se fige, surprise. Elle ne sait pas quoi dire, alors je reprends, la gorge serrée, le cœur battant si fort dans ma poitrine que ça me fait mal. Subitement, j'ai besoin de parler. De cracher les merdes qui me vrillent le cœur, depuis qu'on s'est embrassés.

– Nous nous sommes embrassés.

Ses yeux verts s'écarquillent, au point que j'ai l'impression qu'ils vont sortir de leurs orbites et me tomber entre les doigts. Entre ça et sa bouche entrouverte, elle a l'air d'un poisson. Mort.

– Le soir où Mongrel a joué au con. On s'est embrassés… Et je…

Mon amie et associée reste silencieuse.

– Comme une idiote… je lui ai promis d'être celle qui croirait en lui. Merde, je n'arrive pas à croire que j'ai osé lui dire ça !

Plus j'y repense, plus je me sens idiote. Fallait être sacrément débile pour lui foutre sous le nez que personne ne tenait assez à lui pour croire en lui.

En sa rédemption. Mais je n'ai pas réfléchi, ce soir-là. Il avait l'air si perdu, et l'envie de l'aider a enflé dans ma poitrine, jusqu'à ce que je ne puisse plus penser clairement.

– C'était comment ?

Je me mords la lèvre. Je sens encore le goût de sa bouche sur la mienne. La douceur de ses mains sur mon ventre.

Je sens encore le plaisir que j'ai pris, en le sentant contre moi. Mon envie de plus. De beaucoup plus.

– Génial… enfin, je pensais, jusqu'à ce qu'il prenne ses jambes à son cou, comme si un troisième bras m'avait poussé en plein milieu du front.

Sa bouche s'ouvre en un « o » surpris. L'un de ses dossiers glisse jusqu'au sol dans un bruit sourd. Les photos s'étalent à ses pieds.

– Attends une minute ! Tu veux dire qu'il t'a embrassée à t'en faire frétiller les orteils et qu'il s'est cassé ?

Je hoche difficilement la tête. Je dois déployer toute ma force pour ne pas grimacer.

– Et le lendemain, il s'affichait au bras de Cherry.

En une seconde, la colère éclate en elle. Je sens l'onde de choc se répercuter contre mon cœur déjà à terre. Lana étant Lana, elle se met à vociférer, les bras levés au-dessus la tête, les doigts serrés sur un cou imaginaire, ses yeux rivés sur Deacon :

– Je vais le tuer ! Je te jure que je vais le tuer ! Non, mais il se prend pour qui ! Tu lui tends la main, et c'est comme ça qu'il te remercie ? En courant la première chatte venue ?

Je soupire. C'est une façon de voir les choses. Vulgaire et brutale, mais une façon de voir les choses.

– Relax, Rambo ! Ce n'était rien d'autre qu'un baiser. Il trempe son biscuit où il veut.

Ça m'écorche la bouche de l'admettre.

Mais c'est la vérité.

Il n'est pas à moi.

Il ne le sera jamais. Il me l'a bien fait comprendre en s'envoyant en l'air avec Cherry, deux jours seulement après notre moment d'intimité.

– Jure-moi que ça ne te fait rien. Jure-le-moi, Sawyer… Sinon, je te promets que…

Je soutiens son regard aussi longtemps que je peux.

– Je ne peux pas faire ça.

Son sourire s'efface. La bouche pincée par la colère, elle quitte son siège, faisant sursauter Garou affalé à mes pieds.

Et merde.

J'aurais dû mentir. J'aurais dû le faire. Mais c'est Lana, bon sang ! Lana, celle qui m'a soutenue après le départ de Brandon, celle qui a investi toutes ses économies, juste pour me permettre de réaliser mon rêve.

Elle mérite la vérité. Elle mérite de savoir que j'ai le rythme cardiaque bousillé, que je pleure un truc qui ne m'a jamais appartenu.

– Je vais le tuer ! Lui faire avaler son service trois-pièces jusqu'à ce qu'il s'étouffe avec ! Ou le battre avec ! Non, j'ai encore mieux ! L'étouffer avec le silicone des seins de Cherry !

Cette fois, je réprime un éclat de rire. Mes larmes se tarissent. La main sur les lèvres pour m'empêcher de rire, et ainsi de mettre de l'huile sur le feu de sa rage, j'observe ma meilleure amie déambuler dans le carré grillagé.

Elle gesticule, bat des bras, ricane à chaque nouvelle idée qui lui vient à l'esprit. Elle a l'air complètement fêlée, timbrée, mais son babillage m'empêche de penser aux deux tourtereaux dans mon dos.

– Tu crois que c'est possible d'avaler du silicone ?

Je hausse les épaules, à deux doigts d'exploser de rire. J'ai mal aux joues à force de me retenir de sourire.

– Non, attends ! J'ai une meilleure idée !

Chacune de ses idées implique les parties intimes de Deek enfoncées dans une broyeuse, une déchiqueteuse à papier, ou encore une meule.

Des trucs très, très douloureux, s'il venait à y égarer une boule.

Elle est encore en train de pester contre Deacon, quand Dasher débarque, son fidèle compagnon accroché à sa jambe. Rider, un immense pitbull couleur crème, inspecte chaque recoin du bureau, la truffe en l'air.

Dasher, lui, observe Lana en grimaçant, les mains levées devant lui, paumes en l'air, comme si cela pouvait empêcher le cyclone de lui tomber dessus.

– Deacon ?

– Deacon…

Il fait mine de s'essuyer le front, rasséréné de ne pas être la cible de ses foudres.

Chose qui arrive trois fois par semaine, au moins. Et systématiquement, les employés misent leurs tours de garde sur le nombre de fois où Lana menacera leurs bijoux de famille.

Bien entendu, je gagne à chaque coup.

Prudent, Dasher ne s'attarde pas. Le chien sur ses talons, il rebrousse chemin, avant que Lana puisse se tourner pour l'apercevoir. Je contiens un sourire amusé, le menton enfoncé entre mes genoux.

Dans ces moments-là, ces moments où le vernis policé de Lana vole en éclats et libère la bête, il vaut mieux se faire tout petit et attendre que sa crise de nerfs passe d'elle-même.

Parce qu'il ne faut surtout pas se fier aux apparences : sous ses airs de petite sainte, Lana peut devenir un véritable pitbull enragé, digne de la férocité de Mongrel et de la fougue de Stella.

Le cœur moins lourd, j'observe ma meilleure amie s'acharner mentalement sur les parties de Deacon à grand renfort de jurons et mouvements de bras rageurs, sans pouvoir me retenir de jeter un coup d'œil au couple de volontaires, de temps à autre.

C'est plus fort que moi.

J'ai besoin de voir sa trahison de mes propres yeux. J'ai besoin de me faire une raison. J'ai besoin d'imprégner sous mes paupières la manière dont il la touche, jusqu'à ce que l'envie de l'embrasser s'efface à jamais de ma mémoire.

Jusqu'à ce que mon cœur arrête de geindre dès qu'il l'aperçoit batifoler avec la rousse.

Jusqu'à ce que je me résigne. Au bout d'un moment, quand je retourne la tête d'un geste mécanique, ils ont disparu. Il ne me faut qu'une seconde pour repérer le son de la moto de Deacon dans l'entrée du refuge.

Les vibrations du moteur s'éteignent progressivement, lorsqu'il quitte l'allée gravillonnée sous le regard des quelques bénévoles présents.

À croire qu'il n'y aura pas que Lana qui va s'acharner sur le paquet de Deacon, ce soir…

19

Deacon

L'esprit embrumé par la picole, j'ouvre un œil à la seconde où la sonnerie de mon téléphone se met à résonner. Le son se répercute entre les murs nus de ma chambre à coucher.

La bouche saturée par un goût atroce, je me retourne. Ma jambe droite proteste.

Posé sur le matelas, pile contre mes côtes tatouées, mon smartphone bourdonne, crachant un air colérique qui réveille ma migraine carabinée.

Celle qui me vrille les tempes chaque matin, depuis mon entrevue avec Sawyer. À chaque vibration des basses, mon crâne menace de se rompre.

Je grogne.

Qui peut être assez con pour appeler à cette heure-là ?

Il n'y a pas une loi qui empêche ces enfoirés d'appeler si tôt, ou une merde du genre ?

Mes doigts s'enroulent autour du rectangle pris de spasmes.

L'assaut lumineux me grille la rétine.

Je jette un coup d'œil à l'appelant, prêt à lui en foutre plein la gueule.

Mon envie de répondre prend du plomb dans l'aile quand je lis le nom surmonté d'une émoticône de vieille folle qui s'affiche sur l'écran.

Parce qu'au bout du fil, c'est le croque-mitaine. Le monstre qui se cache sous le lit la nuit, l'enfoiré qui colle la frousse quand on n'est rien qu'un gosse. Je n'exagère rien.

Ma putain de mère.

Si je rejette l'appel, mon téléphone va continuer de faire vibrer mes tempes, jusqu'à ce que je craque et l'envoie valser contre un mur.

Du coup, je prends une grande inspiration et me lance dans le vide :

– Mère.

– Deacon, quelle joie de t'entendre enfin !

C'est tellement la joie que tu as dix-huit mois de retard. Dix-huit putains de mois où tu as dû oublier que tu avais un fils.

Parents de pacotille. Je me frotte les yeux en grognant une réponse :

– Qu'est-ce que je peux faire pour toi, mère ?

Il y a un silence annonciateur, au bout du fil, un silence qui m'oblige à me redresser contre la tête de lit, pour me préparer à la merde qui va me tomber dessus sous peu.

Je cale mon dos contre les coussins.

– Tu sais… avec ton père, nous pensions que tu pourrais venir dîner à la maison, demain soir. Les Belmont seront présents avec leur fille. Tu te souviens d'elle, n'est-ce pas ? Une jolie petite blonde, elle a toujours eu le béguin pour toi. Melissa. Elle est adorable ! Figure-toi qu'elle vient juste de finir ses études !

Non, cette débile bavait sur l'image parfaite qu'on me forçait à renvoyer. Mais j'me retiens de le lui dire. Ma tête bat déjà des records niveau douleur, autant éviter d'en rajouter une couche avec ses cris de ptérodactyle.

– J'peux pas. J'vois la psy, demain.

C'est faux. Je n'ai juste pas envie de me pointer là-bas et de subir leurs conneries policées.

– Oh, une psy ? Je pensais…

– Tu pensais ?

Elle émet un bruit de bouche agacé.

– Depuis le temps, nous pensions sincèrement que ta petite dépression te serait passée ! Il est plus que temps de te reprendre, mon fils. Certes, je peux comprendre que ces hommes étaient tes amis… mais nous sommes ta famille.

Je décuve directement.

Un mot de sa part, et pouf, l'alcool s'évapore dans mes veines comme par magie.

Malheureusement pour mes tempes, c'est la colère qui prend sa place. Merde, la rage menace de me bouffer tout entier.

Je la sens délier ses anneaux autour de ma poitrine, submerger mon crâne. Elle se resserre, encore et encore, jusqu'à me couper le souffle, comme un serpent enroulé autour de mes poumons.

Son venin directement insufflé dans mon cœur.

– Ma famille ? Vous ? Putain, c'est une blague ? Tu es tombée sur la tête ou quoi ?

– Ne sois pas grossier, Deacon ! Tu sais, nous avons discuté avec ton père et nous sommes prêts à passer l'éponge sur tes incartades précédentes. Nous sommes même prêts à te laisser reprendre les rênes de l'entreprise, si tu acceptes de respecter quelques conditions, comme celle de te marier avec la fille des Belmont.

Je me marre.

Sérieusement ?

Eux ? Ma famille. La blague ! Ils n'étaient rien d'autre que mes géniteurs. Un donneur de sperme incapable d'aimer, qui a craché ses nageurs dans le vagin d'une femme aussi hostile qu'un séjour en Colombie.

Quant au fait de reprendre les rênes de la célèbre entreprise et de me marier avec la petite sainte… je préférerais encore boire un smoothie de mon propre sperme que de me passer la corde au cou.

– Je suis sûre qu'à présent que l'armée ne peut plus rien faire pour toi, tu comprends que ta place est ici, à la tête de St. John inc., n'est-ce pas ?

Non.

Entre l'enfer et St. John inc… je choisirais l'enfer.

Toujours.

Tout le temps.

À chaque putain de fois.

– Allons, mon fils… nous savons tous les deux que tu ne pourras pas y retourner. Veux-tu vraiment perdre d'autres amis ?

– Ne m'appelle pas comme ça.

Mon fils par-ci. Mon fils par-là.

Merde, ça m'écorche les oreilles. Ça me retourne les tripes. Gosse, j'aurais tué pour qu'elle m'appelle une seule fois comme ça.

Une seule putain de fois.

Mais durant toute mon enfance merdique, coincé entre un queutard incapable de tenir sa bite dans son pantalon et une névrosée égoïste, je n'ai eu droit à aucun signe d'affection.

Aucun mot tendre.

Aucun câlin.

Aucun compliment.

Seulement des réprimandes.

– C'est ce que tu es, pourtant. Tu es mon fils. Que tu le veuilles ou non, je suis ta mère. Je ne sais si le temps passé à jouer les héros a quelque chose à voir là-dedans, mais tu sembles avoir oublié le respect. Je pensais vraiment t'avoir mieux éduqué que ça !

– M'éduquer ? Merde, mais elle est où la caméra cachée ? En trente ans, tu ne m'as jamais traité comme ton fils, donc ne me parle pas d'éducation. Tu n'as rien fait. C'est à peine si j'me souviens de la dernière fois où tu as pris le temps de m'appeler. Tu n'es pas ma mère. Tu es une putain de tarée qui a fait un gosse pour s'assurer un avenir.

– Deacon…

– Ferme-la ! Merde, j'sais même pas pourquoi j'ai décroché… L'enfoiré qui me sert de géniteur et toi… vous pouvez vous carrer votre proposition bien profond.

D'un geste raidi par un mélange de colère et de tristesse, j'envoie balader mon téléphone à l'autre bout du matelas.

Ma fatigue a pris la tangente. Il ne reste plus que la rage d'y avoir cru aussi longtemps. Je m'assieds sur le lit les pieds écartés, couvert de sueur. La pièce tangue, ma tête ballotte. La moitié brûlée de mon corps me démange, comme si un tas de vers grouillait sous ma peau. J'dois serrer les doigts pour m'empêcher de me gratter jusqu'au sang.

Un effet dû au stress post-traumatique, d'après Kiersen. Une nouvelle preuve de ma folie.

L'envie d'envoyer tout valser fait tressauter mes muscles.

Mais ce n'est pas comme s'il restait grand-chose à balancer. La moitié de mon mobilier a déjà subi le plus gros de ma colère, au point que ma chambre est presque aussi dépouillée que celle que j'avais à l'unité.

Un lit. Une armoire. Un bureau.

C'est tout. Pas de conneries superflues. Pas de couleurs trop flashy. Juste des murs blancs, dépourvus de photos, et des taches de sang quand j'y colle mon poing.

La colère est mauvaise conseillère.

J'me répète ça comme un mantra pour ne pas craquer.

J'ai envie de hurler ma rage, de fracasser les murs. J'ai envie de la rappeler et de lui jeter à la gueule toutes les merdes qui me passent par la tête, jusqu'à ce que le poids sur ma poitrine foute le camp.

Même si je sais que ça ne sert à rien.

Amelia St. John n'aime personne, sauf elle-même, chaque mot qui sortirait de ma bouche tomberait dans l'oreille d'une sourde.

Ou d'une putain d'égoïste qui n'aurait jamais dû se reproduire.

Autant économiser ma salive, m'épargner une humiliation et les oublier, elle et ses débilités.

Mais malgré les années, c'est dur d'y arriver.

J'enfonce ma tête entre mes mains, les doigts refermés sur mes cheveux. Depuis mon retour, ils ont poussé. Ils sont beaucoup trop longs.

Trop… civil. Pas assez moi.

Mais ils cachent une partie des brûlures incrustées dans ma nuque, du coup, j'me force à les garder aussi longs. Pas que j'en aie quelque chose à foutre, de mes cicatrices. Mais ça m'épargne les questions indiscrètes.

Bouffé par la colère, j'ai l'impression que les murs de ma petite chambre se referment sur moi, de seconde en seconde. Comme un putain de cercueil qui va m'engloutir.

J'tente de me lever, titube et retombe comme un poids mort sur le lit. Mes muscles protestent.

La nausée me sature la gorge et l'odeur d'alcool rance me grille les sinus.

La chambre empeste le whisky et le sexe.

Dans cet ordre-là.

J'attrape la bouteille de Jack Daniel's oubliée au pied du lit, prêt à soigner mon mal de crâne à la dure.

Sauf qu'elle est vide.

Et merde…

Reste plus qu'à en chercher une nouvelle.

***

Adossé contre le mur, ma bouteille à la main, je guette les alentours de la supérette. Dans la nuit, les LED de la devanture clignotent comme un phare brisé.

À l'intérieur la caissière est penchée sur un magazine people.

À cette heure-ci, le parking est désert. Le soleil s'est couché depuis longtemps, nimbant le ciel d'un dégradé de bleu foncé.

J'ai passé ma journée ici, le cul posé sur l'assise de ma Harley à me bourrer la gueule, jusqu'à ce que les paroles de ma chère mère s'effacent de ma mémoire.

En vain. Elles restent gravées dans mon crâne, comme des coups de couteau assassin.

Nous sommes ta famille…

Certes, c'était tes amis, mais…

L'armée ne peut plus rien faire pour toi…

Ta place est ici, à St. John inc…

Ta petite dépression…

Nous sommes ta famille…

L'armée ne peut plus rien faire pour toi…

Nous sommes ta famille…

L'armée ne peut plus rien faire pour toi…

Elles tournent en boucle dans ma tête, comme un putain de disque rayé qui refuse de lâcher prise. Je ricane. Quel con d'y avoir cru aussi longtemps.

Quel con d'avoir espéré qu'un jour, ils changeraient.

Bouffé par mes souvenirs, j'me laisse submerger par un mélange de colère et de haine.

De temps à autre, j'avale une lampée de whisky bon marché qui dévale dans ma tuyauterie, cramant ma gorge et la boule qui y est coincée, sans parvenir à en venir à bout.

J'ai le cœur en branle, l'estomac au bord des lèvres. La bile me brûle la gorge à chaque lampée, comme un gommage interne au papier de verre.

J'ai l'air d'un con.

Non, rectification.

J'suis un foutu con naïf.

Un concerto de rires gras, suivi d'un couinement aigu, m'empêche de m'épancher plus longtemps. Je tourne la tête. Coincés dans une des alcôves sombres du parking, trois types s'amusent autour d'une masse étendue à leurs pieds. Malingres et filiformes, les membres du trio empestent l'alcool.

Leurs vêtements en sont tachés. D'où je suis, impossible d'apercevoir leurs visages.

Je fronce les sourcils. Du bout de sa botte de moto, l'un des débiles presse ce que je crois être une patte de chien contre le sol, jusqu'à ce que la masse se mette à couiner.

Comme des cons, les deux autres ricanent. Je serre les poings. Sérieusement? Le chiot jappe de douleur.

Ne t'en mêle pas.

Ne t'en mêle pas.

Ne t'en mêle pas.

Ne t'en mêle pas.

Trop tard.

Altéré par le flot d'alcool qui m'embrume le cerveau, je délaisse ma bouteille sur le siège de la Harley, rongé par un début de conscience. Mes rangers coquées raclent le sol humide lorsque je m'approche d'eux.

– Hey, bande de fils de putes !

Trois têtes se tournent vers moi, d'un même mouvement. Je souris.

Regardez-moi ça, c'est qu'ils se reconnaissent, en plus !

– Qu'est-ce que tu viens de dire ? grogne l'un d'eux, le meneur.

– Je viens de traiter ta mère de catin, je lâche, la voix saturée par l'ironie.

Je hausse les épaules.

– Ça vous dit de vous en prendre à quelqu'un de votre taille, pour une fois ?

L'un d'eux ricane, l'autre se fige et le meneur me fonce dessus sans attendre. Je n'ai pas le temps de m'y préparer que son poing massif s'écrase sur ma tempe. La douleur éclate comme une bombe dans mon crâne. J'vois flou durant une nanoseconde.

Et merde… j'aurais dû me taire.

Je dérouille sévère. Le sang coule le long de mon arcade. Mais je souris comme un débile. L'adrénaline se met à pulser dans mes veines.

L'espace d'un instant, je redeviens le militaire fier que j'étais il y a encore quelques mois. L'idiot qui ne vivait que pour la marine et ses frères. L'idiot qui frappait mieux que personne et ne reculait devant rien.

L'idiot qui s'est laissé submerger et ronger.

Profitant du fait que je suis perdu dans mes pensées, le type tente un nouveau coup. Son poing file contre mon pif, prêt à me faire exploser la paroi nasale.

Amateur.

Je bloque son poing. Me servant de ma prise sur son bras, je l'attire avec fureur contre moi et enfonce mon genou dans ses couilles.

L'enculé gémit comme une gonzesse en s'effondrant à mes pieds. Je ricane.

Les deux enfoirés restants tanguent sur leurs jambes, plus si sûrs d'avoir envie de m'emmerder. Ils avisent mes cicatrices, les plaques qui pendent à mon cou, mes rangers.

Ça doit faire tilt dans leur crâne.

Eh ouais, bande d'enculés, cette fois, impossible de gagner.

À l'unisson, ils reculent, les mains levées en signe de reddition.

La loque humaine, elle, continue de geindre en se tenant les parties. La bouche en sang, je leur offre mon sourire le plus bestial.

– Je garde le chien.

Ils sont assez intelligents pour ne pas protester. Sans perdre une seconde, j'me dirige vers les bennes à ordures, dans la rue adjacente. L'odeur d'urine est plus forte ici.

Entre-temps, le chien a pris la tangente. Enfin, c'est ce que je pensais jusqu'à ce qu'un minuscule jappement sur ma droite me prouve le contraire. Comme quoi…

Les sourcils froncés et les narines plissées de dégoût, je me baisse à hauteur du sol, la main en avant. Coincé dans un tas de détritus à l'odeur douteuse, le chiot couine et tente de se fondre dans le mur en béton dès que je l'approche.

De l'index, je touche son pelage crasseux, crachant un rire quand il tente de me choper.

– Tu as le choix, connard. Soit tu viens avec moi. Soit je te laisse ici avec eux.

J'ai l'air d'un timbré.

J'parle à un chien, putain!

Adieu santé mentale et bonjour camisole. Cette fois, quand je le touche, la bestiole se laisse faire. Son museau humide s'enfonce entre mes doigts.

Heureusement pour lui. J'vais pas passer ma nuit à tenter de l'amadouer.

Une fois certain de ne pas le blesser, je le fais glisser jusqu'à moi. J'sens ses côtes sous mes doigts et l'une de ses pattes part de traviole. Elle a l'air brisée. Mes jointures amochées râpent contre le sol.

Je le porte au-dessus de mon visage, pour le voir dans la faible luminosité.

Une touche de graisse colore une partie de son ventre blanc. Son museau encore rose est couvert de merde. La queue coincée entre les pattes, il m'observe en couinant.

Ses yeux sont de deux couleurs différentes. L'un est bleu, l'autre brun. C'est adorable. Il est si minuscule qu'il pourrait facilement tenir dans l'une de mes mains.

À vue de nez, j'lui donne deux mois, pas plus. Qui est assez con pour laisser un chiot tout seul, sérieusement ? Qu'on me le présente, j'ai deux trois choses à lui dire, moi.

Je lui frotte le crâne du pouce, sans parvenir à m'empêcher de soupirer.

– Qu'est-ce que je vais faire de toi, maintenant ?

Je me creuse la cervelle jusqu'à m'en foutre la migraine.

J'ai bien une petite idée, sauf que c'est risqué. Pour moi, surtout. Lui, il serait en sécurité, là-bas. Moi, je vais m'en mordre les doigts, j'en suis sûr, mais j'suis plus à ça près.

J'enroule la boule de poils tremblante dans ma veste et me dirige vers ma moto, bien décidé à quitter cet endroit le plus vite possible.

20

Sawyer

– Nan, nan, nan, ne t'avise pas de poser un seul de tes doigts boudinés sur lui !

Consumée par la rage, j'agite ma cuillère badigeonnée de glace fondue devant mon nez, en vociférant quand le personnage coincé dans l'écran ne suit pas mes instructions.

Sourde à mes protestations, la demoiselle se vautre sur les cuisses de mon chouchou, prêt à le chevaucher jusqu'à l'extase. Je tortille mon index en un « non » pathétique.

Petite chanceuse !

– Hey ! Qu'est-ce que tu crois faire ?! Descends de là !

Un filet de bave et de crème glacée goût noix de coco dégouline sur ma cuisse nue quand je secoue un peu trop fort la cuillère, perdue dans mes vociférations. Je l'essuie du pouce, sans quitter l'écran des yeux. Kurt apparaît enfin à l'écran.

Je soupire, complètement sous le charme de l'acteur interprétant le personnage.

J'en veux deux comme lui pour Noël. Ou bien trois. Non, encore mieux, un harem entier, avec « propriété de Sawyer » tatoué sur les fesses.

Assise en tailleur au milieu du canapé, un plaid Pat' Patrouille drapé sur les épaules, je foudroie du regard la brune confortablement installée sur les jambes de mon personnage favori, sans me soucier d'avoir l'air d'une dingue.

Je grimace de dégoût quand ils s'embrassent à pleine bouche.

Je le savais ! Je le savais !

Le couvercle du pot de glace coincée entre mes cuisses s'échoue à un bon mètre de l'écran quand je le lance d'un geste rageur.

Je sais, je sais, c'est complètement idiot.

Je suis complètement idiote.

Mais hey ! Ce n'est pas de ma faute.

C'est celle de ma libido en berne.

Et puis, pour une fois que Willow dort chez Lana pour passer une soirée avec Milo, son fils, j'ai bien le droit de passer mes humeurs sur l'écran de ma télé, non ?

C'est toujours mieux que de faire subir à Cherry un nouveau bizutage forcé.

Ça, au moins, ce n'est pas un crime !

Par contre, je suis à peu près certaine que si on cherche le mot *timbré* dans le dictionnaire, il y aura ma photo collée en dessous.

Pendant près de deux heures, mes jérémiades résonnent dans le salon ouvert de l'appartement industriel où je vis depuis la naissance de Willow. Le bâtiment est un ancien entrepôt commercial et chaque pièce se confond, de la cuisine au salon en passant par la salle de bains.

Il appartenait à ma mère et peu de temps après sa mort, Willow et moi sommes venues y habiter, afin de quitter une maison pleine de souvenirs au goût d'inachevé.

Entre-temps, j'ai eu le temps d'y mettre mon coup de patte, pour pallier le côté très… ouvrier des murs.

Pour que ce soit plus chaleureux.

Je suis plutôt fière du résultat.

À présent, l'appartement est un grand espace ouvert, où pullulent les plantes vertes et les cadres photo. C'est féminin à souhait. Chaleureux. J'ai même réussi à faire s'accorder le mobilier rustique avec les murs en pierre et les hautes fenêtres.

La seule pièce qui n'est pas visible, c'est la chambre rose fuchsia de Willow, cachée par de grandes vitres tachées de peinture. Ma chambre, elle, se trouve dans l'un des coins de la pièce.

Je sursaute quand un coup résonne contre le battant de la porte d'entrée, m'interrompant en plein pétage de plombs. Je jette un coup d'œil rapide à l'heure scintillant sur mon téléphone portable.

00h25.

Sérieusement?

Qui est assez con pour débarquer à une heure pareille?

Si c'était Lana, elle aurait déjà défoncé la porte pour entrer. Et Dasher, lui, se serait déjà servi de sa clé de secours.

Tiraillée par l'envie de rester ici, blottie dans mon canapé trop grand, à engueuler des personnages irréels, je soupire.

Enfin, ça, c'est jusqu'à ce qu'une voix familière résonne derrière la porte.

– C'est moi…

La voix de Deacon me fait frissonner. Elle a toujours cet effet sur moi. Toujours.

D'un geste vif, je rejette le plaid sur le dossier du canapé et me mets debout. Le béton sous mes pieds nus est glacé. Le tee-shirt Avengers que j'ai enfilé en rentrant du travail pend le long de mes cuisses, mais pas assez pour me couvrir.

Tant pis.

Sans prendre la peine de m'habiller, j'ouvre la porte d'entrée. Je ne lui laisse pas le temps d'ouvrir la bouche:

– Qu'est-ce que tu fiches ici en pleine nuit, Deacon?

Mieux encore: Pourquoi tu n'es pas avec ta petite amie?

Mais ça, je le garde pour moi. Autant éviter de passer pour une psychopathe rongée par la jalousie.

Deacon se dresse devant ma porte, l'épaule contre le battant, sa veste en cuir roulée en boule entre les mains. Mais ce qui m'interpelle, c'est le haut de son visage.

Du sang coule le long de sa tempe et goutte à ses pieds. Une rigole rouge est peinte sur sa joue et sa mâchoire. Ma bouche s'ouvre en un « o » surpris.

Une vilaine balafre scinde son sourcil droit.

– Merde, qu'est-ce qu'il s'est passé ? Ça va ?

L'ancien militaire hausse négligemment les épaules, comme si l'entaille qui lui bouffait l'arcade n'était qu'une broutille. Comme s'il avait vu et vécu bien pire.

Bien sûr qu'il a vu bien pire, pauvre idiote.

Il n'y a qu'à regarder ses bras balafrés pour s'en apercevoir.

– J'me suis battu.

La colère me sature la gorge. Il s'est battu ? C'est tout ce qu'il trouve à me dire ? À moi, sa patronne ? J'ouvre la bouche, prête à le foutre à la porte, malgré mon envie de l'attirer à l'intérieur afin de nettoyer son visage si séduisant.

– Faut t'en prendre à lui, la fée.

À bout de bras, Deacon me colle une boule de poils agitée contre le visage. De la fourrure me caresse la joue. Je me prends un coup de langue sur le nez.

Un chiot! C'est un chiot!

Minuscule et couvert de boue, mais un chiot quand même. Je tends les doigts pour l'effleurer.

– Ce qu'il est mignon!

Le petit bat de la queue, sans savoir si je suis une menace ou un allié. Son corps malingre tient en intégralité dans la paume massive de Deacon. Ma colère prend du plomb dans l'aile quand j'aperçois la trace de botte sur le flanc clairsemé de brun de l'animal.

Mais il n'a pas l'air blessé.

– Qu'est-ce qui lui est arrivé?

– Une bande d'enfoirés l'a pris comme punching-ball, heureusement pour ce petit enfoiré, j'étais là.

Je désigne son arcade explosée.

– Ce sont eux qui ont fait ça, aussi?

– Ouais, mais tu devrais voir l'autre type... ce fils de pute a une voix de castrat, maintenant.

Je ravale un rire amusé. C'est mal d'en rire, mais... bien fait pour lui. Cette fois, il est tombé sur plus fort que lui. Puis imaginer Deacon en chevalier blanc, en train de protéger un mignon petit démon, ça vaut tout l'or du monde.

– Entre... je vais soigner ça.

Je me décale pour le laisser passer. Je tire sur le bas du tee-shirt, dans l'espoir que subitement, il devienne assez long pour couvrir mes cuisses nues.

La boule de poils tremblante toujours coincée dans les bras, Deacon se laisse tomber sur l'assise du canapé, pile quand Kurt et sa partenaire reprennent leurs ébats sur l'écran télé.

Il tourne la tête dès le premier gémissement, détaillant la scène avec intérêt.

Mon pot de glace entamé glisse contre sa cuisse, mais il ne s'en préoccupe pas. Non, toute son attention est rivée sur la télé, où le couple interdit passe aux choses sérieuses.

Quand ça devient trop gênant, je décide enfin à me bouger. Comme si j'avais le diable aux trousses, je me précipite sur la télécommande pour couper le téléviseur.

Je me racle la gorge, rouge de honte.

– Euh… désolée pour ça.

L'ancien militaire ricane tandis que je deviens encore plus rouge qu'avant.

– J'ai vu pire.

– J'imagine…

Il a vu Cherry nue, je suis sûre que ça tient dans la catégorie du pire.

Ce que tu es mauvaise, Sawyer!

– Joli tee-shirt…

Ses yeux verts glissent sur mon corps, détaillant chacune de mes courbes. Je rougis, et un frisson me parcourt tout entière.

– Je reviens tout de suite!

Sans lui laisser le temps de répondre, je me précipite dans la chambre de Willow et drape son plaid *Reine des neiges* autour de mes hanches. Olaf me lance un regard moqueur, ainsi accroché à mes jambes.

C'est moche, mais au moins, je ne frôle plus l'indécence.

Quand je sors de la chambre, Deek m'offre un rictus narquois.

– Très tendance…

Je tourne sur moi-même, mutine, avant de me baisser devant l'un des meubles coincés dans le coin salle de bains et d'en sortir un désinfectant. Je pose le tout sur la table du salon, puis retourne dans la cuisine pour préparer un repas digne de ce nom pour le petit chien, qui jappe joyeusement contre Deacon.

Celui-ci fait bouger ses doigts, jusqu'à ce que le chiot aboie et se jette dessus.

Une fois de plus, Deacon me surprend, lorsque je réapparais, une assiette de pâtée à la main.

– Où est Willow ?

– Chez Lana…

Je désigne le chiot du pouce.

– Donne-le-moi.

Je glisse ma paume sous le ventre du chiot, en essayant d'éviter de toucher Deacon, et l'attire contre ma poitrine. Le minuscule berger australien me regarde en agitant la queue. Ses petites pattes battent l'air, et il jappe d'une voix de crécelle.

Je ricane puis le dépose sur le béton, où l'attend ce que j'imagine être son premier repas depuis des lustres.

Il se jette dessus, à l'instant même où je le lâche.

– Je demanderai à Lucy, notre véto, de passer le voir demain. Mais il a l'air d'aller bien. Grâce à toi.

Je me tourne vers Deacon.

– À nous deux, maintenant…

Il penche la tête sur le côté en souriant. Le double sens de mes propos me saute aux yeux et je me mets à rougir comme une adolescente.

Pauvre idiote.

Pauvre idiote.

Pauvre idiote.

Pauvre idiote.

Je m'autoflagelle mentalement, jusqu'à ce que je trouve le courage de m'approcher de lui. Je reviens m'asseoir à ses côtés, mes cuisses nues collées contre son jean rêche.

Entre-temps, le chiot s'est couché à nos pieds, repu.

– Je peux?

Deacon hoche la tête, et je me mets à tamponner sa peau à vif en grimaçant. Lui ne bronche pas. Il reste immobile. Le bout de coton ne tarde pas à être imprégné de rouge. J'essaye de me concentrer sur la plaie qui lui marque le front, malgré la proximité de sa main contre ma cuisse.

Dès que je me penche en avant pour passer le coton

sur son arcade défoncée, mes seins se pressent contre son épaule.

Et à chaque fois, son corps se tend. Comme si je lui collais un truc bien dégueulasse sous le nez.

Et moi qui aimais bien mes seins…

Mon ego en prend un sacré coup. De même que ma fierté féminine. Il ne m'épargne rien.

– Je ne t'imaginais pas sauter dans une bagarre pour sauver un chiot…

Deek se contente de hausser les épaules. Son bras frôle ma peau quand il bouge.

– Que veux-tu, bébé, je suis un gars plein de surprises…

Je hoche la tête en souriant.

Ça, c'est certain. Malheureusement pour ma santé mentale, elles ne sont pas toutes bonnes, ses surprises.

– Tu sais… parfois, j'ai l'impression que tu joues un rôle pour empêcher les gens de te connaître réellement.

Subitement, toute trace d'amusement déserte son visage. Le militaire se fige, tendu comme un arc. Sans un mot, je tamponne sa tempe, puis me débarrasse du coton souillé de sang à mes pieds.

– Que tu fais semblant d'être mystérieux pour empêcher les gens de t'approcher…

Il ricane. Mais je vois quelque chose passer dans ses yeux.

Quelque chose qui me pousse à croire que je viens de

taper dans le mille. L'envie de creuser me prend aux tripes.

Deacon se décale un peu pour me regarder droit dans les yeux. Sa main glisse sur ma cuisse. J'exhale un souffle tendu.

– C'est ce que tu penses? Que je joue un rôle?

Je fais la moue, plus si certaine d'avoir envie de glisser sur ce terrain-là.

C'est trop dangereux.

Trop tentant.

Surtout quand ses doigts caressent ma peau avec une telle dévotion.

– Parfois. Puis la seconde d'après, tu joues au con, et j'ai juste l'impression que tu es un enfoiré.

Cette fois, le rire qui lui échappe n'a rien de narquois. Non, il est réel. Tangible. Il se répercute dans mon bas-ventre, réchauffe ma poitrine.

– Un enfoiré, hein?

– *Yep*. Un enfoiré.

Je lui souris et l'instant d'après, ses lèvres trouvent les miennes.

Dès que sa bouche fond sur la mienne, c'est l'apothéose dans ma tête.

C'est comme prendre une respiration, après avoir passé une année entière sous l'eau sans respirer.

C'est libérateur.

C'est grisant.

J'ai envie de recommencer encore et encore.

Je me serre contre lui. Mes doigts glissent sur sa nuque, caressent son cou marqué.

Quand il recule sa tête et décolle nos lèvres, je geins. Le sentiment de manque me prend par surprise. Je penche la tête pour le regarder.

Je ne prends pas le temps d'analyser toutes les sensations qui me percutent de plein fouet.

Non.

Je reste là, comme une idiote, à rêver de plus.

De beaucoup plus.

C'est insensé.

Deacon pose son front contre le mien. Son pouce se met à caresser ma nuque.

Je frissonne.

– D'habitude, c'est le moment où tu prends tes jambes à ton cou.

Je me mords la lèvre.

– Ce soir, je ne vais nulle part, sauf si…

Je me fige tout entière. J'allais oublier Cherry !

Mes doigts retombent sur mes cuisses. Deacon fronce les sourcils.

– Cherry ne t'attend pas à la maison ?

Le militaire ricane.

– Il y a jamais rien eu entre moi et Cherry. C'est juste du…

Il se tait. Il a l'air mal à l'aise. Je ravale un sourire amusé.

– Du cul?

Deacon hoche la tête.

– Et moi, je suis quoi? Du sexe? Un coup d'un soir?

– Putain, ma belle… tu es plus, tellement plus…

Sa révélation fait sauter mes dernières résistances.

Dans un geignement, je m'échoue sur ses jambes, les cuisses refermées autour de ses hanches. Il me réceptionne sans mal, ses doigts s'enfonçant dans ma peau. Puis, sans perdre une seconde, sa bouche reprend la mienne de force.

C'est bon.

C'est beaucoup trop bon.

Ça me fait tourner la tête.

Un gémissement m'échappe lorsqu'il fait glisser l'une de ses mains sur ma poitrine. Ses doigts marqués par des brûlures se referment sur l'un de mes seins.

Je replie mes doigts sur sa nuque, attirant sa bouche plus près. Son pouce effleure mon mamelon par-dessus mon tee-shirt. Contre ses lèvres, je pousse un sifflement de plaisir.

Une vague de chaleur s'écrase dans mon ventre. J'ondule sur ses hanches, rongée par le plaisir. J'ai besoin de plus. Deacon s'éloigne, pour plonger ses yeux dans les miens.

– Doucement, chérie… on a tout notre temps.

C'est faux.

Dès demain, il sera à nouveau à Cherry.

Dès demain, je serai à nouveau moi-même.

Dès demain, la bulle qui nous emprisonne dans un cocon sexuel aura explosé et laissé la réalité nous tomber dessus.

Donc aucune chance que je ralentisse, alors que je crève d'envie de le sentir en moi depuis notre rencontre.

Les doigts tremblants, je fais glisser ma main sur son torse, jusqu'à son pantalon. Je déboucle sa ceinture et défais sa fermeture Éclair. Mon index glisse sur son bas-ventre, effleurant la ligne de poils qui mène jusqu'à son sexe.

– Putain, la fée… Tu vas me rendre dingue !

Deek accentue la pression de sa bouche sur la mienne, mordillant mes lèvres et aspirant ma langue dans un tourbillon de sensations. Avant que je puisse refermer ma main sur son érection, l'ancien militaire nous fait changer de position dans un coup de reins expert.

Je me retrouve coincée sous lui, mes cuisses écartées, son corps plaqué contre le mien. Je halète quand le renflement de son sexe frotte contre mon pubis.

J'ai besoin de ça.

J'ai besoin de lui.

Maintenant. Tout de suite. Tout le temps.

Sa main crochète mon poignet, et bientôt mes bras sont retenus au-dessus de ma tête.

– J'ai dit doucement…

Je secoue la tête. Deacon ricane. Ses lèvres se posent

dans mon cou. Je me fige, les orteils tordus de plaisir.

– Garde-les là…

Ses doigts quittent ma peau, et après un regard hésitant, il retire son tee-shirt. Je me fige, la bouche entrouverte. Jusqu'ici, je ne l'ai jamais vu torse nu.

Une partie de la peau de sa poitrine est rongée par des brûlures. Il n'a pas été épargné. Sans me soucier de son ordre, je pose l'un de mes doigts sur sa chair brûlée, les larmes aux yeux. Je ne veux même pas imaginer combien il a dû souffrir.

Je ne veux pas imaginer comment il a dû se sentir.

Je refuse d'y penser.

Je refuse de penser tout court. J'ai le cerveau en berne, court-circuité par le plaisir. Deacon pousse un soupir et je le sens quitter mes cuisses. Je referme mes pieds sur ses fesses fermes pour l'empêcher de bouger.

– C'était une mauvaise idée…

Je gronde un « non » d'une voix d'outre-tombe et l'attire contre moi.

Je m'en fous de ses cicatrices.

Je m'en fous de ses marques qui ravagent sa peau.

Je m'en fous de son passé.

Tout ce qui compte, ce soir, c'est qu'il soit ça.

Qu'il soit à moi.

Rien qu'une fois.

– S'il te plaît… je geins.

Il me regarde.

Je me répète. Encore et encore, jusqu'à ce qu'il cède et baisse la tête pour m'embrasser à pleine bouche.

Ses doigts glissent sous mon tee-shirt. Ils effleurent ma peau, passent sur mon ventre, caressent la vallée entre mes seins, avant de se refermer sur l'un d'eux.

Son pouce calleux effleure mon mamelon. J'ouvre la bouche, dans un cri silencieux. Le contact de sa peau nue contre la mienne me coupe le souffle.

Je halète.

La seconde suivante, mon sweat gît à nos pieds, roulé en boule. Mon téton se tend vers ses lèvres et je cambre le dos pour essayer de me rapprocher davantage. Sa bouche se ferme sur mon sein. Il l'aspire entre ses dents. Je frissonne, les ongles enfoncés dans ses muscles.

Sa main glisse sur ma cuisse, s'insinue à travers le passant de ma culotte pour se refermer sur mon sexe. Ses doigts caressent mes lèvres, avant que son index s'enfonce en moi, en même temps que son pouce effleure mon clitoris.

Il n'est ni doux. Ni tendre. Ni délicat. Il est lui. Dur, sans concession. C'est exactement ce qu'il me faut. Le mélange de sa langue sur ma poitrine et de ses doigts sur mon sexe fait tripler de volume la boule de volupté dans mon bas-ventre.

C'est… parfait.

Je m'arc-boute, submergée par le plaisir.

– S'il te plaît… s'il te plaît… s'il te plaît…

Deacon ricane. D'une main, il baisse son pantalon et son boxer d'un même mouvement, attrape un préservatif.

Son sexe s'expose, sous mes yeux.

Bandé. Tentateur.

Sans plus de cérémonie, le militaire empoigne son érection, enfile la protection et d'un vif mouvement de hanche, il s'enfonce en moi, avalant mon cri avec un râle de satisfaction. Le temps semble se suspendre à mon souffle.

Il reste une seconde immobile le temps que je m'ajuste, les yeux braqués sur mon visage rouge. Merde, ça devrait être interdit d'être aussi mignon.

– Ça va?

Je hoche la tête et me mords la lèvre inférieure. Instantanément, il se met à aller et venir entre mes cuisses. Ses doigts se posent contre mon sexe, caressant mon clitoris, et sa bouche reprend d'autorité la mienne.

Sa langue se mêle à la mienne, suçant et mordillant jusqu'à ce que j'aie le souffle coupé et que je commence à me tortiller.

Ses mains me malaxent les fesses. Déjà la tension monte en moi. Elle grimpe, grimpe, toujours plus forte, et me tiraille de l'intérieur.

Un son que je ne reconnais pas sort de ma gorge. Ses coups de reins se font plus violents, plus… réels.

L'orgasme éclate en moi. Je crie tandis que mon corps est agité de spasmes.

Je veux tellement plus.

Tellement plus…

Je suis baisée. Je suis cuite.

J'viens de foncer dans la gueule du loup.

J'viens de lui offrir mon cœur sur un plateau.

Quelle foutue idiote !

21

Deacon

Sawyer se blottit contre mon torse, comme un chaton en manque d'affection. Sa jambe s'enroule autour de mes hanches, et l'un de ses bras se referme sur ma nuque.

Elle s'accroche à moi comme à une bouée en plein naufrage, sa tête se love contre mon cou et elle soupire de bien-être. Chaque mouvement de son corps contre le mien réveille ma queue déjà bandée.

Gentiment, afin de ne pas la réveiller, je glisse ma paume sur sa cuisse et décale un peu son pied, pour m'éviter qu'elle m'écrase les parties.

Mes doigts tracent des arabesques sur sa peau diaphane. Pour la première fois de ma vie, j'suis pas nerveux à l'idée d'être là quand mon amante d'une nuit se réveillera.

Au contraire, j'ai envie qu'elle se réveille, et qu'elle me surprenne avec ma tête entre ses cuisses. Qu'elle sache que c'est mon putain de nom qu'elle doit crier, quand elle atteindra l'orgasme.

Parce que cette femme est beaucoup plus que ça. Tellement plus qu'une de ces nanas levées dans un bar que tu tringles juste une nuit quand tu es torché par les grammes d'alcool.

Et ça me file une trouille bleue.

Pendant dix ans, j'ai laissé ma bite me mener.

J'ai presque 31 ans et je vis ma vie exactement comme je le veux. Je n'ai pas de conneries qui me retiennent.

Je prends ce que je veux, quand je le veux.

Qu'on me juge ou non, c'est ma vie.

Ces trous du cul peuvent me mépriser, moi et ma façon de la vivre. Ils ne seront pas les premiers et probablement pas les derniers.

Pendant qu'ils font ça, je suis généralement au fond d'une chatte dans un lit qui n'est pas le mien. La femme – ou les femmes – connaît l'enjeu avant qu'elle y entre et se joigne à la fête.

Au final, elle a ce qu'elle veut, et j'ai ce que je veux. Un instant de paix, où mes démons sont bouffés par l'effet postorgasmique d'une bonne baise.

C'est aussi simple que ça. Un putain d'échange de bon procédé qui se termine par une fuite avant que la demoiselle émerge.

Mais avec Sawyer, j'suis assez timbré pour avoir envie de plus.

Pour avoir *besoin* de plus.

Il y a des années, quand Simon m'a annoncé qu'il se mariait, j'étais horrifié. Parce je n'arrivais pas à comprendre comment une chatte pouvait être assez bonne pour qu'il soit prêt à renoncer à toutes les autres femmes.

Merde, jusqu'à elle, la simple idée d'avoir une seule femme pour le reste de ma vie nous terrifiait, moi et ma bite.

Mais la fée a débarqué, avec ses bras tatoués et ses promesses, elle a fait chavirer la merde qui se tramait dans mon crâne, pour la remplacer par de l'espoir.

Merde, voilà que j'deviens un putain de cliché. Un de ces enfoirés de héros qui pullulent dans les romans à l'eau d'rose que lisait Katy, l'épouse de Simon, à l'époque.

Sawyer se met à gigoter contre mon torse, et elle soupire. Ses cheveux blancs me chatouillent les lèvres et le nez. Mais je reste là, aussi immobile qu'un mort.

Mes doigts remontent sur son bras. De l'index, je redessine les contours de ses tatouages. Je trace les prémices d'une rose sur son biceps musclé, puis ceux de l'oiseau aux teintes bleutées sur l'épaule, et enfin, le contour sophistiqué d'une horloge sur son avant-bras. Les aiguilles sortent du cadran, semblables à celles encrées sur ma peau balafrée.

9 h 38.

Pile au moment où j'me demande pourquoi, Sawyer remonte sa tête sur mon torse. Ses yeux bleus papillonnent, tandis que j'esquisse les dernières lignes du rond formant l'horloge.

D'instinct, elle se colle un peu plus contre moi, sa chaleur comme un bouclier contre les démons qui vocifèrent dans mon crâne.

– C'est l'heure à laquelle est venue au monde Willow. Le 12 août, à 9h38.

Sa voix ensommeillée résonne jusqu'à mon cœur.

– C'est magnifique.

Elle frotte son nez contre ma chair calcinée en un « merci » silencieux, ses lèvres frôlant mon torse avec tant de tendresse que ma poitrine sature.

– Pourquoi un piaf?

Le menton planté sur mon pectoral, Sawyer me dévisage en silence. Son visage est encore bouffi de fatigue et elle a la marque de mes plaques sur la joue.

Je souris comme un idiot. Elle est ravissante, même au réveil.

Putain, comment c'est possible?

Je soutiens son regard, sans pouvoir me retenir de caresser son dos nu. Des frissons dévalent le long de sa colonne.

– C'est pour ma mère. C'est un hirundinidé, ou quel que soit le nom... Maman était passionnée par les oiseaux, alors quand elle est morte d'une tumeur, je me suis fait tatouer. C'était ma façon de faire mon deuil… La rose, c'était pour Brandon, une erreur de jeunesse, mais je n'ai jamais eu le courage de la faire recouvrir.

La thérapie par l'aiguille. Je connais ça.

L'encre a cet effet sur beaucoup de monde. Dieu merci, elle l'a sur moi.

– Brandon ?

– Le père de Willow… Mon ex-mari et ma plus grosse erreur.

Elle plisse le nez de dégoût et je ricane. Je m'arc-boute pour l'embrasser.

– Sans lui, Willow ne serait pas là.

– Tu as raison… Mais n'empêche… Il reste le plus gros salaud que j'aie jamais rencontré.

Je feins d'être blessé et pose la main sur mon cœur.

– Plus gros que moi ?

La jeune femme pouffe.

– D'accord, d'accord, j'avoue, il n'y a pas pire que toi. Tu mérites une médaille ! Non, encore mieux, un trône. Deacon St. John, le roi des salauds, ça sonne bien, non ?

Je souris comme un con, en hochant la tête. Son doigt minuscule se met à tracer l'une de mes cicatrices. Celle qui dessine des arabesques sur mon cœur.

– Qu'est-ce qui s'est passé ?

– Notre véhicule a explosé en plein milieu de Kaboul, pendant l'une de nos patrouilles.

Sa bouche s'ouvre en un « o » surpris. Je débite mes conneries d'une voix monotone, comme un discours appris par cœur.

– Tu... Tu es le seul qui as... Tu sais...

Je hoche la tête, sans m'étendre sur le sujet. J'suis le seul assez chanceux pour avoir survécu. Pour une fois que j'ai un moment de répit, où j'me blâme pas pour tous les malheurs de ce putain de monde, je profite.

Je profite de ma fée. De son corps contre le mien. De son doigt inquisiteur qui frotte avec douceur ma peau écorchée, les marques de mon passé.

Un pli soucieux se forme entre ses sourcils noirs.

– Tu sais... ce bisou magique dont la gosse parlait la première fois que je l'ai vue... si ça te tente toujours...

– Je croyais que tu pouvais t'en passer?

Elle me sourit, malicieuse.

Je fais semblant de grimacer de douleur.

Ses lèvres frôlent mon torse.

Elle dépose un rapide baiser sur mon plexus.

Ses doigts continuent de me caresser, sans se soucier des aspérités gravées sur ma poitrine. Elle s'en fout. Elle s'en tape de mon passé, de mes imperfections, de mes démons. Elle est différente, la fée. Et c'est ce qui me séduit chez elle.

Elle est elle-même, même noyée dans une marée de moutons copiés-collés.

C'est une bouffée d'air frais. Un morceau de soleil éclatant et plein de vie, directement insufflé dans ma poitrine, comme une drogue.

Et merde… j'adore ça.

J'en veux plus.

J'en veux plus.

J'en veux plus.

Je resserre mon bras contre son dos, pour l'attirer plus près encore. J'ai besoin de ça. De sa peau contre la mienne. De moments de tranquillité. De moments de lumière.

– J'ai envie de t'embrasser depuis que je t'ai vue, bébé. Depuis le premier jour. Dès que tu as ouvert la bouche pour m'en foutre plein la gueule, j'étais déjà à genoux. Je n'avais juste pas envie de m'en prendre une si je tentais quelque chose.

Son visage devient rouge. Elle colle son front contre mon bras pour échapper à mon regard gourmand. Du bout des lèvres, elle murmure comme un secret inavouable, juste contre la peau de mon épaule :

– J'en avais envie aussi… Mais tu étais si…

– Con ?

– J'allais dire compliqué, mais con, ça marche aussi…

Cette fois, je rigole. Vraiment. Un vrai rire qui me tiraille la poitrine. Merde, ce que ça fait du bien, de rigoler sans avoir à se forcer ou à se bourrer la gueule pour y arriver.

Pris dans l'instant, je me penche pour l'embrasser avec un mélange de douceur et de voracité. Sawyer se soumet à mon baiser, son corps lové contre le mien.

Ses lèvres se meuvent contre les miennes, ravivant la dureté de ma queue, jusqu'à ce que ses yeux bien trop profonds s'écarquillent. Brusquement, elle se retire et se redresse sur mes jambes :

– Oh, pu… naise ! Je n'avais pas vu l'heure !

Sans perdre une seconde, elle se remet sur ses pieds, nue comme un ver.

– Qu'est-ce qui se passe, la fée ? Ton carrosse va se transformer en citrouille ?

– Très drôle…

Frénétiquement, Sawyer se met à fouiller le sol, ses mains tâtonnent sous le canapé où on a passé la nuit. Une petite tête blanche et brune passe en dessous de l'un des fauteuils, alors qu'elle se tortille en tenue d'Ève, le cul tendu vers moi.

Stone, le chiot, s'extirpe de sa cachette et se précipite vers elle en battant de la queue. Sa langue pendouille hors de sa gueule minuscule. Sawyer lui caresse distraitement la tête.

Je me retiens de rigoler quand il lui mordille les cheveux lorsqu'elle baisse la tête pour jeter un coup d'œil sous le canapé. Elle me fusille du regard.

Dans un sourire mauvais, elle se relève, Stone entre les doigts, et pose le chiot sur mon torse, où il s'écrase comme un poids mort, ses griffes enfoncées dans ma peau.

Susceptible, la petite fée.

Je ravale un ricanement de pur amusement.

On ne sait jamais ce qu'elle pourrait me jeter à la gueule, maintenant que le chiot est en sécurité sur moi.

J'mise sur l'une des hautes statues de chiens qui traînent sur la table basse en verre, au milieu d'un pot de glace fondue et d'une paire de télécommandes à l'allure complexe.

Ma main fouille sous mon dos et j'en extirpe un bout de tissu.

– C'est ça que tu cherches?

Je fais tourner son panty noir en dentelle autour de mon index, les yeux rivés sur sa poitrine enchanteresse.

Ça devrait être interdit, des seins aussi parfaits! Ça peut tuer un homme en un seul coup d'œil.

– Pervers!

Je ricane, les bras levés au-dessus de la tête, sans la moindre pudeur. Mon sexe bandé repose sur mon ventre, pile sur mon nombril. Elle m'arrache sa culotte des mains.

– Je dois y aller.

Mon petit nuage éclate, comme une grenade.

– Attends une seconde… Tu me fous à la porte, chérie?

Elle s'arrête net, mes vêtements entre les mains.

– Non, ce n'est pas ça… Je… J'ai… On…

Sawyer pince les lèvres. Puis, elle avise mon air incrédule et secoue le menton dans un soupir.

– Tu sais quoi ? Oui. Je te fous à la porte… J'ai… quelque chose à faire… Alors si tu pouvais…

D'un signe de tête, elle désigne la porte d'entrée.

– Putain, sympa le réveil…

– Je vais être en retard, mais je t'appelle, d'accord ?

Elle me sort la même merde que je sors aux gonzesses que j'lève dans les bars. Je censure la douleur qui doit se lire sur mon visage et récupère mes vêtements. En silence, j'enfile mon tee-shirt et mon jean, sans le fermer.

Pourquoi ça me mine autant qu'elle me fiche à la porte ?

Parce que tu as espéré, pauvre idiot. Tu as espéré et tu viens de te prendre un revers.

Sawyer soupire lourdement. Elle plaque un baiser rapide sur ma bouche pincée de colère.

– Je ne regrette pas. Mais on m'attend…

On l'attend…

Putain, ça, c'est la meilleure !

Elle se rhabille à son tour, récupère un trousseau de clés sur la table de la cuisine et après une dernière caresse derrière les oreilles de Stone, elle m'entraîne vers la porte.

Putain de chanceux.

La boule de poils a l'air complètement sonnée. La seconde suivante, je me retrouve comme un con, à moitié à poil sur le pas de sa porte, Stone dans les mains.

Sawyer se retourne une dernière fois pour me dire au revoir, avant de grimper dans un quatre-quatre d'un autre temps.

Bordel, comment te faire redescendre de ton nuage en moins de deux.

Je me gratte le torse.

J'viens de me faire larguer.

Une putain de première.

Comme si me faire foutre à la porte n'était pas une humiliation assez emmerdante, la porte d'en face s'ouvre. Une tête ridée passe entre le battant et le mur.

Une petite mamie s'extirpe de son appartement, coincée dans une petite robe rose fuchsia au motif fleuri. Je fais de mon mieux pour lui offrir un sourire poli, mais entre Stone qui se débat et ma tenue échevelée, j'ai l'air d'un con.

– Joli paquet, jeune homme.

La surprise me fait écarquiller les yeux. La vieille me dévisage avec un sourire digne du chat du Cheshire d'*Alice au pays des merveilles*.

Elle a l'air aussi flippante et frappadingue que lui, avec ses yeux en amande et son accoutrement fleuri. Même Stone planque sa tête contre mon torse.

Traître!

Les petits yeux de fouine de la vieille peau restent bloqués sur ma queue. Elle penche un peu la tête sur le côté, comme un chien affamé.

Oh, merde!

Bien sûr, fallait que j'tombe sur la seule cougar nymphomane du quartier. C'est bien ma veine, ça, putain!

– Merci…

Drapé dans le reste de ma fierté, j'me dirige vers ma moto, le cœur en berne.

J'viens de me faire prendre à mon propre jeu et ça fait un putain de mal de chien.

22

Sawyer

– Pourquoi devrions-nous vous accorder ce prêt, mademoiselle Arcane ? De ce que je vois ici, votre refuge fonctionne au ralenti depuis des mois.

Enfoncée dans le siège, j'observe M. Byers, mon banquier, me sermonner comme une enfant. Sa grosse voix de baryton fait enfler la boule que je sens enfoncée dans ma gorge sèche.

– Je...

Je referme la bouche sans savoir quoi dire de plus.

J'ai l'air fin, avec mon tee-shirt Avengers de la veille et les cheveux ébouriffés. Mais le pire, ce n'est pas ça. Le pire, c'est que je sens encore l'odeur de Deacon sur ma peau. Ça devrait me gêner. Ça devrait me coller la honte de ma vie : j'ai baisé mon employé, bon sang ! J'ai couché avec lui, alors qu'il a une petite amie. Ou du moins une pote de baise.

Mais je ne regrette rien et c'est ça qui m'effraie le plus.

Je ne regrette rien, rien de rien.

Et j'en veux plus.

Face à mon silence, le banquier me dévisage, engoncé dans son costume sur mesure d'un noir profond, le dos bien droit dans son siège de cuir noir.

Derrière l'immense bureau en chêne qui bouffe une partie de la pièce, les pieds enfoncés dans la moquette d'un gris anthracite, je me fige, les yeux ouverts en grand, comme une gamine prise en train de batifoler avec le jardinier du voisin.

Dès que j'ai poussé la porte de la banque, ce matin, avec un quart d'heure de retard, j'ai eu cette impression d'être tombée tête la première dans les tréfonds de l'enfer.

Je m'attendais presque à voir des petits démons au cul rouge m'accueillir avec une fourche. Si seulement…

Ça aurait été plus accueillant que la vieille réceptionniste au regard torve. Tout ici semble sorti tout droit d'un roman de Stephen King. Ce bâtiment réveille mes angoisses et fait tambouriner mon cœur en branle.

Tout le personnel est vêtu de noir. Ça s'accorde parfaitement avec les lieux et l'ambiance qui y règne.

Ici, aucun bruit ne résonne.

Enfin, ce n'est pas comme si je m'attendais à entendre le hurlement des victimes. Loin de là. Mais pourquoi pas une petite musique d'ascenseur? Là, c'est tellement silencieux qu'on dirait une église.

– Si nous vous accordons ce prêt, nous prenons un risque.

J'ai l'impression que ma langue est trop grosse pour ma bouche, tout à coup. Le banquier me lorgne avec ses yeux de vautour, prêt à se repaître de mes restes si je flanche.

Reste digne, reste digne, Sawyer!

– Je sais que la situation de Wolf Rain peut vous paraître sans issue. Mais je vous le jure, monsieur Byers, nous sommes motivés à nous démener pour le sauver, même si on doit se serrer la ceinture pour y parvenir. Nous sommes jeunes mais déterminés. Je suis sûre que vous pouvez comprendre ça, vous étiez jeune un jour…

Il me lance un regard noir.

J'avale ma salive, les yeux écarquillés.

Bien sûr, Sawyer! Vas-y, insulte ton taulier! Dis-lui qu'il est gros, pendant que tu y es!

– Non, ce n'est pas… Je ne voulais pas insinuer que vous étiez vieux. Ce que je voulais dire, c'est que…

– J'ai parfaitement saisi ce que vous vouliez dire, mademoiselle Arcane, mais il y a trop d'enjeux. Un prêt n'est pas la solution. Peut-être que vous pourriez fermer quelque temps, afin de réfléchir à vos projets futurs?

Les battements de mon cœur redoublent d'ardeur. Mes yeux papillonnent de même pour chasser mes larmes.

Il pense que c'est foutu.

Il pense que je suis foutue.

Ma tête amorce un mouvement négatif.

Je n'ai pas besoin d'y réfléchir. Je sais parfaitement ce que je veux. Ce que je veux, c'est Wolf Rain, c'est Lana et Dasher, malgré leurs prises de bec constantes – ils ont vraiment besoin de baiser, ces deux-là –, c'est Willow et Garou, c'est mes recrues et mes volontaires, même cette satanée Cherry.

C'est Deacon, ajoute le démon monté sur mon épaule.

Et il a parfaitement raison.

Je veux tout ça.

– Le souci, mademoiselle Arcane, c'est que Wolf Rain engendre plus de dépenses que de revenus. Même en vous accordant un prêt, je ne suis pas certain que vous arriviez à le sauver. Si vous voulez mon avis, je pense qu'un prêt serait même le dernier coup qui vous précipiterait dans le vide.

Je pince les lèvres, mutique. Je sais qu'il a raison. Je ne suis pas assez bête pour penser le contraire. Ce prêt, il faudrait le rembourser un jour.

Et ce jour-là, je serai dans la même merde, à moins que d'ici là, je trouve le courage de renoncer à la maison.

Au ralenti et dans un regard presque paternaliste, Byers rature la mention « prêt » et mon cœur me tombe dans l'estomac.

Mes tripes se retournent, la nausée m'assaille la gorge. Je la sens chercher à passer la barrière de mes dents serrées.

C'est fini.

L'instant s'éternise, je le vois dessiner ce trait qui scelle son avenir dans un ralenti digne d'un thriller.

– Je crois que ce sera tout, mademoiselle Arcane.

Mes genoux s'entrechoquent quand je me remets difficilement sur mes pieds. J'ai la gorge sèche, la poitrine serrée.

Le banquier me serre la main, une moue désolée peinte sur le visage. Je me retiens de l'envoyer paître. Parce qu'il a l'air vraiment désolé et que je ne suis pas du genre à blâmer les autres pour mes erreurs.

Parce que je ne me voile pas la face ; je suis celle qui a merdé. C'est ma faute si Wolf Rain est au bord du précipice et si Dasher et Lana s'y dirigent aussi, tête la première.

Ma seule foutue faute.

– Mademoiselle Arcane.

Le souffle coupé, je me détourne pour lui cacher ma douleur. Les yeux pleins de larmes, je presse le pas pour sortir le plus vite possible de cette maison du diable, ou l'on t'observe comme une bête de foire lorsque tu oses demander de l'aide.

La chaleur du soleil rajoute une couche à mon malaise quand je pousse la porte de la banque.

On me bouscule pile quand j'en sors, et c'est la goutte d'eau qui fait déborder le vase de ma retenue.

Rongée par l'impression d'étouffer, je me précipite dans ma voiture, où je me réfugie sur le siège conducteur, mon sac sur les genoux. La tête enfoncée entre les mains, la colère et la tristesse comme fardeaux, je me laisse aller.

La seconde suivante, les lourds sanglots qui font vibrer ma poitrine résonnent dans l'habitacle surchauffé par les rayons.

Idiot de banquier.

D'un coup de stylo rageur, ce banquier de pacotille vient de m'enlever toute chance de redresser la barre.

Un coup, et tout mon avenir vacille.

Ma seule chance de sauver Wolf Rain me laisse un goût amer au fond de la gorge.

Parce qu'elle me force à renoncer à ce qui a été mon plus grand espoir. Mais à présent, l'idée de perdre Wolf Rain est encore plus douloureuse que de perdre ce rêve qui a bercé mon adolescence.

Une fois ma crise de larmes passée, une bonne douzaine de minutes plus tard, je jette un coup d'œil dans le rétroviseur.

Mes yeux bleus sont bouffis et si rouges que je ressemble à la fiancée vampirique de Dracula. Des mèches décolorées collent à mes joues et à mes tempes.

Je fais peine à voir, mais au moins cette fois, je ne portais pas de mascara. Face à mon reflet désastreux, je souffle un bon coup.

Tu peux le faire.

Tu peux le faire.

Tu peux le faire.

Peut-être que si je le répète assez, mon cœur arrêtera de se serrer dès que j'ose y penser.

Au diable ce banquier ! Je n'ai besoin de personne pour y arriver.

Je m'essuie la figure à l'aide ma manche, les bras tremblants. Direction Phoenix.

***

Comme un rêve intemporel tout droit sorti de mes fantasmes, la maison d'un blanc cassé se dresse à un mètre de moi. Le corps tendu comme un arc, je reste immobile au milieu du parking.

Tous les volets sont fermés, et l'herbe dans l'allée du garage a triplé de hauteur, depuis la dernière fois que j'y suis venue. Mais à part ça, rien n'a changé. Ça me décoche une flèche dans les entrailles.

J'ai l'impression d'être clouée au sol, incapable d'avancer ou de reculer.

Une fois par mois, je me pointe ici pour faire le ménage et entretenir la propriété. Chaque mois, je m'inflige un coup de couteau en plein cœur, volontairement, pour entretenir un rêve depuis longtemps abandonné.

La douleur grossit dans ma poitrine.

Être ici, c'est me souvenir de tout ce qui a merdé dans ma vie.

Être ici, c'est me souvenir que bientôt, je vais perdre autre chose que mon mari infidèle.

Que je vais perdre mon rêve et mes amis.

Les mains tremblantes, j'avance jusqu'au palier, pour insérer la clé dans le trou de serrure. La porte grince quand je la pousse du pied.

L'odeur de poussière et de lavande m'assaille directement. C'est familier. Trop familier pour mon cœur. Chamboulée, je pénètre dans cette maison qui a pendant longtemps représenté une promesse d'avenir.

Je passe le couloir où repose une commode en bois massif. Une photo de Brandon et moi me nargue, posée sur la console. Un trousseau de clés, le sien, traîne sur une petite coupole en métal.

Plus j'avance, plus chaque meuble, chaque cadre ravive mes souvenirs.

Le canapé en cuir en plein milieu du salon au papier peint bleu ciel me rappelle le nombre de nuits que j'ai passées dessus, à attendre Brandon pendant qu'il faisait la fête, une ou deux pouffes à son bras, alors que j'étais enceinte jusqu'aux yeux.

La cuisine, elle, ravive ce que je m'étais imaginé vivre lorsqu'on l'avait achetée, main dans la main. Les larmes me montent aux yeux.

Quelle idiote !

Je presse mes poings contre mes yeux, à deux doigts de me mettre à pleurer de manière incontrôlable. Ça m'arrache le cœur d'être là. Ça m'arrache le cœur d'y renoncer.

Je connais cet endroit par cœur. J'ai vécu et imaginé tant de choses, ici.

Sur le chemin vers la chambre de maître, à l'étage, mon téléphone portable vibre dans ma poche. Je le sors et trouve un message de Deacon :

[J'étais si mauvais que ça au pieu, la fée ?]

Je pouffe, les joues humides de larmes. Une partie du poids qui compresse ma poitrine depuis que j'ai posé les orteils dans cette maison de malheur s'envole. C'est l'effet qu'a Deacon sur moi.

[C'est ça ! Je suis sûre de cauchemarder cette nuit, en y repensant...]

[Tu sais comment parler à un homme !]

Je ricane et tape une réponse.

[Je sais, je sais, je suis
parfaite, comme femme.]

La réponse arrive deux minutes plus tard, alors que je suis en train de vider les armoires. Une partie des affaires de Brandon sont toujours ici, abandonnées au même titre que mes rêves d'enfant.

[Tu regrettes ?]

[Pourquoi je regretterais ?]

Je ne regrette rien. Au contraire, malgré les circonstances, j'ai envie de plus. De toujours plus. Ce qui déplaît à mon palpitant. Il s'est assez pris de coups pour dix ans, le pauvre. Mais ça n'empêche pas ma poitrine de se contracter quand je comprends enfin qu'il pense que je me suis enfuie juste pour lui fausser compagnie.

[D'habitude, quand la nana a pris son pied,
elle évite de te jeter en pâture
à une vieille cougar psychopathe.]

J'éclate de rire.

[Tu as fait la rencontre de Mme Berthe, toi !]

La réponse met une seconde à venir. Mon portable vibre contre ma cuisse. Je me laisse tomber sur le dos, la tête posée sur un tas de vêtements abandonnés.

La fatigue se fait plus forte maintenant que je suis arrivée. Je suis épuisée, aussi bien mentalement que physiquement.

[Mes couilles me sont remontées
dans la gorge tellement elles ont eu
la frousse de cette barjo.
J'crois que j'suis une gonzesse,
maintenant.]

Mon hilarité reprend. Hors de question de l'imaginer avec des seins et les cheveux longs, c'est un coup à te foutre en l'air un fantasme. Du coup, je tape la première chose qui me vient à l'esprit :

[Je ne regrette rien. Au contraire.]

Durant plusieurs minutes, le smartphone reste silencieux, jusqu'à ce que je trouve enfin le courage de lui envoyer un dernier message.

[Hey, Deacon ?]

[Ouais ?]

[On se voit demain.
Souhaite une bonne nuit
à Stone, de ma part…]

[À demain, la fée.
Rêve bien de moi.]

Je souris comme la dernière des idiotes en lisant son message. Ce soir, c'est certain, je vais rêver de lui. De ses mains sur mes seins. De sa bouche sur la mienne. De ses lèvres dans mon cou. De ses caresses et de ses yeux, fixés aux miens, si parlants face à son absence de mots.

Mon portable collé entre mes seins, j'essuie les dernières traces de larmes sur mes joues.

Peut-être que renoncer à cette maison ne veut pas dire renoncer à mon rêve de famille. Peut-être que j'ai juste besoin d'arrêter d'espérer et de me laisser aller.

Peut-être que cette fois, ça marchera.

23

Deacon

Réglé comme une horloge, je me plante devant le bureau de Sawyer à neuf heures pétantes. Même à cette heure-ci, le soleil tape fort. Je m'adosse au mur, bien décidé à rester là jusqu'à ce qu'elle débarque.

Notre conversation d'hier m'a laissé un goût amer dans la bouche.

Elle a ce pouvoir étrange de me retourner la tête et le cœur. Pas sûr d'aimer ça.

De loin, j'aperçois Dasher en pleine discussion avec Cherry. La rousse tortille du cul, à deux doigts de se démettre une hanche, et glousse quand le blond sort une connerie.

Il en sort souvent.

Tout le temps.

Comme si elle avait senti mon regard sur elle, la bénévole tourne la tête dans ma direction, son sourire le plus attirant plaqué sur ses lèvres.

Je la sens prête à planter Dash pour me rejoindre. Du coup, je me retiens de me marrer. Ça fait mal à l'ego, ça, hein? Le visage du blond s'assombrit. Puis reprend des couleurs quand Lana apparaît sur le seuil du bureau, dans mon dos.

Cherry fait mine de s'approcher. Je secoue la tête. Ça l'arrête net. Plus elle est loin, mieux je me porte. Si notre petite séance de baise avait l'avantage de me vider les couilles sans avoir à me taper des discussions sans fin, elle ne signifiait rien pour moi.

J'crois même qu'on a un nom pour ce genre de relation: « sex friend » ou « coup d'un soir ». C'est toujours plus poli que « vide-couilles à durée déterminée ».

La fée, en revanche, a pris d'assaut mes pensées et s'y est installée. Une partie de jambes en l'air et je suis accro à son corps de pixie tatouée, à sa façon de prononcer mon nom quand l'orgasme la prend.

Et je suis assez con pour l'admettre: ça me plaît. La petite brune pouffe, adossée contre le chambranle. Ses yeux lancent des éclairs en direction du duo. Je sens presque sa jalousie me coller à la peau.

– Ça me troue le cul qu'elle ne se soit pas encore brisé un truc en roulant autant des hanches, crache Lana.

Quand elle se rend compte qu'elle vient de dire ça à voix haute, elle se couvre la bouche.

– Enfin, pas que je lui souhaite, mais…

Je ricane.

– Mais elle roule vraiment beaucoup du cul.

Lana hoche la tête. Un demi-sourire étire ses lèvres.

– Tu sais où est Sawyer?

– Elle devrait plus tarder, elle est coincée dans le trafic.

– La boss, en retard? Ça la fout mal, tu ne trouves pas? Elle se ramollit avec l'âge, ou je rêve?

Lana s'esclaffe.

– Je te laisse te charger de la sanction. Fais-moi plaisir, colle-lui Mongrel pour les six prochains mois. Ça lui apprendra à me faire travailler un mercredi matin!

– Tu veux qu'elle me le colle dans les pattes juste pour se venger?

Son sourire s'étire.

– Vaut mieux que ce soit toi que moi, désolée. Bon! Je retourne me coucher. *Bye*, Deek.

Le bras droit de la fée se met sur la pointe des pieds. Elle me claque un baiser sur la joue, celle marquée par les brûlures, mais elle ne flanche pas, au contraire. Elle reste une seconde de trop collée contre moi, ses lèvres sur ma peau, ses yeux pétillant de malice.

Il faut être con pour ne pas comprendre qu'elle tente de le rendre jaloux. L'autre tête d'ampoule qui fait du gringue à Cherry dès qu'elle a le dos tourné. D'ailleurs je l'entends presque s'étouffer avec sa salive quand il aperçoit Lana pendue à mon cou. Je me retiens de lui rire au nez.

Lana sautille jusqu'à la sortie, solaire et bien trop mignonne pour cet idiot.

– Il ne te mérite pas! je hurle.

Le son de son rire me parvient jusqu'ici.

– À charge de revanche, Deacon!

Tu parles! Elle m'utilise quand elle veut, si j'peux voir le blond tirer une tronche d'enterrement. Le visage rouge de rage, Dasher coupe court à sa conversation avec Cherry et disparaît au fond de la cage.

La rousse se retrouve comme une conne. Je me sens limite mal pour elle. Faut dire qu'elle n'est pas si méchante, Cherry.

Juste persuadée que son cul lui fera atteindre des sommets.

Enfin, après dix minutes à poireauter comme un idiot devant la porte, le ronronnement enroué du moteur de la vieille voiture de Sawyer retentit. Je jette un coup d'œil à la montre militaire accrochée à mon poignet. C'est un vestige de mon ancienne vie, un rappel constant.

Un bijou de technologie que je porte comme souvenir. Elle appartenait à Simon.

Quand Sawyer apparaît dans mon champ de vision, encore plus belle qu'hier, j'ai l'impression de m'étouffer avec l'aiguille. Putain, un jour sans elle, et j'ai l'impression de la voir pour la première fois.

Pas de robe, cette fois, ou de tee-shirt au slogan idiot, non. La fée s'est transformée en mon fantasme pendant la nuit. Un pantalon de cuir sombre moule son cul. Je remonte les yeux sur son buste, avant de frôler la combustion spontanée.

Malheureusement pour mes couilles, le haut est encore mieux que le bas. Un top ridicule couvre ses seins. Rouge sang, il contraste avec sa peau et la multitude de tatouages qui couvre son bras.

Je viens de frôler la petite mort tout seul au milieu du parking comme un collégien devant sa prof de géo.

Merde, qu'elle est sexy.

Non, cette nana a depuis longtemps dépassé le stade du sexy. Orgasmique, voilà ce qu'elle est. Un orgasme sur pattes.

Mon cœur s'arrête quand je la regarde dans les yeux. Même d'aussi loin, elle a capté mon émoi et compte bien en jouer. Je le vois dans sa façon de rouler des hanches.

Je le vois dans sa façon féline de me sourire.

Mes entrailles réagissent d'une façon qui m'est encore inconnue.

Cette nana est grisante.

J'dois avoir l'air du pire débile de cette foutue planète.

Mais un débile heureux, bordel !

Aussi gracieuse qu'un chat, elle se plante à mes côtés, son trousseau de clés à la main. Je ne sais pas d'où elle l'a sorti vu le peu de place dans son cuir, mais je lui tire mon chapeau.

– T'es en retard, bébé.

– La boss n'est jamais en retard, Deacon. Jamais. C'est juste ses employés qui arrivent trop tôt.

– Tu parles ! Assume-le, mon cœur, t'es en retard.

Le surnom colore ses joues. Quand elle pousse la porte, m'attirant derrière elle, je sens que je viens de toucher le jackpot. Elle ferme le battant à clé derrière elle. J'garde le regard fixé sur le balancement de ses hanches. J'ai l'air d'un chien en rut, mais je suis trop perdu pour m'en soucier.

– J'ai envie de toi, putain...

Elle se marre. Acculée contre la porte, un sourire joueur peint sur ses lèvres, elle m'observe de sous ses cils. Elle en a autant envie de moi. Je le sens jusque dans mes tripes.

Je tends la main, retiens mon souffle quand elle reste immobile. Je fais de mon mieux pour m'empêcher de me dire qu'elle regrette. Qu'elle va me foutre à la porte.

Puis enfin, elle se décide. Son corps se détend, sa main glisse vers la mienne. J'ai l'impression d'être l'enculé le plus chanceux de cette terre lorsqu'elle s'approche pour entrelacer nos doigts.

Je l'attire contre moi, frôle ses lèvres. Sawyer se colle à moi, un peu tremblante.

– Tu as encore de la place pour respirer, là-dedans ?

Je tire sur le tissu de son haut. Sawyer ricane et chasse ma main d'une tape.

– Tu me vois respirer, non?

– T'es sûre que tu te sentirais pas plus confortable sans, chérie?

Ma main glisse sur son ventre, remonte sur sa poitrine. J'empaume l'un de ses seins. Mon pouce caresse son mamelon. Nu. Putain, elle ne porte rien, à part ce petit haut ridiculement sexy. Son souffle s'accélère.

Je la sens à deux doigts de céder.

– Je m'inquiète pour eux, tu sais. Ils ont l'air à l'étroit là-dedans.

Cette fois, elle rigole et s'étrangle quand je baisse juste assez le top pour libérer l'un de ses seins. J'effleure la peau ultrasensible de son mamelon sans m'y attarder, attendant son feu vert.

J'ai besoin qu'elle dise oui. J'ai besoin qu'elle me laisse le champ libre. J'ai besoin qu'elle me fasse confiance.

– Oui, souffle-t-elle entre ses dents.

Putain, enfin. J'aurais pu me foutre à genoux pour la supplier de me laisser la toucher. Encore. Et encore. Jusqu'à ce que je me lasse, jusqu'à ce qu'elle se lasse.

Elle se dresse sur la pointe des pieds et attire ma bouche sur la sienne. Je l'embrasse comme si ma vie en dépendait, comme s'il n'y avait qu'elle qui existait. Je l'embrasse comme si elle était mienne.

À bout de souffle, Sawyer éloigne sa tête. Son visage est tordu de plaisir. Ses yeux me supplient de la toucher.

Elle se tortille, alanguie et prête à me recevoir. J'manque de venir comme un puceau. Elle a cet effet sur moi. Ce contrôle. Pour ne pas la laisser attendre en vain, je fais passer le tissu de son haut par-dessus sa tête et me penche pour aspirer son téton entre mes lèvres.

Je joue avec, alternant caresses avec ma langue et morsures intimes. Elle se tend, geint, agrippe mes hanches. Elle me supplie de la prendre. Et je suis à deux doigts de céder. Mais je résiste. J'ai une autre idée en tête, ce matin.

J'ai rêvé de sa chatte toute la nuit. Toute la nuit où ma gaule m'a empêché de dormir. J'ai rêvé de son sourire. De son rire. De son corps alangui sous le mien. J'ai rêvé d'elle.

Je fais remonter le bout de mes doigts le long de son corps, effleurant le côté de ses seins.

Son pantalon suit le même chemin que son top. Le cul en équilibre sur le bureau, sa chatte nue, Sawyer guette chacun de mes mouvements. Elle attend quelque chose. Elle m'attend moi.

Ma bite ou ma langue.

Elle attend la libération.

Sans perdre une seconde, j'me laisse tomber à genoux, pile entre ses cuisses. J'oublie la douleur qui me scinde la queue. J'oublie tout. La seule chose qui me reste en tête, c'est la fée qui m'implore de la lécher.

Sawyer pique un fard quand je m'approche.

J'embrasse sa cuisse, fais courir ma langue sur sa peau, attise son désir, la fais frissonner.

Je crève d'envie de la prendre.

Mais pas ici, dans ce bureau miteux, entre le bureau et les paquets de croquettes.

L'odeur de sa peau me rend dingue. Putain, tout chez elle me rend dingue. Sawyer retient son souffle. Elle m'observe. Impatience, gêne et désir se mêlent sur son visage.

Ma queue me supplie de la libérer. Mais cette fois, c'est elle qui décide.

Les mains à plat sur ses cuisses, je fais jouer mes pouces à deux centimètres de l'endroit brûlant qui n'attend plus que moi, savourant les frissons qui remontent au rythme de mes caresses.

Sawyer tremble comme une feuille sur son bureau, les doigts si crispés sur le plateau que ses jointures en ont blanchi.

Quand je ris, elle frissonne.

Il paraît que, quand on est assez doué ou chanceux, la femme nous appartient totalement, et qu'un moindre souffle pourrait la faire décoller.

J'aurais vraiment, vraiment voulu jouer avec ça et profiter encore un peu de la petite fée, au bord du gouffre, prête à rendre les armes.

Mais c'est mal la connaître ; avec un gémissement,

elle se redresse et m'attrape par le crâne pour me ramener exactement là où elle me veut.

À quel moment cette nana peut avoir autant de force?

Mais OK, c'est elle la boss. Et ce que femme veut…

Elle l'a en triple.

Cette fois, pas le temps pour les caresses joueuses et les frôlements excitants. Non, elle veut la totale, et je vais la lui donner.

Le premier orgasme vient si vite qu'il me prend par surprise, faisant tressauter ma queue dans mon jean devenu bien trop serré. En quelques coups de langue, Sawyer se laisse retomber lourdement sur le bureau, couinant des encouragements presque incompréhensibles.

Ma fée est si brûlante, si tendue, qu'elle ne se laisse pas abattre par la déferlante de plaisir. Elle me résiste quand je suce son clitoris, que je frotte ma barbe contre sa cuisse et qu'un doigt, puis deux, et un putain de troisième prennent la place qui n'appartient qu'à ma verge.

Ses ongles s'enfoncent dans mon crâne. La douleur décuple mon plaisir. Je la sens se resserrer autour de mes doigts, proche de l'orgasme.

Je la sens si proche.

Si proche, putain.

– Sawyer, je grogne presque, me reculant difficilement, juste assez pour que mes paroles soient compréhensibles.

– Plus, s'il te plaît, Deacon, plus !

Ma main gauche quitte sa cuisse frémissante pour venir l'attraper à la gorge.

Oh non, chérie, tu es à moi.

Ses yeux embués viennent se planter dans les miens, suppliant pour que la torture s'arrête, qu'enfin elle obtienne sa délivrance.

Ouais, comme ça ma fée, comme ça.

Je resserre juste assez ma prise pour que l'air commence à lui manquer et qu'elle perde totalement les dernières bribes de contrôle qu'elle gardait jalousement.

– Maintenant.

C'est un ordre, dur, tranchant. Et il est immédiatement exécuté.

Sawyer étouffe son cri d'une paume, le dos arqué, à deux doigts de se briser, sa main libre enfoncée dans les cheveux, manquant de me scalper.

À cet instant, même si je suis sur le point de perdre ma bite, j'suis l'homme le plus chanceux de cette planète, parce que l'instant d'une seconde, elle m'appartient.

24

Sawyer

La Harley chromée de Deacon slalome sur le bitume. Accrochée au dos de l'ancien militaire, je me mange un souffle de vie en pleine gueule.

C'est fou ce que les vibrations d'une moto peuvent faire ressentir. Alors que Deacon aborde un nouveau virage, je serre les cuisses, bien plus excitée que terrifiée. Merde, si j'osais ne serait-ce que balancer un peu mon bassin, je pourrais voler un orgasme.

Cachée par mon casque, je ne retiens pas l'immense sourire qui fend mes lèvres. Au final, cette bécane est tout aussi bonne que son propriétaire. Il faut que je garde ça en tête pour le jour où il décidera de m'emmerder.

On roule depuis ce qui me semble une éternité, et le soleil a déjà bien entamé sa descente lorsqu'on quitte les grands axes routiers pour avaler des routes sinueuses. Pourtant, la moto s'arrête bien trop vite à mon goût quand Deacon pénètre dans un petit parking de gravier.

Mes jambes tremblent un peu quand je mets pied à terre, ce qui me vaut de larges moqueries de mon employé. Lui récolte une menace, mais apparemment le risque de perdre ses couilles vaut bien quelques éclats de rire.

– T'es vraiment un enfoiré !

Deacon hausse les épaules, abandonne nos casques au pied de la Harley et me tend la main sans un mot.

Il a choisi de devenir muet ? OK, ça me va. Moins j'entends de conneries, mieux je me porte.

Le militaire me guide sur un petit sentier tracé dans la forêt. Il est presque dissimulé par les ombres des arbres immenses dont les branches frétillent sous une légère brise, et sans Deacon, je me serais sûrement pris les pieds dans une racine au bout de deux pas.

À vrai dire, je ne vois pas grand-chose d'autre que son large dos ; d'aussi près, il occupe toute ma vision, et je mentirais si je disais que je n'aime pas ses épaules qui jouent sous son tee-shirt.

Je vais trop loin ? Peut-être.

Quand il s'arrête, je pousse un soupir dépité, les cuisses douloureuses de la balade à moto et de la petite ascension qu'il m'a imposée. J'ouvre la bouche pour lui en toucher deux mots avant d'apercevoir la vue depuis notre destination secrète, dévoilée quand il fait un pas de côté.

Prise entre deux parcelles de forêt, une plateforme construite au-dessus du vide offre une vue à couper le souffle. L'espace bétonné donne tout droit sur la *skyline* éclairée de Las Vegas.

J'ai l'impression d'être coincée sur le toit du monde.

– Ça te plaît, la fée ?

Si ça me plaît ? C'est splendide !

– Beaucoup…

Deacon passe ses bras autour de ma taille. Un soupir heureux quitte mes lèvres.

– Essayeriez-vous de me séduire, monsieur St. John ?

Il ricane, la tête dans mon cou.

– Je pensais que c'était déjà fait.

Je fais mine de réfléchir, puis hausse les épaules. C'est le cas. À cet instant, je me sens bien. Je me sens débarrassée de la pression de Wolf Rain, de Brandon. Je me sens bien et je me gorge de ce sentiment, le dos pressé contre l'ancien militaire, les yeux rivés sur la ville endormie.

– Un peu de romantisme n'a jamais fait de mal à personne !

Cette fois, c'est à son tour de hausser les épaules.

– J'suis un tas de trucs, bébé, mais romantique…

C'est la révélation du siècle ! Il n'est pas romantique ! Je n'avais pas remarqué !

– Pourtant cet endroit est pas mal romantique, monsieur le gros dur…

– J'avais envie qu'on soit seuls et je suis venu ici par habitude…

– Chut, chut, chut, tais-toi ! Argh, Deacon ! Tu es en train de tout ruiner ! Laisse-moi rêver que mon joli militaire a un côté super romantique…

Son rire fait vibrer ma poitrine.

– Bordel, princesse, tu adorerais Katy…

– Qui est Katy ?

Je hausse les sourcils, les épaules crispées. Un lent sourire amusé lui monte aux lèvres. Cet enfoiré se retient de se marrer. C'est bon, le moment est officiellement ruiné. Faut vraiment qu'on lui donne des cours de romantisme, parce que là…

– Rentre les griffes, chaton… Katy, c'est un terrain miné… C'est la femme de Simon.

– Oh…

– On était proches, avant. Un peu comme une famille recomposée. Sauf que… je n'ai pas eu les couilles de retourner la voir depuis… ça.

Un rictus dégoûté déforme sa bouche quand il lève les mains pour me coller ses cicatrices sous le nez. J'entrelace nos doigts pour l'empêcher de continuer. Ça ne lui arrive pas souvent de s'ouvrir, mais quand il le fait, j'ai l'impression que mon cœur me remonte dans la gorge.

Parce que je sens sa rage, sa colère, son dégoût de lui-même lécher ma peau.

– Le premier pas est le plus dur. Bouge ton joli cul, soldat, va la voir. Vois ça comme une mission merdique : ça te fait chier, mais tu dois le faire.

Son regard accroche le mien. Je lui souris. Quand il ne joue pas au con, Deacon est facile à aimer. Bien trop facile. Avec son cuir, son encre, son sourire et ses conneries, il fout à mal ma résolution de me tenir éloignée des hommes. Parce que quand il me sourit, je me mets à espérer.

À espérer que lui aussi peut m'aimer. Merde, merde et re-merde.

Reprends-toi, ma pauvre fille ! Tu n'as donc rien appris ?

J'appose ma main sur son torse, frôle ses lèvres. Ses doigts se resserrent sur mes hanches. J'ai chaud tout à coup. Vraiment très chaud. On peut même parler de combustion spontanée, à ce stade.

– Une mission. L'une des plus dures de ma vie, putain.

– Tu veux bien me parler d'elle ? Ça t'aidera, peut-être.

Deek grimace.

– Vraiment ? Maintenant, princesse ?

– À part s'envoyer en l'air, on n'a rien de mieux à faire. Et j'ai la migraine, ajouté-je devant son regard intéressé. Alors parle.

J'ai besoin de ça. J'ai besoin de faire dévier mon esprit quelques instants. Parce que sinon, je vais faire quelque chose que je regretterai demain. Je vais lui avouer mes sentiments.

Ou le laisser me baiser sur sa moto, malgré la présence des campeurs quelques mètres plus loin.

Voire les deux. Tout mon corps se révolte à cette idée.

L'ancien militaire souffle.

– Katy est… le genre de meuf super relou qui colle aux basques vingt-quatre heures sur vingt-quatre. Simon l'a rencontrée quand il faisait ses classes, ça a été le coup de foudre. Ce petit bout de femme était la seule à pouvoir lui remonter les burnes dans la gorge sans qu'il pète un plomb.

Deacon sourit. Le genre de sourire nostalgique, empreint de tristesse.

– Ça a été le coup de foudre entre elle et lui. On était deux, et pouf, la seconde d'après, on était trois ! Mais pas genre… un plan à trois, tu vois ? Vois ça comme une unité. Elle est devenue son âme sœur et elle est devenue ma sœur. On faisait tout ensemble. Quand ça n'allait pas, elle nous remontait le moral en faisant des gâteaux dégueulasses. Quand elle n'allait pas bien, on l'emmenait faire des virées à moto.

Il a cette lumière dans les yeux quand il parle d'elle. Quand il parle d'eux. À l'instant où son sourire se fane sur ses lèvres, je comprends comment s'est finie l'histoire.

– Puis Simon est mort. Ça l'a tuée. Ça nous a tués. L'unité d'élite venait d'exploser en même temps que nos putains de palpitants. Après ça, je me suis tiré. Je ne suis jamais retourné la voir.

Et la pauvre Katy s'est retrouvée seule à pleurer un mari et un ami. Je la plains. Les mains sur les hanches, je foudroie Deacon du regard.

– Va la voir.

– Et je lui dis quoi, la fée? Désolé de me pointer dix-huit putains de mois en retard?

Je hausse les épaules.

– C'est mieux que de te pointer dans trente ans la bouche en cœur, non?

Deacon grimace. Touché.

– Tu as peut-être perdu un frère, mais elle, elle a perdu un mari.

Encore une fois, je fais un carton plein. Son rictus s'agrandit.

– Et la seule personne qui connaissait Simon autant qu'elle n'est même pas là pour la soutenir.

Je suis dure, c'est vrai, je l'avoue. Mais Deacon a la tête dure. Il encaisse, sans broncher.

– Va la voir. Demain. Tu as même le droit d'arriver en retard pour cette fois. Je sais, je sais, je suis une patronne qui déchire, pas besoin de me remercier.

L'ancien militaire ricane.

– Ça va les chevilles, princesse ? Pas trop serrées ?

– Hey ! Tu préfères la corvée cuvette ? Ça peut toujours s'arranger !

Son éclat de rire s'éteint et un lent sourire étire sa bouche. Un sourire tendre qui fait jouer des claquettes à mon cœur. Je dois me retenir de m'éventer, parce que subitement, la combustion spontanée revient à l'assaut.

– Merci, bébé…

J'enfonce ma tête dans son cou, m'imprègne de son odeur. Au final, il n'est pas si différent de Mongrel.

– C'est quand tu veux…

Et c'est vrai. Je m'en rends compte aujourd'hui. Deacon s'est immiscé dans ma vie, petit à petit, et je suis prête à tout pour l'aider. Même si pour ça, je dois mettre en ligne de front mon cœur déjà écorché.

– Hey, ma belle, tu as déjà pensé à demander de l'aide à un spécialiste pour Mongrel ?

– Quoi, tu veux dire une espèce de psy pour chiens psychopathes ?

Deacon ricane.

– Ouais, bébé, un psy pour clébards.

Je hausse les épaules.

– Non. Je me suis toujours débrouillée seule avec lui.

Tu parles d'un carnage, ce chien est toujours aussi terrifié.

– Je me suis renseigné et…

– Toi, tu t'es renseigné?

Deacon regarde ailleurs, gêné.

– Ouais, je pensais…

– Qu'est-ce que tu as trouvé?

Ses bras se referment un peu plus autour de moi. Il embrasse ma tempe, frôle mes bras du bout des doigts.

– Il y a un type, un pro, qui s'occupe de chiens traumatisés. On pourrait tenter d'organiser un truc et voir où ça nous mène. De toute manière, ça ne peut pas être pire, non?

– Pourquoi maintenant? Je veux dire, c'est génial, mais pourquoi maintenant?

– Il y a quelque temps, une nana géniale m'a dit qu'il ne fallait jamais abandonner.

– Merci, Deacon…

– C'est quand tu veux.

Et c'est là que je tombe toujours plus amoureuse de lui.

25

Deacon

– Sympa de te pointer une fois la grande fête finie, Deek.

Sa voix familière me percute avec la violence d'une balle. Je me la prends en pleine poire. Ça court-circuite mes neurones l'espace d'une demi-seconde et efface tous les jolis mots que j'espérais lui dire.

Mange-toi le passé dans la gueule, Deacon !

Katy se dresse devant moi, visiblement énervée. Elle semble prête à en découdre. Je grimace.

Cette bataille promet de me laisser sur le carreau et c'est la première fois que ça me fout autant la trouille. Mais à un moment ou à un autre, faut porter ses couilles, non ? C'est ce que cette tarée de Kiersen n'a cessé de me répéter.

« Il est temps de reprendre votre vie en main, monsieur St. John. »

Pff… comme si ce n'était pas assez difficile ainsi pour que j'y ajoute Katy.

Le cœur coincé dans la gorge, je me tourne vers celle qui fut la femme de mon meilleur ami. La grande blonde au regard incendiaire est plantée à quelques mètres de moi, toujours aussi belle. Ses bras ainsi que ses vêtements ternes sont couverts de terreau.

Un bouquet de roses pâles gît à ses pieds.

Elle a l'air d'avoir vu un revenant. Et c'est le cas. Deux ans, c'est long. Deux ans, c'est horriblement long. Surtout quand on revient avec autant de cicatrices que moi.

Les mains sur les hanches, la bouche pincée en une grimace de colère, Katy ne me quitte pas des yeux.

D'ici, elle a l'air plus frêle qu'avant. Je tente de bredouiller un truc pour désamorcer la situation, car sous la rage que je sens frôler sa peau, sa détresse ne m'échappe pas. Je tente de toutes mes forces, mais rien ne vient.

Parce que la revoir me rappelle Simon. Sa disparition, le lien qu'il a arraché de mon palpitant le jour de sa mort. C'est pour ça que je refusais de descendre de ma moto jusque-là. À cause de la certitude de crever à petit feu en revoyant celle dont il me parlait tout le temps.

La femme de sa vie. La mère de sa fille. Ma frangine.

Bizarrement, sa proximité ne réveille pas mes démons. Au contraire.

La blonde émet un claquement de langue réprobateur. Je regrette d'avoir abandonné Katy. Mais c'était ça ou la certitude de devenir taré. Plus que je le suis déjà, je veux dire.

– Désolé, je suis en retard.

– De deux ans, Deek ! Putain, deux ans !

Ses yeux brillent, la culpabilité me chope à la gorge. Je sais que j'ai fait le mauvais choix. Je l'ai su à la seconde où j'ai refusé de la voir, pendant l'enterrement. Sauf que jusqu'à aujourd'hui, j'étais trop fier pour l'admettre.

Admettre que j'avais merdé dans les grandes largeurs en abandonnant l'une des seules personnes, en dehors de mes frères d'armes, que je considérais comme ma famille.

Sans un regard de plus, Katy remonte l'allée, dépasse ma carcasse toujours statufiée et disparaît dans l'entrée de la maison. Je mets deux bonnes minutes avant de trouver le courage de porter mes couilles.

Le pas lourd, j'me traîne en haut des marches, le cœur bouffé par une sensation de déjà-vu. Je connais chaque foutu tableau, de cadre photo accroché au mur. J'connais à la perfection l'agencement des pièces et la couleur des murs.

Parce qu'il n'y a pas si longtemps, je passais ma vie ici. Mais aujourd'hui, le son que font mes rangers usées sur le parquet résonne de manière funeste. J'ai presque envie de faire demi-tour. Putain, c'est tout ce que j'ai en tête, là.

Faire demi-tour et arrêter de suffoquer. Pourtant, je reste planté là, comme la dernière des andouilles, à reluquer une photo de Simon, Katy et moi, le jour de leur mariage. Dans mon dos, Katy semble figée, elle aussi. Par ma faute.

– Tu as toujours été trop bien pour lui… je plaisante.

Quand je trouve enfin la force de lui faire face, j'ai l'impression de me prendre un poing dans la gueule. Parce que ses yeux autrefois si pétillants brillent de larmes et que j'sais que c'est de ma faute.

Ce que ça fait mal !

Ça fait se tordre mon ventre.

– Katy…

– Qu'est-ce que tu fiches ici, Deek…

– Je… Je pensais…

J'ai du mal à trouver mes mots. J'ai le cerveau en berne et le cœur en vrac. Je pourrais me foutre à genoux, lui cracher des excuses. Parce qu'elle mérite chacune d'elles. Mais je n'y arrive pas. J'ai les lèvres scellées.

– Deux ans, Deacon…

Elle n'a que ces mots à la bouche. Deux putains d'années. Comme si je n'avais pas compté les jours depuis l'attaque. Je serre les dents. J'ai la poitrine en feu.

– Tu croyais quoi? Que tu pouvais te pointer ici après deux ans et faire comme si de rien n'était?

Non. Chaque parcelle de mon corps me hurle que je n'ai rien à faire ici. Que j'ai laissé passer ma chance, mais je m'obstine, parce que la fée m'a donné envie de reprendre ma vie où je l'ai arrêtée. Si ça implique de me traîner à genoux devant la blonde, soit.

Je lui dois la vérité.

– Tu venais de perdre Simon, je ne voulais pas...

– Me faire penser à lui ? Merde, Deek, je ne passe pas une seule seconde sans penser à lui ! Que tu sois là n'y change rien !

Bordel ! Je serre les dents.

Ferme ta gueule, Deacon. Ferme-la.

Plus facile à dire qu'à faire quand mes démons se réveillent. Les images m'assaillent. L'odeur de la chair brûlée me monte au nez. La honte me submerge comme une vague.

– J'ai survécu ! Putain, Katy ! J'ai survécu et lui non, alors que j'aurais dû crever à sa place ! J'avais juré de toujours te le ramener !

La baffe me prend par surprise. Mon crâne résonne. Merde, ça fait un mal de chien. Je mets deux secondes avant de réussir à relever la tête. Katy me fusille du regard, son doigt accusateur pointé sur mon torse. Sa fureur fait danser une lueur incendiaire dans ses yeux.

– Ne t'avise plus jamais de dire un truc pareil !

Les mâchoires crispées, je m'efforce d'obliger mon cerveau à réfléchir de manière cohérente, mais je n'obtiens qu'une erreur système.

Les yeux plongés dans ceux de Katy, je ne sais pas comment réagir ni même quoi dire ; je me contente de rester planté là, comme le dernier des abrutis finis, à prier pour qu'elle m'accorde son pardon.

J'ouvre la bouche, une fois, puis deux, puis trois, mais chaque fois je la referme sans qu'un son quitte ma gorge. La douleur qui stagne dans ma poitrine depuis des années, depuis le jour où je les ai tous perdus, s'enflamme à nouveau quand elle pousse un long soupir qui me déchire le cœur.

– Nous sommes ta famille !

Machinalement, j'acquiesce.

Bien sûr qu'elle est ma famille, comme toutes les autres que j'ai rencontrées par le biais de mes frères d'armes. Mais j'ai perdu depuis bien longtemps le droit de me reposer sur elles, ou de pouvoir les regarder en face sans réussir à m'excuser pour être revenu alors qu'eux y sont restés.

Les mots me brûlent la langue, mais je n'arrive pas à les prononcer, ces adieux définitifs à ces hommes que j'ai aimés, alors je change de sujet.

– C'était dur de l'aimer ?

– Tu sais très bien que non... Tu connaissais Simon... Je ne dis pas que ça a été facile d'accepter la distance, ou encore les sacrifices qu'on a dû faire après la naissance d'Elena, mais l'aimer ? C'était la chose la plus simple que j'aie jamais faite.

Naturellement, presque trop, notre conversation dérive sur les souvenirs que nous avons partagés avec lui.

Cet enfoiré au cœur en or nous a soutenus dans les moments les plus sombres, nous a fait rire alors que le monde s'effondrait, merde, il m'a même appris à jouer au poker !

Et il me manque, atrocement.

Pourtant, alors que nous parlons de lui, aucune douleur sourde ne vient me ronger les os. Il ne reste que des moments joyeux, des anecdotes stupides et une profonde tendresse qui me pousse à m'ouvrir.

– Pourquoi cette question, Deek ? Tu comptes enfin me faire ta demande ?

Je me marre.

– Y a cette fille.

Katy hausse tant les sourcils que je me demande s'ils ne vont pas quitter son visage.

– Merde, c'est si difficile à croire ? demandé-je en grimaçant.

Elle se pince les lèvres, et j'ai ma réponse.

Ouais, d'accord. Je n'ai jamais été du genre à me poser, ou même à envisager de passer plus d'une simple nuit avec une femme. Mais quand même ! Je ne vais pas passer la fin de ma vie seul !

Ou si ?

– Comment elle s'appelle ?

– Sawyer…

Une ombre féminine dévale le couloir fleuri sans prendre la peine de s'arrêter. Levant une main, de la façon dont seule une mère peut le faire, Katy m'empêche de parler pour hurler :

– Elena ! Ramène ton petit cul d'ingrate ici !

La gamine pousse un soupir rageur, puis je l'entends rebrousser chemin, les pieds traînant sur le sol. La voir me fuir me brise le cœur. Ou du moins ce qu'il en reste. Katy m'offre un sourire navré.

Je l'ai cherché, je me répète. *Je l'ai cherché.*

Quand le portrait craché de Simon se poste dans l'ouverture de la porte, son smartphone entre les doigts, j'ai le souffle coupé. Elle a grandi. Et elle a ses yeux. Ses putains d'yeux. Sauf qu'il n'est pas là pour les voir.

Les deux femmes se jaugent quelques secondes, avant que Katy craque :

– Tu as oublié la politesse ?

– Lui, il a bien oublié notre adresse, non ?

Bim, dans les dents. Bizarrement, je me retiens de sourire. Parce que sous cette rage, cette tristesse, j'aperçois ma filleule. Cette gamine intrépide, à la langue bien pendue, qui avait filé ses premiers cheveux blancs à mon meilleur ami.

– Elena !

À contrecœur, toujours scotchée à son iPhone, la gosse m'expédie un regard sommaire :

– Oncle Deacon.

Je me contente de lui sourire. Je ne sais pas quoi dire.

« Désolé de t'avoir abandonnée, gamine »?

« Tu as grandi »?

« Je suis désolé de pas être mort à la place de ton père »?

Putain, non.

– Je peux y aller maintenant? Kyle m'attend!

Sans attendre de réponse, elle disparaît dans le couloir, comme une furie. Qui est ce putain de Kyle?

Le long blanc qui s'ensuit me file des frissons. Merde, j'ai survécu à la guerre et c'est une gamine qui me fait danser d'un pied sur l'autre?

Non, la véritable raison de ma gêne m'arrive à peine à l'épaule et me fixe méchamment, les bras croisés. Même si je me bornais à fixer le sol, ou un point loin derrière elle, la fureur qui irradie de mon ancienne amie me percute, me tordant la gorge au point qu'aucun mot n'arrive à sortir.

Katy m'agrippe par le bras pour me pousser jusque dans son salon.

– Alors Deek, parle-moi un peu de cette femme! Vu que je ne t'ai pas revu depuis des années, j'ai le droit de poser toutes les questions que je veux. Et tu vas répondre à chacune d'entre elles.

Oh, bordel…

***

L'interrogatoire dure trois bonnes heures, avant que Katy arrive à court de questions sur Sawyer. Cette nana est une pro pour arracher des réponses. Elle ferait un malheur dans l'armée, bordel !

La dernière fois que je l'ai vue, elle n'avait encore rien de ce côté inspecteur acharné. Elle a dû le tirer de Simon, ou de sa mort. Ce genre de merdes a tendance à endurcir. Ou le fait de vivre avec une ado rebelle l'a obligée à se faire pousser une paire.

En tout cas, c'est avec l'esprit retourné que je me retrouve à fixer le contenu de ma tasse vide, incapable de prononcer un seul autre mot. Au final, j'en ai dit bien plus que je ne l'aurais cru possible, allant presque jusqu'à oser évoquer des choses que personne ne se rappelait.

– Hey, Deek.

– Ouais ? je marmonne en reposant le mug sous le regard attendri de Katy.

– Va la retrouver, mais ne t'avise pas d'attendre encore des années avant de revenir.

– Oui, madame.

D'une main, même si je sais qu'elle se retient de toutes ses forces pour ne pas passer par-dessus la table pour m'enfermer dans ses bras, elle me congédie avec un petit sourire en coin.

La fée. Évidemment que j'en ai parlé, peut-être même plus d'elle que de moi d'ailleurs. En tout cas assez pour que Katy réalise que je ne veux qu'être près d'elle et de son caractère explosif.

Sans me faire plus prier, je plaque un baiser sur sa joue malgré ses protestations et défonce presque la porte pour m'enfuir. Mais pour une fois, je n'ai pas peur de ce qui suit ; non, j'ai hâte de ce qui m'attend au bout du chemin.

Ma moto me conduit droit chez Sawyer. Ou est-ce mon cœur. Ou ma bite. Un mélange des trois ? Ouais, sans doute. Je n'en sais rien. Je sais juste que j'ai besoin de la voir. Maintenant. Je me gare devant son pick-up, pianote sur mon téléphone pour la prévenir de mon arrivée, jusqu'à ce que sa porte s'ouvre à demi.

Sawyer apparaît sur le seuil, ses cheveux blancs en pagaille, ses cuisses couvertes par un minishort rose qui ne laisse aucune place à l'imagination. Putain, même au saut du lit, elle est magnifique.

– Mes yeux sont plus hauts, mon pote.

– Faut avouer que le reste vaut autant le coup d'œil, bébé.

Je ricane, enjambe mon bolide et m'approche. Sawyer fronce les sourcils. Subitement, imaginer que ses voisins peuvent la voir dans cette tenue me file l'envie de la balancer sur mon épaule pour l'enfermer à double tour dans sa chambre.

– Qu'est-ce que tu fiches ici, Deacon ? Tout va bien ?

Je reste silencieux. Qu'est-ce que je devrais lui dire ? « Désolé, ma belle, une subite envie de voir ta face de poupée ? » Nan, trop mielleux. Aucune chance que mon ego le supporte. Mais ça ne m'empêche pas de le penser.

Putain, non. J'ai besoin de la voir. Chaque putain de jour.

– Il est tard, Deacon…

Il l'est. Mais je m'en fous.

– J'avais besoin de te voir.

Son visage s'adoucit. Elle se décale pour me laisser passer, mais je reste comme un con, planté devant elle.

– Quoi, la fée, je n'ai même pas droit à un baiser ?

Sawyer rougit. Je hausse un sourcil, jusqu'à ce qu'elle pousse un soupir, et qu'avec douceur, elle prenne mon visage en coupe entre ses mains pour m'embrasser.

Comme à chaque fois, sentir son corps contre le mien me file des palpitations.

– Ça va ?

Je soupire. Non. Je n'en sais rien. La conversation avec Katy a été fantastique. Mais la culpabilité continue de marteler mon cœur.

En partie à cause d'Elena. La réaction de la petite a failli me foutre à genoux. Pas que je ne la mérite pas. Au contraire, merde.

– J'ai été voir Kate.

– Kate ? C'est génial ! Comment ça s'est passé ?

Elle crochète mes doigts, m'attire jusqu'au canapé, où elle s'échoue au milieu d'un nombre indécent de plaids et d'oreillers. Je mets une seconde avant de trouver les mots pour lui répondre :

– La gosse refuse de me parler.

Ça me fait mal de le dire à voix haute.

– Merde, j'crois même qu'elle me déteste.

– Ne dis pas ça…

– Elle m'a reproché de l'avoir abandonnée. Et je l'ai fait, putain ! Mais j'avais tellement honte de… ça. De ce que j'étais devenu que…

Que j'ai oublié qu'elles souffraient aussi. Qu'on pleurait la même personne.

Sawyer soupire. La seconde suivante, ses bras se referment autour de ma nuque. L'envie de chialer me prend aux tripes. J'ai merdé. Et j'en paye le prix.

– Je… Je vais…

Subitement, la honte me prend à la gorge. Je suis en vie. J'ai une meuf canon sur les cuisses. Et je suis à deux doigts de chialer comme une gamine de primaire.

Comme un con, je détourne le regard et trouve d'instinct mon échappatoire. Je n'aurais pas dû foutre les pieds ici ce soir. Pourtant j'en crevais d'envie.

La porte n'est qu'à quelques mètres, et en quatre ou cinq enjambées, je peux facilement franchir la distance et mettre un terme à cette conversation foirée.

Ouais. En voilà une bien meilleure idée.

Ou je peux l'embrasser jusqu'à ce qu'elle oublie toutes les conneries qui quittent ma bouche aussi vite qu'un train lancé à toute vitesse.

Il ne me faut pas une seconde pour me décider à choisir la deuxième option et me laisser tomber sur elle.

Son petit corps chaud m'accueille sans aucune difficulté, courbé contre moi pour mon plus grand bonheur. Contre ses lèvres, je me perds un moment, en tout cas assez pour que ma main dérive sur ce short microscopique.

Mes doigts sont à un millimètre du paradis quand la fée détourne brusquement le menton, envoyant mon visage dans son cou.

– Attends, Deacon… Attends une seconde… J'ai besoin…

Je me détache d'elle, le souffle court.

– On est quoi, nous deux? Un couple? Des amis avec avantages? Des amants occasionnels?

La question à un million. On est quoi, nous deux?

– Je n'ai jamais été très bon pour les étiquettes.

– Je vois…

La tristesse qui se met à briller dans ses yeux me file l'envie de me gifler.

Putain, Deacon! Apprends à la fermer!

J'ai la poitrine en feu. J'abaisse mon visage pour frôler sa joue des lèvres, mes mains toujours scotchées sur ses hanches de déesse.

– Et toi, mon cœur? T'en penses quoi? On est un couple?

Elle hausse les épaules. Sa fragilité à cet instant me saute aux yeux.

– Je crois? Je veux dire… C'est ce que je veux, enfin… C'est ce que…

Je l'embrasse pour l'empêcher de patauger plus longtemps dans ses conneries.

– Je n'ai jamais été en couple, chérie.

– Jamais?

Je secoue la tête. Avant toute cette merde, j'avais bien d'autres choses à faire que de me lier avec une seule nana alors que l'uniforme les attirait toutes. Mais maintenant? Maintenant la fée me file l'envie d'essayer.

– C'est ce que je veux aussi.

Elle.

Je la veux elle.

À n'importe quelle putain de condition.

– Hey! Attends! Va pas croire que je vais te laisser te défiler! On doit parler d'Elena et de…

– Plus tard…

J'étouffe ses protestations, en l'embrassant plus profondément.

26

Sawyer

– Une aussi jolie fille mérite un chien à sa hauteur. Un caniche. Bien moche. Avec du poil au menton. Des dents qui manquent. Un chien qui lui ressemble. Voilà ce qu'elle mérite !

– Voici Toska, l'un des plus beaux et des plus gentils du refuge.

Deacon attrape la main de la fille, non sans lui décocher un sourire de tombeur à la noix, puis ils glissent leurs doigts joints dans la fourrure de l'animal.

Toska en gémit de bonheur, un couinement d'appréciation s'échappe de ses babines.

Traître !

– Tu vois ? continue le séducteur. Il ne te fera rien. Il t'aime bien.

Lui aussi semble bien aimer cette nana. Un peu trop, d'ailleurs. Je grince des dents. Au diable Deacon et la blonde à la gueule de caniche. Et toutes celles qui gravitent autour de lui dans l'espoir d'attirer son attention. J'ai mieux à faire que de grommeler dans mon coin.

J'ai un refuge à gérer !

Pitoyable !

– Lana, amène-moi des croquettes ! De l'eau aussi. Il est où, Dash ? Jamais là quand on a besoin de lui.

– Tu peux aussi demander gentiment au lieu de beugler comme une vache en rut, rétorque ma meilleure amie. Si tu veux tes croquettes, commence par faire preuve de politesse.

Elle a raison. Qu'est-ce qui me prend de me comporter comme une abrutie ? D'autant que je devrais être contente ! Grâce à Lana et son idée de faire de la publicité pour la journée de l'adoption, le refuge s'est offert un mois de plus.

Pour mon plus grand plaisir, les joies d'Internet ont servi, et les potentiels adoptants vadrouillent un peu partout dans le refuge.

Alors quoi ? Pourquoi j'ai envie de me trouver à dix mille kilomètres d'ici ?

Sans doute parce que je sens mon ventre se tordre de jalousie dès que je jette un œil au nombre de dindes qui gravitent autour de Deacon. Rousses, blondes, brunes, elles s'agglutinent autour de lui comme une meute de louves prêtes à se battre pour une tranche de jambon.

Et quel jambon! Deacon vaut son pesant de cacahuètes. Sauf qu'il est à moi. Du coup, je prends mon courage à deux mains: la tête haute, les poches remplies de friandises, je m'approche d'eux comme une reine conquérante, prête à marquer mon territoire… et finis rouge tomate quand je manque de me vautrer la tête la première sur un bénévole.

Bon, d'accord, pour la reine conquérante et *badass*, on repassera, je tiens plus de la lionne estropiée, pour l'instant.

Mais ça ne m'empêche pas de continuer d'avancer, jusqu'à me planter devant Deacon et la potiche. Toska, un pitbull senior d'un noir d'encre, quitte le petit couple pour se ruer sur mes jambes. Je l'accueille avec le sourire.

En m'apercevant, mon petit ami daigne enfin détacher ses doigts de ceux de Boucles d'or.

Eh oui, mon grand, pris la main dans l'sac!

Deacon me sourit. Boucles d'or, elle, papillonne des cils, les yeux rivés sur l'ancien militaire.

Mon ancien militaire.

– Tout va bien, par ici?

Deek ricane, pendant que la demoiselle hoche distraitement la tête.

– Tout va très bien, votre employé est un amour!

– Oh, oui! je m'exclame. Il a ravi mon cœur il y a bien longtemps déjà. Jamais je n'aurais pensé pouvoir embarquer un homme aussi sexy dans cette aventure !

Je désigne le refuge d'une main, un immense sourire aux lèvres. Quand le caniche humain fait la moue, je me retiens de jubiler.

Désolée, chérie, il est pris !

Cela dit, c'est vrai ; j'avais pris Deacon pour une âme brisée de passage. S'il l'a été, il m'a déjà montré de nombreuses fois qu'il ne comptait pas m'abandonner sur le bord de la route.

– Ce que vous avez fait est vraiment incroyable ! intervient une petite dame qui semble avoir eu un coup de cœur pour l'un de nos yorkshires. Et vous formez un très beau couple de jeunes gens !

Quand Deek glisse sa main dans le creux de mes reins pour venir m'embrasser la tempe, la tension qui tendait douloureusement mes épaules retombe enfin. Quoi qu'on en dise, et quoi que puissent en penser les autres, c'est avec ce militaire ronchon qui passe sa vie à grogner que j'ai trouvé ma stabilité.

Alors si je dois montrer les crocs pour le garder… je ne vais pas hésiter.

– Je dois y aller ! je lance en croisant le regard de Deek. Vous êtes entre de bonnes mains, et je vois que vous avez trouvé le chien qui vous correspond !

Après un long regard appuyé au caniche bien moche, ma bouche se tord dans un rictus qui pourrait passer pour un sourire bancal. Ouais, cette cruche a vraiment un air de famille avec la boule de poils.

Alors qu'elle ouvre la bouche pour balancer je ne sais quelle connerie que je n'ai aucune envie d'entendre, je hurle :

– Lana ! Elles viennent ces croquettes, oui ou non ?

Cet idiot d'ancien militaire se marre dans mon dos. Lana me fusille du regard de l'autre bout du terrain. Oh, ça va, hein ! Je voudrais l'y voir, elle !

Déjà qu'elle couine dès que Dash approche Cherry, j'imagine sa réaction si son petit ami fricotait avec Miss Univers pile devant ses yeux !

Connaissant son caractère de dure à cuire, toujours prête à sortir les griffes, je mise sur un mort et une perruque arrachée.

En bonne copine que je suis, j'assisterais à tout ça, pop-corn en main. Tiens ! Quand on parle du loup ! Dash débarque, un sourire ravageur peint sur les lèvres. Sans un regard pour la troupe, mon ami et bénévole passe un bras autour de mes épaules. Je me cale contre lui en riant.

À l'autre bout du refuge, Lana perd son sourire.

Et toc, dans les dents, ma mignonne !

– Ton petit copain fait des ravages.

Là, c'est moi qui perds le mien. Merci Captain Obvious ! Comme si je n'avais pas remarqué la marée de filles à ses pieds.

– À croire que ce type serait capable de vendre des lunettes à un aveugle.

Les bras croisés, j'ai l'air d'une enfant à qui on a retiré son jouet favori, je le sais. Pourtant, je ne peux m'empêcher de faire la moue. La jalousie me ronge. Après Brandon, ma confiance en moi s'est fait la malle, alors voir Deek entouré d'autant de canons me file de l'urticaire et réveille mes vieux démons.

Dash me pince la joue jusqu'à ce que je couine, avant de murmurer :

– Boude pas, Sawyer. On a déjà trouvé cinq familles sérieuses grâce à lui, c'est la fête !

Je hoche la tête. C'est vrai, jamais le refuge n'a connu autant d'affluence, et jamais autant de chiens n'ont trouvé de familles, même sur plusieurs mois.

Je dois reconnaître que cette journée est exceptionnelle. Si j'arrive à occulter la marée de poufiasses qui se pâment devant mon petit ami, en tout cas. Je refuse de penser au fait que je risque de tout perdre dans pas longtemps.

Alors que je m'apprête à rendre la monnaie de sa pièce à Dash, des jappements bientôt suivis par des hurlements bien plus lupins s'élèvent. Lana débarque au centre du refuge avec une petite boîte qu'elle secoue allègrement, attirant jusqu'à l'attention du dernier de nos pensionnaires pantouflards.

Elle me cherche un instant, plantée face à la Barbie qui s'accroche à Deacon, avant de me trouver.

– Tes croquettes.

Un sourire machiavélique scotché aux lèvres, mon amie s'apprête à m'envoyer le sachet à la tronche quand un immense « crac » retentit. La seconde suivante, la pluie de billes odorantes qui s'échouent à ses pieds attire toutes les boules de poils des alentours.

Je dois me retenir de ne pas exploser de rire quand Lana termine assaillie par une douzaine de chiens.

– DASHER !

– Et merde ! jure le blond, avant de se jeter à la rescousse de sa bien-aimée.

Cette fois, malgré ma volonté, je n'arrive pas à me retenir : j'explose d'un rire joyeux, les larmes me piquant les yeux. Ensevelie sous une meute de pitbulls à la queue battante, Lana tente en vain d'attraper la main tendue de Dash, pendant que celui-ci se marre.

Si je ne connaissais pas si bien mes pensionnaires, je me serais peut-être précipitée à sa rescousse, moi aussi. Mais les chiens ne lui font aucun mal.

OK, elle se fait malmener comme la boule d'un flipper alors qu'ils cherchent les croquettes au sol, mais elle ne risque rien.

Deacon apparaît subitement à mes côtés, un immense sourire illuminant son visage dur. Merde ! C'est tellement exceptionnel que j'en reste bouche bée, oubliant jusqu'à la scène à se tordre de rire qui se déroule devant nous.

– Tu crois qu'elle va lui arracher les yeux pour avoir mis si longtemps à l'aider ? me demande-t-il tandis que Dash se plie en deux, les bras serrés contre le ventre, secoué d'éclats de rire incontrôlables.

Face à l'air à la fois revêche et paniqué de Lana, je pouffe.

– Les couilles d'abord, les yeux ensuite !

– Ah, merde, grimace l'ancien militaire. Toujours se méfier des femmes, vous êtes vicieuses !

Oh, oui ! Toujours.

Il ferait bien de s'en souvenir.

27

Deacon

J'attrape les clés de ma Harley dans le casier, au moment où je perçois la présence de Sawyer dans mon dos. Je sais déjà ce qu'elle compte me demander, et aucune chance pour que j'accepte ses conneries.

Trop de gens à ce foutu barbecue. Trop de regards furtifs qui vont me foutre les nerfs à vif.

– Tu t'en vas ?

– Ouais, je m'en vais. Sauf si tu veux qu'on joue les prolongations ici même ? Tu t'es déjà envoyée en l'air dans ce vestiaire ?

Elle arque un sourcil, les bras croisés. Elle me barre l'accès à la porte, comme si elle pensait que ça pouvait m'empêcher de passer.

Je peux la soulever quand je veux et dans tous les sens du terme.

– Reste. C'est important que tu sois là ! C'est grâce à toi si on en est là.

– Arrête, j'avais juste signé pour remettre ton refuge sur pied, pas pour tailler le bout de gras avec des gens que je ne connais pas.

J'ai aussi signé pour m'empêcher de céder à mes démons, ceux qui m'ont fait me coller le canon de mon arme dans la bouche pendant dix-huit putains de mois sans me filer les couilles d'appuyer sur la détente.

Puis la fée est arrivée. Et j'ai revu mes priorités. Je m'approche d'elle, mais elle reste immobile. C'est un des nombreux trucs que je kiffe chez elle ! Son aplomb, son assurance. Sa façon de me recadrer, ou celle de me regarder comme si j'étais une putain de bête, un homme, et non un éclopé.

– J'ai des trucs à faire.

Et voilà que son visage fond comme neige au soleil. Adieu assurance, bonjour déception sur ses traits. Merde, ça par contre, ça me file de l'urticaire. C'est comme un coup droit dans les couilles.

– Tu ne le ferais même pas pour moi ?

Je ferais des tas de trucs pour toi, ma jolie. Mais traîner avec une bande de débiles aux cœurs aussi grands que leurs sourires va me filer des boutons. Peu importe leur bienveillance, je ne me sens jamais à ma place au milieu des gens.

Je suis en décalage avec le reste de la planète. Ça ne date pas de mes cicatrices, même avant toute cette merde, j'avais l'impression d'être un loup parmi les moutons.

Au début, à cause des millions accrochés à mon nom, puis à cause de mon métier, et enfin à cause de ma putain de santé mentale défaillante.

Kiersen m'a à plusieurs reprises conseillé de rencontrer d'autres militaires souffrant de PTSD, mais je n'ai jamais réussi à sauter le pas. Ça aurait été comme avoir en face de moi mon reflet.

Un reflet que je n'étais pas sûr de réussir à accepter.

– Ma réponse est toujours non.

Je me plante devant elle, la dominant de toute ma hauteur. Elle ne flanche pas, garde la tête haute. J'fixe les yeux sur ses lèvres, la tête emplie de pensées classées X. Elle a cet effet sur moi.

Elle fout le feu à mon cœur, embrase mon corps, fait flamber mes neurones et court-circuite ma queue.

– Quel dommage. J'ai hâte de voir ta tronche quand moi, je te dirai non. Surtout pour la baise.

Bam ! Mange-toi ça dans les dents, mon pote.

Malgré la menace, un lent sourire étire mes lèvres.

– Tu ferais ça, bébé ?

Elle hoche la tête. J'sais que c'est faux. Elle adore ma queue. Et j'adore l'avoir sous moi, mon nom accroché à ses lèvres.

– J'ai besoin de toi.

Ça fait sauter quelque chose dans ma poitrine. Bam ! Ça vole en éclats, et je me retrouve comme un putain de con à soupirer. Putain d'emprise. Cette nana me tient par les couilles et elle ne s'en rend même pas compte.

– Fais pas ça, Sawyer…

– Faire quoi ?

Tirer sur ce lien qui me donne envie de lui offrir le monde, alors que je n'ai rien à lui proposer de plus qu'une vie de merde, rongé par mes démons.

– S'il te plaîîîîît, Deacon… j'ai besoin de toi.

Ma résolution s'étiole.

– S'il te plaît.

Elle vole en éclats. Et merde, elle m'a eu. J'envoie bouler ma veste et chope ses hanches.

– T'es un monstre, chérie.

Elle éclate de rire. J'adore ce son. Il fout du baume sur mes plaies. Sawyer claque un bref baiser sur mes lèvres, crochète ma nuque et me serre contre elle.

– Promis, mon cœur, tu ne le regretteras pas.

***

Et elle avait raison.

Trois heures plus tard, le bide déformé par toute la bouffe que j'ai engloutie, je me marre. Brock continue de faire le pitre, sa fille sur les jambes, pendant que Sawyer ricane, une Willow endormie serrée contre elle. Stone traîne avec Garou, sous la table, son os à la bouche.

Bizarrement, ici, je me sens à ma place. Compris et accepté.

– Sérieusement, tu aurais dû voir sa gueule ! J'ai cru qu'il allait claquer !

Lana explose, pendant que Dash rougit :

– Hey ! Tu avais juré de ne jamais leur raconter !

Mon sourire grandit. Encore. Putain, ça fait du bien. Sawyer resserre ses doigts autour des miens. Encore une fois, j'ai les bras tartinés d'arabesques colorées.

Willow sait comment m'attendrir. Et cette fois, elle est venue avec du renfort : la fille de Brock, Ava, s'y est mise aussi. Je n'ai rien dit, même quand elles se sont mises à dessiner des licornes sur mes cicatrices.

Parce que soyons honnête, celles-ci rendent bien mieux avec des poneys cornus dessus.

Et merde. Je me ramollis. Bientôt, je vais me mettre à pisser des paillettes et à parler mariage.

– Ça va ? chuchote Sawyer.

Je hoche la tête. Cette fois, je ne mens pas. Je n'en ai pas besoin. Je me sens bien. La fée rend tout plus facile. Elle a ce talent étrange pour calmer mes démons et me faire redécouvrir un monde que je croyais perdu à jamais.

Un monde où je n'ai pas à me soucier de mes cicatrices, où je n'ai pas besoin de jouer un rôle.

– Regardez qui j'ai trouvé dehors !

Le regard de Sawyer se détourne de moi, et un tiraillement atroce me vrille la poitrine. C'est moi qu'elle doit regarder, qui dois avoir son attention, et personne d'autre. Je me sens comme un drogué en manque quand elle ne me regarde pas.

Alors que j'agrippe les bords de la table, le sourire de Sawyer se fissure comme de la porcelaine et elle pince la bouche en une ligne fine. Et merde. Je sens la couille arriver.

– Ce n'est pas vrai! murmure Lana.

– Putain...

Les sourcils froncés, Sawyer carre ses épaules minces.

Elle est en rogne, et pas qu'un peu. Abandonnant la contemplation de son visage de poupée, je me redresse, cherchant à voir quelle saloperie Cherry a pu ramener.

Je ne suis pas déçu. Un type, qui pue le fric à des kilomètres à la ronde, suit de près la rousse aux jambes interminables, un sourire scotché sur ses lèvres.

Certains parlent du coup de foudre. Mais personne ne parle du coup de haine. Cet instant où on pose le regard sur quelqu'un et où on le hait instantanément.

C'est ce que m'inspire ce type. Et visiblement, Sawyer ressent la même chose, puisqu'elle le regarde comme s'il était une menace à exterminer le plus rapidement possible.

– Merde, putain, c'est une blague?

L'atmosphère se charge d'électricité. Sawyer s'avance, sa fille coincée contre elle, le visage sombre. Je la suis pour me poster à ses côtés, comme un bon soldat.

– Qu'est-ce qu'il fout là, lui ?

– Je suis heureux de te revoir, Sawyer.

Cherry lui sourit. L'homme coincé dans un costume sur mesure a les yeux rivés sur Willow. Quelque chose de viscéral me pousse à me foutre pile devant la princesse endormie pour faire écran. Sawyer vrille son regard sur Cherry, qui se trémousse.

– Tu l'as fait entrer ?

– Quoi ? Il m'a dit qu'il te connaissait ! Je pensais que voir le père de ta fille te ferait plaisir !

Le sourire malveillant de Cherry me file la gerbe. Elle l'a fait exprès, cette conne. Sawyer tremble. De colère, de rage et de douleur. J'vois la souffrance éclairer ses yeux, tordre ses lèvres. Elle serre Willow contre elle, si fort que la gosse se tortille dans son sommeil.

– Qu'est-ce que tu fiches ici, Brandon ? Je pensais avoir été assez claire la dernière fois.

L'enculé s'approche. Je montre les dents, prêt à lui coller mon poing dans le pif. Brandon. Son putain d'ex-mari. Le bâtard infidèle qui lui a brisé le cœur en se barrant après la naissance de la princesse.

– Je viens voir ma fille.

Dans tes rêves, bouffon.

– Même pas en rêve, connard.

Monsieur Costard ricane. L'envie de lui péter les dents décuple en moi.

– Tu t'es trouvé un nouveau chien errant, Sawyer?

Son regard de petit merdeux descend sur mes doigts brûlés.

– Tu as toujours aimé les cas désespérés, hein? Tu ne peux pas t'empêcher d'essayer de les sauver.

Sawyer frissonne. Dash s'approche.

– Barre-toi de là, Brandon…

Le blond se plante à mes côtés, et pour une fois, j'ai envie de l'embrasser.

– Prends la gosse, Lana.

La meilleure amie de la fée s'empresse de suivre mes ordres sans sourciller, quand Brandon ouvre la bouche :

– Quoi, Lana, tu vas vraiment écouter ce type? C'est ma fille.

– Non, crache Sawyer.

La douleur s'est fait la malle dans son regard. Il ne reste que la colère. Une rage si piquante qu'elle me lèche la peau.

– Je te l'ai dit. Ce n'est pas ta fille. Tu as renoncé à ton droit de l'appeler ainsi quand tu t'es barré. Fiche le camp d'ici avant que j'appelle les flics.

Elle lui tourne le dos, prête à foutre de la distance entre eux, quand cet enculé lui porte le coup de grâce :

– Fantastique ! Appelez-les, j'ai hâte de voir leurs têtes quand je vais leur dire que tu refuses de me laisser voir ma fille, malgré l'injonction du juge.

Il sort une enveloppe scellée de son blouson. Sawyer vacille. J'sens son cœur se briser. Je l'entends voler en un million de petits morceaux.

– Le juge ?

Il lui tend la lettre. Quand elle commence à la lire, son si beau visage s'affaisse. Je sens qu'il a gagné.

– D'après lui, j'ai autant que toi le droit de voir ma fille.

– Tu…

– J'ai été assez sympa de venir seul, afin qu'on puisse tenter de trouver un arrangement. Malgré ce que tu crois, je tiens à cette petite et je veux juste une chance de la rencontrer. Tu as le droit de ne pas me croire, Sawyer, après ce que je vous ai fait… Mais je veux vraiment le meilleur pour elle…

– Je suis…

– Je ne te demande pas de me céder sa garde, Sawyer… Juste de me laisser la voir.

– Pas ce soir, Brandon… Pas ce soir.

Sa voix se fêle. La rage m'assaille. L'avocat avance, prêt à la toucher. Je vois rouge. Je m'interpose avant que sa main de gros minable puisse ne serait-ce que l'effleurer.

– Elle a dit pas ce soir.

Il recule, les mains en l'air.

– Quand?

– Demain.

Les mots lui écorchent les lèvres. Les larmes stagnent dans ses yeux. Ça me file un coup droit dans la gorge.

– Tu pourras la voir demain.

Elle se tourne vers Cherry, qui continue de jubiler dans son coin.

– Et toi, tu es virée. Prends tes affaires et barre-toi.

L'ancienne bénévole proteste, la bouche tordue. Prends-toi ça dans les dents. Le retour de bâton n'a pas tardé. Sawyer n'attend pas qu'elle ait fini de se plaindre pour se mettre en marche.

Les épaules voûtées, elle se barre, ma fée, elle se barre à deux doigts de craquer, trop fière pour le faire devant moi et les autres. L'envie de la soutenir me compresse les tripes, mais un regard de Dash me cloue sur place.

– Elle a besoin d'être seule, mon pote…

Ça me fait un mal de chien, mais je la laisse s'éloigner de moi, la poitrine sur le point d'imploser. Parce que je sais mieux que quiconque ce que ça fait de sentir son monde s'ouvrir sous ses pieds.

28

Deacon

Je rumine sévère depuis quarante-cinq minutes en attendant de voir débarquer le paternel de Willow, le cul sur le siège de ma Harley. J'ai l'air d'un psychopathe que personne n'ose venir déranger.

Les voisins me lancent des coups d'œil incertains, les promeneurs de chiens changent de trottoir, une bagnole de flics a même ralenti devant moi sans s'arrêter.

Sauf que je ne compte pas commettre de crime. À moins que Brandon ne me pousse à lui trancher la gorge.

Bon, OK, je me contenterai de la langue. Merde, voilà que je vire putain de taré.

D'ailleurs, une caisse rutilante vient de se garer dans l'allée devant la maison de Sawyer. Une Tesla, un nouveau modèle qui pue le fric, histoire de prouver à son ex qu'il gagne bien sa vie, l'enfoiré. Un truc me dit qu'il n'a pas redébarqué en ville seulement pour une gamine qu'il ne connaît pas.

Même si la gamine en question est aussi géniale que Willow.

Je ne peux pas m'empêcher de me dire qu'il veut en foutre plein la vue à ma fée et tenter de la récupérer. Ma fée. Ça me fait tout drôle de savoir que cette nana timbrée a réussi là où tant d'autres ont échoué.

Raison pour laquelle je ne laisserai personne se dresser sur mon chemin. Pas même le père de sa môme.

Sur *notre* chemin. Faut que je m'habitue à parler au pluriel. Je descends de ma bécane avant que le moteur de la caisse s'éteigne. Et, de la manière la plus naturelle possible, je contourne le bijou hors de prix, contemple la cambrure de la carrosserie avec respect, ouvre la portière côté passager et m'affale sur le siège en cuir.

– On doit parler.

Choqué, le mec en costard écarquille les yeux. Par réflexe, il tente de cacher son téléphone dernier cri et sa montre rutilante. Putain, le con ! Il pense vraiment que j'en ai après ses conneries ?

– T'inquiète, mon pote, ce n'est pas ton argent qui m'intéresse.

J'ai assez de fric à mon nom pour m'en foutre de ses babioles. Avec une grimace, il me mate avec une certaine insolence.

– Par contre, tes conneries avec la fée… Ça…

Ma bouche se tord. La colère m'inonde. C'est qu'il vire peu à peu au blanc, l'avocat.

– Que voulez-vous ?

– Je te l'ai dit, te causer…

– Descendez de là, j'ai rendez-vous avec ma fille.

Je me concentre sur le paysage urbain derrière la vitre pour ne pas avoir à regarder Brandon et sa gueule de BCBG. Parce que même si son retour en ville et ses exigences m'échauffent le sang, j'ai peur.

Peur que Sawyer voie son gros bolide, son costume sur mesure, et comprenne que l'enculé plein de démons que je suis ne vaut pas les emmerdes. Ça me bouffe de l'intérieur depuis la fête au refuge.

– Parlons-en, de Willow. Alors, elle grandit aux côtés de sa mère célibataire parce que son richard de paternel flippe à sa naissance et se barre. Voilà que cinq ans après, il débarque tout pimpant dans sa Tesla. Bien après les nuits blanches obligatoires, les couches dégueulasses, les crises de larmes dues aux dents qui poussent ou à la tension des premiers jours d'école de sa gamine. Après la tempête, voilà que rapplique le héros ! Bien joué, soldat, quelle preuve de courage.

Je frappe dans mes mains. Brandon se crispe sur son siège.

La tension dans l'habitacle monte de plusieurs crans. Seulement pour Willow qui est super excitée à l'idée de rencontrer son géniteur, je ne pète pas le nez de ce dernier. Pourtant, il le mérite, putain.

Il les a abandonnées, merde ! Il lui a brisé le cœur et piétiné ses rêves ! Et pour quoi ? Une montre de merde et une caisse de tocard ?

– C'est vrai, j'ai commis une erreur.

– En foutant Sawyer en cloque ou en te barrant ?

Il se masse le front, embarrassé.

– J'étais un gamin à l'époque, j'avais des ambitions qui m'ont aveuglé. J'étais jeune…

– Oh, dans ce cas, tu es pardonné ! Bien sûr, tu étais jeune. Tu peux donc sortir de cette voiture et aller te présenter à ta fille.

Le con a le culot d'obtempérer. Du coup, puisqu'il n'a pas saisi l'ironie, je l'attrape par le bras pour l'immobiliser.

– Tu connais la couleur préférée de ta môme ? La chanson qu'elle aime écouter avant de dormir ? Les céréales qu'elle déteste ? La manie qu'elle a en passant le seuil d'une porte ?

Il me regarde, surpris par l'avalanche de questions.

– Non, mais…

– Elle aime le bleu parce que ce chat un peu débile dans son manga préféré est bleu. Parce que, ouais, elle aime lire les mangas. Elle aime s'endormir en musique, volume treize, parce que douze c'est trop peu, mais quatorze ça l'empêche de roupiller. Surtout, ne lui achète jamais les céréales colorées avec une licorne sur la boîte, parce qu'elle adore celles où y a un militaire dessus. Parfois tu la verras s'arrêter avant d'entrer dans une pièce parce que c'est super important de franchir le seuil sans marcher sur la barre, sinon tu te retrouves dans un monde parallèle avec des crocos qui cherchent à te bouffer. Alors en entrant dans cette maison, mon gars, fais gaffe à ton cul. Il n'y a pas que les crocodiles qui vont chercher à te bouffer, si tu vois ce que je veux dire. Inutile de lui offrir la poupée emballée dans le paquet sur la banquette arrière parce qu'elle préfère les circuits de voiture.

– Comment vous sav…

Je le sais parce qu'en un mois, j'ai passé plus de temps avec elle que lui en cinq ans.

– Une dernière chose…

S'attendant à ce que je continue de parler de sa gosse géniale, il opine du menton, pendu à mes lèvres :

– Elles ont vécu sans toi, elles se remettront de ton départ soudain.

Pas une fois il ne détourne les yeux. Pourtant, ma putain de menace est claire.

– Je veux juste me racheter auprès de Willow.

Putain, quand il le dit comme ça, je pourrais presque y croire.

– Garde ça pour la petite, mais ne t'avise pas de lui briser le cœur, je gronde alors qu'il redresse les épaules. Elle mérite bien plus qu'un pseudo-paternel qui s'est souvenu de sa putain d'existence des années trop tard.

D'un mouvement un peu trop brusque, j'ouvre la portière de mon côté, qui proteste sous la poussée. Ça me fait presque mal au cœur de maltraiter un petit bijou de ce genre, mais mes nerfs sont à deux doigts de lâcher.

– Bouge ton cul, elles attendent.

Mes muscles semblent atrocement douloureux alors que je pousse sur mes jambes pour rejoindre la bâtisse. La dernière chose dont j'ai envie, c'est de sentir cet abruti dans mon dos, pourtant il me colle au train, bien trop propre sur lui, bien trop angélique.

Il a tout pour plaire. Le fric, la gueule et la démarche. Lui il n'a pas ses démons qui lui collent à la peau, ou ces sautes d'humeur qui lui filent l'envie de réduire à néant tout ce qui lui tombe sous la main. Il n'a pas cette envie de se coller le canon d'un flingue dans la bouche, pour savoir si cette fois, il aura les couilles d'appuyer sur la détente.

Non, il est parfait. Parfait pour Sawyer et la gamine.

Avant que j'atteigne le palier, la porte s'ouvre sur une Sawyer dépitée, les yeux rouges d'avoir trop pleuré.

– Écoute, Brandon, je… Oh, Deacon.

Elle a pleuré à cause de lui. Sa douleur m'explose à la gueule comme une bombe à retardement. J'ai changé d'avis. Ce n'est plus ma tête que je veux faire sauter, c'est celle de cet enfoiré de tocard.

Et vite.

Sans prêter attention à son ex qui se tortille dans mon dos, je me précipite vers Sawyer pour l'attirer vers moi. La main sur sa joue, je me penche pour l'embrasser. Brandon toussote.

Attends ton tour, connard.

Sawyer fond contre mon torse.

– Ça va? je murmure contre ses lèvres.

Ses yeux me hurlent que non, pourtant, elle hoche la tête et tente de me sourire. Je fronce les sourcils, mais je m'abstiens de l'ouvrir quand Willow débarque, Garou sur ses talons. La gamine se plante devant nous, resplendissante dans sa robe fleurie, et fait la moue. À tour de rôle, elle nous dévisage, moi, et la fée, puis Brandon, avant de soupirer.

– Maman a dit qu'il pourrait peut-être venir avec nous, mais je ne sais pas s'il en a envie…

Je me marre.

– Je suis sûr que Garou adorerait ça, petite. N'est-ce pas, Brandon?

Le tocard a la délicatesse de hocher la tête, sans répliquer. Satisfaite, Willow me sourit. Cette gosse est comme une bouffée d'air frais en pleine figure. Et même si ça me fait chier de l'admettre… je déteste le fait qu'elle ne soit pas de moi.

– Willow? chuchote Sawyer.

La petite tourne la tête vers nous.

– Voici Brandon. C'est le monsieur dont je t'ai parlé.

Il se met à genoux pour être à sa hauteur.

– Bonjour, Willow… Je suis ton…

– Maman a dit que tu étais mon papa.

Le blond hoche la tête. Sawyer renifle.

– C'est ça, je suis ton papa…

– C'est quoi, un papa ? Ma copine Bethany dit qu'elle en a deux ! Comment on peut en avoir deux ?

Vlan, si ça, ce n'est pas un coup droit dans les dents, je n'm'y connais pas.

Brandon tente de sourire, à travers son malaise. Mais après six ans passés la tête dans le sable, c'est dur de faire les présentations. Surtout pour expliquer ça à une gosse avec autant de franc-parler que la môme.

– Maman a aussi dit que je devais venir avec toi, aujourd'hui.

Nouveau hochement.

– Et que tu allais m'emmener manger une glace. À la pistache ! J'en veux une à la pistache.

Cette fois, l'avocat sourit, l'air sincère.

– Tout ce que tu voudras, ma chérie.

Sawyer s'éloigne pour s'agenouiller à son tour, pile devant Willow et Garou. Les yeux rouges, elle replace une mèche de cheveux blonds derrière l'oreille de la môme, lisse l'avant de sa robe fleurie, puis tente de lui sourire.

– Tu te souviens ce qu'on a dit ?

Willow hoche la tête.

– Pas de sucre. On reste sage et on n'embête personne.

– Et?

– Pff... pas de glace.

Sawyer crache un son étranglé qui ressemble plus à un croassement qu'à un rire. L'instant d'après, elle attire Willow dans ses bras, avec la force du désespoir. La petite gigote.

– Tu m'étouffes, maman!

La môme ricane, sans savoir que derrière, sa mère chiale. Sawyer fait de son mieux pour retenir ses larmes. Mais elles sont dures à ignorer. Surtout quand elles s'inscrivent dans mon âme avec la puissance d'une balle.

Elle se détache de sa fille, l'embrasse sur la joue et se relève. Le tout sans ployer. Je lui tends la main. Elle la prend, la serre avec force, tant de force.

– Je la ramène à dix-neuf heures.

Du bout des lèvres, Sawyer murmure un « amuse-toi bien, ma chérie » qui tombe dans l'oreille d'une sourde. Willow s'accroche d'autorité à la main de son père, Garou à ses côtés, protecteur fidèle qui va sans doute ruiner le cuir de la Tesla.

Ensemble, ils se dirigent jusqu'à la voiture, puis les portes claquent.

À la seconde où sa fille disparaît de son champ de vision, Sawyer s'effondre. Comme un château de cartes, elle me tombe dessus, les épaules secouées de gros sanglots qui m'arrachent le cœur. Les ongles accrochés à mes épaules, elle enfonce sa tête dans mon cou, les joues baignées de larmes.

Sans savoir qu'en dire, sans savoir quoi faire pour virer la douleur qui gravite autour d'elle, je la serre de toutes mes forces, en me jurant de ne jamais plus la lâcher. Parce qu'elle mérite mieux.

Elle mérite de l'amour, de la joie. Elle mérite une vie simple, avec sa gosse.

Et si je suis assez chanceux, une vie avec moi.

29

Sawyer

– Qu'est-ce que tu as prévu, ce soir?

L'épaule contre l'embrasure de la porte, Deacon m'observe. Un stylo coincé entre les dents, je quitte des yeux l'écran de l'ordinateur pour me concentrer sur lui.

Comme à chaque fois que je croise son regard, mon cœur loupe un battement. Ou douze. Un rictus espiègle se creuse sur sa bouche.

Ferme les lèvres, Sawyer, tu baves! Hey, pour ma défense, il y a vraiment de quoi baver.

En cette fin de soirée, l'ancien militaire a depuis longtemps retiré sa veste en cuir. Ses cicatrices s'exposent au même titre que ses tatouages. Il porte les deux avec flegme, sans se soucier du regard des autres.

C'est l'une des choses qui ont changé, depuis son arrivée. Il ne s'obstine plus à cacher les meurtrissures sur sa chair.

Du coup, chaque jour, j'ai droit à un strip-tease en *live*. Enfin, est-ce que c'est vraiment un strip quand l'homme ne retire que son blouson ? Une chose est certaine : il n'a pas besoin de se désaper pour faire s'emballer mon pouls.

Ou mon cœur.

Non, il a juste besoin de me sourire, comme il le fait là.

– On avait prévu de se faire un ciné, avec Willow, pour voir un dessin animé.

Deacon hoche la tête, sans rien dire de plus.

Une idée germe dans mon esprit. Avant que je puisse me retenir, je lâche :

– Hey ! Ça te dirait de venir avec nous ?

Deacon grimace. Son beau visage se tord dans tous les sens, comme si je venais de lui proposer de bouffer toute crue une couleuvre. Une très vilaine couleuvre, vu son dégoût. Je me fige. Un goût d'amertume me monte à la gorge.

– Pas sûr que ce soit une bonne idée.

Mon sourire s'affaisse. Pour la soirée à trois, c'est raté.

– Tant pis pour toi.

Avant qu'il puisse remarquer ma mine de clown triste, je pivote sur moi-même et tente une retraite jusqu'à la porte.

Ne pleure pas maintenant, Sawyer. Ne pleure pas maintenant.

Je me répète ça comme un mantra, en priant pour que ça m'empêche de craquer. J'ai à peine fait deux pas que sa main m'arrête net en s'enroulant autour de mon ventre. Sa paume se déplie sur mon estomac, m'empêchant de continuer ma progression.

Intensément, le contact de son corps contre le mien m'échauffe. Il fait dérailler mon mantra, et mes yeux se retrouvent noyés par les larmes.

Et merde.

La tête baissée sur mes pieds, je laisse ma crinière indisciplinée m'épargner la honte. Deacon me tire en arrière.

– Ne sois pas en colère, bébé.

Mon corps se crispe quand il m'attire contre son torse et passe ses bras autour de mes hanches. Son nez frôle ma nuque, je sens ses lèvres sur mon cou. Je sens sa douceur et la prudence avec laquelle il me tient contre lui.

Je sens son envie de se faire pardonner. Et si j'étais assez conne pour y croire encore, je pourrais même sentir son amour dans sa façon de me tenir.

Pourtant, mes yeux restent baignés de larmes.

– Je ne suis pas en colère.

Je hausse les épaules. Je fais de mon mieux pour paraître détachée. Pour faire comme si son refus ne me foutait pas en vrac. Pour ne pas me sentir idiote de chialer pour si peu. Mais j'ai toujours été nulle pour jouer la comédie.

Remets-toi, ma vieille !

Il a dit non.

Et alors ? Vous n'êtes pas mariés, si ? Il a le droit de faire ce qu'il veut. Ce n'est pas la fin du monde. Je peux très bien passer la soirée avec Willow, sans lui. Une soirée mère-fille, c'est bien aussi. C'est même mille fois mieux.

Mais après Brandon, j'ai l'impression de marcher sur des œufs avec les gens que j'aime.

Lana me déteste d'avoir cédé au chantage de mon ex-fiancé, en lui confiant Willow pour une journée. La belle affaire ! Elle pensait vraiment que j'allais pouvoir l'arrêter ? Je n'ai pas les millions que possède Brandon. Ni sa tripotée d'avocats réputés. Puis elle pense réellement que ça m'a fait plaisir ? Hier, j'ai eu l'impression qu'on m'arrachait le cœur de la poitrine, sans anesthésie.

Dasher semble m'en vouloir d'avoir viré cette chienne de Cherry. Ça, par contre… C'est de ma faute. Mais plutôt mourir que de courber le dos.

Deacon pose son menton sur mon épaule. Son souffle chaud caresse mon cou quand il pousse un soupir. Il dépose un baiser délicat sur ma joue.

– Je ne peux pas mettre les pieds dans un cinéma.

– Pourquoi pas ? Un dessin animé, c'est trop gamin pour toi ?

Je parle comme une gosse capricieuse qu'on aurait privée de cookie.

Deacon, lui, reste hermétique. Sa bouche continue de butiner ma peau.

– Ce n'est pas ça, bébé.

– Quoi, alors? Ce n'est pas assez pervers pour le gros macho que tu es?

Cette fois, ma voix claque dans l'air. Mes nerfs sont en train de lâcher. Je suis à deux doigts de craquer et de me foutre à dos le monde entier.

– Non. Quatre tournées en Afghanistan m'ont juste fait passer l'envie de m'asseoir dans une pièce sombre avec des lumières clignotantes et des bruits forts.

Je hoquette. Si je m'attendais à cette réponse…

Quelque chose s'arrête en moi. Mon cœur, ou mon cerveau. Je n'en sais rien, je suis sans voix, bloquée, la bouche ouverte.

Il n'y a pas la moindre hésitation, la moindre émotion dans sa réponse. Non, il crache sa révélation d'une voix laconique, comme s'il récitait le menu du jour. Mon cœur se fendille encore plus.

Idiote. Idiote. Idiote. Idiote. Le retour de mes émotions me fait l'effet d'un tsunami vorace prêt à me faire ployer. L'envie de pleurer me prend à la gorge.

– Je suis désolée, dis-je doucement.

– Arrête de t'excuser.

– Je…

Il me fait taire d'un regard sévère. Du revers, j'essuie mes joues. Je me sens conne. Pire encore, je me sens débile.

J'aurais dû y penser.

J'aurais dû le prévoir, bon sang!

Un rire sans joie quitte mes lèvres.

– J'suis vraiment à chier comme petite amie.

Deacon pouffe. Mais pour une fois, il ne relève pas l'utilisation du terme « petite amie ». Au contraire. Un sourire d'idiot bienheureux se met à lui bouffer les lèvres. Juste pour ça, mon envie de pleurer s'évapore. Un peu. Je me sens toujours comme la dernière des idiotes.

– Je sais comment tu peux te rattraper si l'envie te prend, bébé.

Son regard dévale sur mon corps, brûlant et affamé. Mes cuisses se resserrent d'elles-mêmes. Un coup d'œil, et je me transforme en bouillotte, au bord de la combustion spontanée. Un semblant de rictus pervers étire sa bouche.

– L'idée te plaît?

Sa voix rauque glisse sur moi, attisant mes nerfs, faisant se contracter mon bas-ventre. Bon sang, à quel moment suis-je devenue aussi malléable? Je souffle une injure. C'est du Deacon tout craché, ça!

Le visage de l'ancien militaire a retrouvé un peu de vie, à présent.

Cet imbécile peut me débiter toutes les merdes qui lui trottent dans la tête sans exprimer la moindre émotion, puis se transformer en véritable pervers la seconde suivante. Au début, je pensais qu'il s'agissait seulement d'un mécanisme de défense.

Une façon de dérouter les gens et de les empêcher de se rapprocher un peu trop près du fond du problème, des démons qui lui vrillent le crâne.

Puis, au fil des semaines, j'ai compris qu'il s'agissait simplement de « Deacon ». De sa façon d'être. Au fil des semaines, j'ai appris à aimer ces petites piques perverses, à peine voilées, ou encore son emprise sur mon corps.

Et mon cœur.

– Ne...

Je m'interromps, la bouche ouverte. Sa main glisse sur mon ventre, caresse ma cuisse et s'immisce sous ma jupe à fleurs. Sans la moindre gêne, il la glisse entre mes jambes. Je retiens mon souffle. Les callosités de sa chair frôlent la mienne, échauffent mes sens, réveillent un peu la bête logée dans mon bas-ventre.

Mes larmes disparaissent en même temps que mon désir remonte à la surface. Son pouce glisse sur mon sexe, par-dessus le tissu de mon sous-vêtement. Je l'ai choisi en pensant à lui, ce matin.

Je retiens un gémissement et fais pivoter ma tête vers la sienne. Je manque d'air.

Nos lèvres se rencontrent pile quand une idée germe dans mon esprit. Il a à peine le temps de m'effleurer que je saute hors de ses bras. Haletante, je repousse sa main d'une tape faussement énervée et lisse le bas de ma robe.

– Je sais ce qu'on peut faire tous ensemble !

Un sourire carnassier étire sa bouche. Mon entrejambe se met à palpiter. Ah non ! Couché, j'ai dit ! Je tends la main devant moi et secoue mon index dressé. Aucune chance que ça marche sur lui.

Mais c'est toujours bien d'essayer.

Pas question de continuer notre petit… écart. Pas après m'être ridiculisée, en insinuant qu'il était un enculé de macho. Surtout pas après m'être ridiculisée. Sauf que le militaire semble d'un autre avis.

– Qu'est-ce qui se passe ?

Son rictus s'accentue, jusqu'à lui bouffer une partie du visage.

Et merde, un sourire de sa part et je me transforme en flaque.

– Retire ce sourire de ton visage, gros pervers, je ne parle pas d'une rencontre express avec Deek Junior !

– T'es sûre de ça, bébé ? Même pas un petit coup rapide ?

Je le foudroie du regard. Mes yeux crèvent d'envie de dévaler sur son corps, jusqu'à sa queue. Et je suis à ça de céder.

Dans mon bas-ventre, la flamme du désir vient de se transformer en brasier ardent, qui lèche chaque centimètre de ma peau. Ce serait si facile de céder.

De me laisser aller et d'oublier tout ce qui se trame dans mon cœur depuis hier.

Ce serait si bon. Mais je résiste. Déploie toutes mes forces. La baise n'est pas la réponse.

Ne te laisse pas avoir, Sawyer. Résiste. Hors de question de le laisser s'en tirer aussi facilement. Même si j'ai les joues rouges et le cœur dans les chaussettes. Merde, surtout si j'ai les joues rouges et le cœur dans les chaussettes.

D'autant que Willow nous attend. Et tout le monde sait qu'on ne doit surtout pas faire attendre Son Altesse. Sous peine de finir le visage bariolé de traits colorés.

Sans perdre une seconde de plus, je crochète sa main, mêle nos doigts et l'attire vers la sortie.

– Ce soir.

Il se laisse faire sans broncher. Son sourire ne quitte pas ses lèvres.

***

– Une fête foraine ? demande Deacon, incrédule.

L'immense roue rose fuchsia se découpe dans le ciel nocturne. Son centre brille comme un sapin de Noël saturé. L'odeur alléchante des pop-corns et du caramel des pommes d'amour fait gronder mon ventre.

– Une objection, peut-être ?

Ma question se veut anodine, innocente, mais faudrait être débile pour ne pas comprendre le sous-entendu qu'elle contient. « Est-ce que tout va bien? » Deacon se tourne vers l'allée colorée.

À cette heure-ci, les visiteurs se sont déjà éclipsés, et il ne reste que quelques courageux. Parfait pour une soirée en « famille ». Les yeux écarquillés, Willow se met à piailler, la bouche pleine de chips, son doigt pointé sur la roue colorée.

Le militaire se penche en avant, esquivant la question. Une poigne de fer comprime mon estomac. J'ai pensé… L'heure de la fermeture est proche, si proche que seuls quelques quidams osent s'aventurer entre les allées, des barbes à papa à la main. La moitié des attractions sont fermées, quant aux commerçants, ils ferment leurs roulottes d'un geste.

Puis, alors que je vais briser le petit cœur de Willow, Deacon se redresse, une poignée de chips à la main. Willow lâche un cri outré quand elle s'en aperçoit. Je retiens un sourire amusé.

Telle mère, telle fille.

– Aucune, bébé.

Le poids sur ma poitrine s'évapore, j'ose même un sourire.

– Allons-y, alors.

Ma fille glisse sa paume dans celle de Deacon. Je jure qu'à cet instant, mon cœur grossit de deux tailles.

Main dans la main, on presse l'allure, passant devant les vendeurs de sucreries, les peluches géantes qui font rire Willow, sans s'arrêter.

Notre objectif est devant nous, immense. Sa couleur change, imite celle du ciel, avant de passer au violet, puis au pourpre. J'ai les yeux qui pétillent. Le cœur en branle, piétiné par la joie.

Le stress de la journée disparaît, remplacé par quelque chose de plus sain, de plus beau. Quelque chose que j'ai cherché en vain pendant des années. Willow babille, fourrant des chips entre ses lèvres, elle ne s'arrête même pas pour mâcher, concentrée sur le fait de ne rien manquer du récit de sa journée.

L'ancien militaire l'écoute, un sourire amusé aux lèvres. Il l'écoute, attentivement, sans lever les yeux au ciel ou montrer le moindre signe d'ennui. Il boit ses paroles, lâchant des exclamations outrées quand elle tente de mettre de l'action.

Un peu en retrait, ma main toujours glissée dans celle de Deacon, je les observe, à deux doigts de pleurer de joie. À nous voir comme ça, on nous prendrait pour une famille.

Et je trouve à espérer.

À souhaiter que ce soit possible.

30

Deacon

La nuit dernière, la fée ne s'est pas fait prier pour tenir sa promesse. Willow couchée, cette furie s'est jetée sur moi. Besoin de se faire pardonner pour son écart de la soirée, ou véritable envie ? Je n'en sais rien, j'ai arrêté de penser à la seconde où sa bouche a frôlé la mienne.

Et quelle bouche !

Putain, elle pourrait réveiller la queue de n'importe quel eunuque. Et je ne parle même pas de son corps. J'ai cru rêver quand il s'est pressé contre le mien, tout en courbes, brûlant et impatient de finir nu.

Il a fallu que je déploie toute ma foutue volonté pour pas la baiser contre le mur. Ce n'était pas l'envie qui manquait. Mais elle mérite mieux. Elle mérite tellement mieux que moi.

Elle mérite mieux qu'une baise rapide, contre du crépi, à se niquer le dos. Oh, elle aurait pris son pied.

J'aurais tout foutu en œuvre pour qu'elle touche le septième ciel avant moi. Mais quelque chose a déraillé dans mon cœur. Ou dans ma queue.

Je voulais lui offrir plus. La douceur et toute cette merde.

Du coup, j'ai pris mon mal en patience, même quand elle a refermé ses lèvres autour de ma queue avec l'aisance d'une pro. Elle a failli m'envoyer au tapis. KO après la meilleure pipe de ma vie.

J'sais pas si elle est douée ou si j'suis prêt à rendre parfait tout ce qu'elle fait. Certains diraient que c'est l'amour qui parle. Je n'en sais rien. Je refuse de foutre des mots sur ce que je ressens pour elle. Je prends ce qu'elle me donne, plus heureux que jamais. Si ça, ce n'est pas de l'amour.

On en revient toujours à cette merde. Je ne suis même pas sûr de savoir aimer. Pourtant si je savais, je suis sûr que ça ressemblerait à ça. À cette dévotion, à ce fourmillement qui me prend quand elle rit ou quand elle me regarde. Ce sentiment qui me saisit à la gorge quand elle s'approche de moi.

Cette sensation de chute lorsqu'elle déploie des montagnes d'amour pour panser mes plaies.

De chute, putain. On tombe amoureux, non? C'est bien ce qu'on dit. Du coup, peut-être que je l'aime, la fée. Peut-être que je l'aime plus que tout ce que cette foutue terre ait jamais porté. Et ça me fout la trouille.

Putain, oui, ça me fout la trouille. Parce que pour la première fois depuis mes frères d'armes, j'ai quelque chose à perdre. Elle. Willow. Wolf Rain. Et même ces idiots de Brock, Dasher et Lana. J'ai des trucs à perdre alors que j'en ai tellement à me faire pardonner. Tellement de sang gouttant sur mes mains ou sur mon âme. Tellement de cadavres sur mon sillage.

Et s'ils payaient encore le prix à ma place? Ça m'empêche de dormir la nuit. Ça m'empêche de trouver le sommeil. Je passe mes nuits à prier chaque foutu dieu de bien vouloir me pardonner, moi, l'enfoiré expert en mise à mort.

À prier pour que cette fois, j'sois pas le responsable de leur mort.

Qui sait, peut-être que quelqu'un sera là pour écouter mes prières. Mais j'me fais pas trop d'idées. J'en ai craché, des prières durant l'attaque. J'ai juré des choses. J'ai tout fait pour les sauver, et le résultat est resté le même.

Ce jour-là, je me suis pris une claque du destin, s'il existe.

– Deacon?

Couchée sur ma poitrine, Sawyer pose des baisers sur ma peau. Je fais de mon mieux pour lui répondre. Pour cracher un « oui » qui sonne comme un cri d'agonie.

– Tu y as déjà repensé, tu sais… à mettre…

Sa bouche produit un son étranglé. Mes doigts perdent le rythme sur sa peau. L'idée que je puisse me faire sauter la tête bousille son rythme cardiaque. Je le sens s'emballer contre le mien, troublé par la possibilité que je sois encore assez con pour avoir envie de tout quitter.

Je secoue la tête, incapable d'ouvrir la bouche pour la rassurer.

Parce que je ne veux pas lui mentir.

– Tu sais… J'ai peur qu'un matin je me lève… et que tu sois plus là. J'ai peur qu'un jour Brock m'apprenne que tu as… J'en fais des cauchemars.

Sa confession me tord la poitrine.

Ma gorge est saturée par l'émotion. Je ravale les mots qui se jettent sur ma langue, pas près de lui avouer que la seule chose qui me fait peur, à moi, c'est l'idée de les perdre.

Chaque nuit que je passe dans ses bras, j'ai la trouille qu'elle se réveille et qu'elle comprenne que je suis trop baisé pour vivre normalement. Que touché par toutes les merdes qui sont gravées dans ma tête, j'sois trop fissuré pour graviter dans son monde.

Putain, c'est risible, non ?

Moi, l'idiot qui a enduré l'entraînement des marines sans broncher, ce même enfoiré qui donnerait jusqu'à sa couille gauche pour ne plus voir les images qui lui trottent dans la tête, mais qui n'a jamais rien redouté de sa vie, j'ai peur qu'elle se rende compte que je ne suis pas assez bien pour elle.

Qu'elle découvre qu'elle et Willow seraient mieux sans le poids que j'ajoute à leur passé déjà chargé.

Alors que moi, je ne peux pas concevoir ma vie sans elles. Comme si elle avait compris mes doutes, Sawyer relève la tête pour me regarder dans les yeux.

– Nomme cinq choses qui te manqueraient si tu venais à mourir demain.

Le sous-entendu insufflé dans sa question me fait me figer, ma bouche à un cheveu de sa peau brûlante. Son souffle glisse dans mon cou. Sa main trace des arabesques sur ma chair brûlée.

L'espace d'une seconde, je crève d'envie de faire comme si je n'avais rien entendu, pour éviter de penser à l'impact de sa question, avant d'y renoncer. Elle mérite des réponses, aussi baisées soient-elles.

Alors, je me mets à réfléchir. Je cherche, encore et encore.

Qu'est-ce qui me manquerait le plus, si je venais à claquer demain ?

Si dans un instant de faiblesse, je me laissais dominer par mes démons et me faisais sauter la cervelle, alors qu'elles étaient là, à m'attendre. Si je les abandonnais.

Je crève d'envie de lui répondre qu'un tas de trucs me manqueraient.

La bouffe, le soleil, ou encore la vie, en général. Mais rien ne me vient en tête. Je me retrouve comme un con, les yeux fixés dans le vide, à contempler de loin le chaos qu'est devenue ma vie.

Il y a quelques mois j'aurais pu lui répondre. Sans mentir. Sans réfléchir. Ou peut-être que cette fois aussi, je lui aurais menti, pour éviter de m'épancher et de passer pour une lavette devant mes gars.

Ou peut-être que je lui aurais dit que ce serait elle, Willow et les autres qui me manqueraient. Qu'elles étaient la seule raison qui m'empêchait de tout envoyer valser. Pourtant, je reste mutique, ballotté par l'envie de prendre mes jambes à mon cou et celle de tout lui révéler.

Parce que ça fait bien longtemps que je ne me voile plus la face.

Je ne la mérite pas. Je ne les mérite pas.

Ni elle ni les instants de paix qu'elle m'accorde en acceptant sans condition celui que je suis. L'enfoiré qui lui en fait baver, sans même le vouloir. L'enculé qui fout à l'envers son monde avec ses démons.

Le silence se fait autour de nous. Instantanément, le son joyeux de son rire me manque. Elle est faite pour rire, cette nana. Et si je n'étais pas aussi lâche, je lui avouerais.

Je lui avouerais qu'elle est faite pour moi et pour moi seul. Qu'elle est la putain de lumière qui m'aide à m'y retrouver dans mes ténèbres, la boussole qui m'empêche de me perdre dans mes souvenirs.

Celle qui me manquait pour retrouver l'équilibre.

Ma foutue rédemption.

Une tension soudaine drape nos deux corps enlacés. Sawyer se tortille contre mon torse. Son doigt baladeur quitte les prémices de mon tatouage et elle soupire, essayant de s'éloigner. De quitter mes bras, blessée par mon absence de réponse.

Et ça me file un coup au cœur. J'ai l'impression de la perdre, avant même d'avoir pu vraiment l'avoir.

Alors, je prends sur moi pour l'attirer une nouvelle fois contre moi et me jette à l'eau.

– Toi. C'est toi qui me manquerais le plus, Sawyer. C'est toujours toi. Toujours. Chaque putain de seconde.

La blonde se fige, puis doucement, elle relève la tête, croise mon regard. Ses yeux semblent incertains, comme si elle doutait de moi. Ma mâchoire se serre et je m'oblige à l'observer sans craquer. Enfin, après une seconde ou deux à fouiller au fond de mon crâne, un lent sourire se dessine sur sa bouche parfaite.

– Ah oui ? Et qu'est-ce qui te manquerait encore ?

Je tente de lui sourire, malgré la boule qui se coince dans ma gorge. Mes poumons me sont remontés dans le gosier et je peine à reprendre mon souffle pour continuer.

– Willow. Elle et ses traces de feutres me manqueraient. Même si elle me rend dingue à dessiner des licornes partout sur mes tee-shirts. Cette gamine coûte une blinde en frais de pressing.

Elle ravale un sourire amusé. Mais elle ne nie pas. Parce qu'elle sait que j'ai raison.

– Et quoi encore ?

Je me tais. Mais après toute la merde qu'elle sait déjà à mon sujet, je me vois mal m'arrêter en si bon chemin, alors je porte mes couilles et me lance la tête la première dans le vide, tout en espérant ne pas m'y fendre le corps.

– Ça, ça me manquerait. Nous deux. Ce truc qu'il y a entre nous. Notre vie à deux. Je veux vivre ça encore longtemps.

Ces moments d'accalmie où nous sommes seuls, où je parviens à me sentir à nouveau normal, sans coutures ni passé.

Je soutiens son regard, plus si certain d'avoir fait le bon choix, à présent. Jusqu'à ce qu'elle place sa main sur ma poitrine, pile sur mon cœur. Ce traître se met à battre contre mes côtes comme un dégénéré. Elle pousse sur son avant-bras tatoué pour placer sa bouche à un cheveu de la mienne.

Ses lèvres effleurent les miennes, lentement.

– Bien…

Sawyer plante un bref baiser sur ma bouche. Je meurs d'envie d'approfondir la pression. De l'attirer sur mon torse et laisser libre cours aux envies salaces qu'elle m'inspire en étant aussi près de moi. Je dois déployer toute ma force mentale pour rester immobile, la laissant jouer avec mes envies, comme un putain de pantin.

– La prochaine fois que tu penses que rien ne te retient ici, ou que tu penses que tu ne vaux rien, souviens-toi de ça. Pense à nous, d'accord?

Nouveau baiser éphémère qui fait se contracter ma poitrine.

– À moi. À Willow. Au refuge. Parce que je sais que tu as beau grogner dès que j'en parle, tu t'y sens bien. Tu t'y sens à ta place, compris et aimé. Je sais aussi que tu aimes Brock. Et Dash, et même Lana.

Je ravale un sourire. Parce qu'elle a raison. Je m'y sens à ma place. Accepté, cicatrices et instabilité comprises. On ne m'y juge pas pour mes erreurs passées. Ma main se glisse dans la sienne. Je presse ses doigts dans un mélange de tendresse et de possessivité, sa chaleur se répercutant dans mon cœur glacé.

– Tu sais, ça me manquerait aussi si tu partais. Tout ça. Willow t'adore. Et moi aussi, je…

Elle s'interrompt pile quand des bruits de pas pressés se font entendre derrière la porte entrouverte. Puis, sans prévenir, une petite masse blonde s'élève dans les airs et retombe pile sur mon ventre avec la force d'un semi-remorque. Je m'arc-boute, à bout de souffle, tandis qu'un rire typiquement enfantin remplit la chambre. Celui de Sawyer ne tarde pas à s'y mêler.

À cet instant, je me sens comme le plus heureux des enfoirés sur cette planète.

J'ai tout ce qu'il me faut pour l'être. Une gosse assez directe pour me faire rire. Et une nana assez folle pour m'accepter.

Moi, l'enfoiré brisé.

Le putain de chanceux qui, il y a encore quelques semaines, avait tout perdu.

Willow reste perchée sur mon torse, le visage barbouillé de traces multicolores. Pas de doute, elle a retrouvé ma cachette et je vais encore une fois m'en prendre plein la gueule. Son minuscule faciès bariolé illuminé par un sourire éblouissant fait se tordre mon cœur.

Du moins, jusqu'à ce que ses petits doigts potelés viennent s'enfoncer dans mes joues. Elle me fait la grimace, repoussant sa mère quand celle-ci tente de la déloger de mes cuisses. Un air presque diabolique vient se peindre sur ses traits enfantins quand elle extirpe un feutre rose fuchsia de la poche de sa robe de princesse rouge.

Putain ! Comment elle fait pour être aussi craquante et flippante à la fois ? Je me le demande ! Cette gosse est l'incarnation même du démon, le tout coincé dans le corps d'un ange.

Je feins une grimace épouvantée et souris lorsqu'elle explose de rire puis enfonce la pointe sur mon front. Je sens l'encre glacée s'incruster sur ma peau.

– Dis, je peux colorier tes tatouages ? Maman m'a acheté de nouveaux feutres trop jolis ! Ils brillent, tu as vu ?

Elle me colle la mine colorée d'un feutre fuchsia. Quand j'reste muet, une moue boudeuse vient déformer ses lèvres. À mes côtés, Sawyer se marre.

– Ce ne sont pas mes tatouages, ça…

Le démon hausse les épaules, avant de reprendre son œuvre. Je la sens dessiner un cœur à même ma peau. Un cœur qui fait fondre le mien.

Cette fois, j'accepte mon sort sans broncher, un sourire me bouffant la moitié du visage. Cette gamine aura ma peau un jour.

Mais avant, j'espère pouvoir la voir grandir.

31

Sawyer

– Dash, tu peux t'occuper de Mongrel ? Avec Deacon, on voudrait dîner ensemble ce soir. Enfin, vu l'heure…

Un bruit de bouche agacée me coupe la parole. Je relève la tête du bureau et reste bouche bée. Brandon se dresse devant moi. Encore une fois, il porte l'un de ses costumes sur mesure de marque. Et encore une fois, il me rappelle un pan de mon passé qui me fait un mal de chien.

La mâchoire serrée, concentrée sur les papiers étalés devant moi, je lui crache, sans le regarder :

– Qu'est-ce que tu fiches ici, Brandon ? Je pensais t'avoir dit de passer la prendre dimanche ?

– Je ne suis pas là pour Willow. Je dois te parler de quelque chose d'important, Sawyer. Quelque chose de très important.

Je hausse un sourcil. Eh bien soit, qu'il parle. Sauf qu'il reste silencieux, les yeux rivés sur moi. Ça me fiche la trouille. Est-ce qu'il a changé d'avis ? Il y a quelques jours, après avoir ramené Willow, nous nous sommes mis d'accord : il a le droit de la voir un jour par semaine. Un jour où j'ai l'impression de vivre sans mon cœur. Jusqu'ici, Deacon s'est toujours arrangé pour débarquer à l'improviste, pile quand Brandon arrivait.

En parlant de Brandon, quelque chose brille dans ses pupilles, mais je ne parviens pas à savoir quoi. De l'envie peut-être.

Tu parles !

Brandon s'humecte les lèvres.

Sans un regard de plus, je remplis mes poches de croquettes et quitte mon siège. L'odeur de poisson des friandises tire une grimace à mon ex-mari. C'est sûr que l'odeur de morue, ce n'est pas assez chic pour monsieur ! Pour le coup, je meurs d'envie d'essuyer mes mains sur sa figure, juste pour voir sa réaction.

L'envie me brûle les doigts, mais je résiste. Brandon serait capable de me coller un procès aux fesses, si j'osais ruiner un de ses précieux costumes Armani. Ou encore lui badigeonner les joues et les cheveux de bouts de croquettes. Autant s'éviter une paire d'ennuis.

Les poches pleines, je m'arrête devant lui, sans cesser de fouiller le bureau à la recherche d'une laisse.

– Eh bien ?

Mon ex-mari pousse un long soupir.

– Tu peux arrêter de bouger une minute ?

Non. Mais je fais un effort. Les mains sur les hanches, mes yeux dans les siens, je patiente, jusqu'à ce qu'il me déballe ce qu'il a à me dire. J'ai prévu autre chose que de l'écouter geindre sur sa vie parfaite.

– Merde, Sawyer ! Je te débecte tant que ça, que tu ne peux pas me regarder dans les yeux plus de cinq secondes ?

Oh, il ne me débecte pas. Il me sort juste par les trous de nez et ravive des moments de ma vie que je préférerais oublier. Je me retiens de le lui dire et hausse les épaules.

– Tu veux bien…

Je fais les gros yeux. Brandon semble prendre un coup. Il tangue, soupire, tire sur sa tignasse blonde. Quand son regard replonge dans le mien, il est chargé de douleur.

– J'ai vraiment été un idiot, hein? Merde…

Il se frotte le front. Durant quelques secondes, il semble vraiment bouffé par les remords.

– Mais quand je t'ai vue avec ce type, j'ai eu un déclic.

Je manque de m'étouffer avec ma salive. Alors ça, si je m'y attendais !

– Je ne peux pas vivre sans vous. Je sais que je vous ai abandonnées, je suis prêt à passer le restant de mes jours à m'excuser pour ça, mais putain… vous me manquez.

Sauf qu'il me dit ça avec six ans de retard.

– Arrête les conneries, Brandon. Maintenant tu m'excuses, j'ai du travail.

– Sawyer…

– Comment on peut te manquer ? Tu n'as jamais vécu avec nous ! Tu as pris tes jambes à ton cou à la seconde où Willow a pointé le bout de son nez ! On ne peut pas te manquer. Parce qu'il n'y a jamais eu de « on » !

Il grimace.

– Je sais… Mais je veux me faire pardonner. Je veux tout reprendre du début. Je suis prêt à te supplier à genoux s'il le faut. Je veux juste…

Je secoue la tête, prête à l'envoyer bouler. Il me prend par surprise en s'approchant. Il empaume l'une de mes joues, frôle ma peau. Mes neurones se battent en duel. Certains me hurlent de lui décocher un coup dans les valseuses, tandis que les autres me supplient de rester en place.

– Tu m'as manqué, Sawyer…

Brandon s'agrippe à ma main, caresse ma joue de l'autre. Un sourire familier étire sa bouche. Le même sourire qui a su me faire craquer, des années plus tôt.

Durant une infime seconde, je redeviens cette fille de 15 ans folle amoureuse du beau *quarterback*. Cette gosse sans souci qui croit avoir la vie devant elle. Cette gamine qui pensait finir ses jours avec le beau blond.

Cette gosse innocente qui a fini enceinte avant même la fin de ses études. Cette gosse qui s'est fait abandonner salement avant même d'avoir pu apprendre à être une femme.

Cette gamine naïve qui a trop espéré et terminé en position fœtale seule et pétrifiée, sans savoir quoi faire de son enfant.

La bouche de Brandon s'approche de la mienne. L'appréhension me gagne. J'ai presque envie qu'il m'embrasse.

J'ai presque envie qu'il le fasse. Juste pour me prouver que je le hais. Juste pour me prouver qu'après toutes ces années à pleurer sur mon sort, je ne ressens plus rien pour lui.

Plus la moindre trace d'amour. Parce que sinon, j'aurai toujours l'impression de le traîner avec moi, fantôme de mon passé venu foutre en l'air mes relations futures. J'ai le droit de savoir. J'ai le droit d'être sûre.

Même si c'est mal.

– T'es là, bébé ? Dash veut savoir si…

La porte du bureau s'ouvre. Je n'ai pas le temps de m'éloigner de mon ex-fiancé que Deacon entre, l'air joyeux, Stone sur ses talons. Sa phrase se coupe net. Je note la façon dont son visage s'affaisse quand il remarque ma position compromettante. Je suis affalée sur l'ancien joueur de foot, sa paume sur ma joue, sa bouche à un cheveu de la mienne. Tu parles d'une position compromettante, j'ai dépassé ce stade en laissant le blond m'approcher.

Merde, merde et re-merde!

Je hoquette, Brandon continue de sourire. J'ai envie de lui arracher son rictus des lèvres d'un coup de tête. Mais je suis paralysée, collée contre lui. Je déploie toutes mes forces pour me reculer d'un pas.

La culpabilité me broie la poitrine. Deacon reste immobile. J'ai l'impression d'entendre son cœur se briser. Les larmes me montent aux yeux. J'ai du mal à parler. Ma voix semble avoir pris la fuite en même temps que mon pompeux.

– Deek… ce n'est pas ce que tu crois…

Si, c'est exactement ça, bon sang! J'allais laisser cet empaffé de Brandon me toucher!

L'ancien militaire vacille. Une douleur profonde déforme ses traits. Je suffoque. Puis il fait volte-face et disparaît. Sa démarche chaloupée me scinde la poitrine en deux.

– Attends, Deek!

Je tente de m'élancer à sa poursuite. Je dois m'excuser. Je dois lui expliquer. Je dois… je n'en sais rien, je ne sais plus rien. Mon cerveau a cessé de fonctionner. Je sais juste que j'ai merdé dans les grandes largeurs et que je viens de briser le cœur de l'homme que j'aime.

La poigne de mon ex-mari se fait plus forte. Il m'empêche de suivre Deacon à travers les allées du refuge. La douleur me remonte dans le bras quand je tente de la déloger. Je grimace.

– Lâche-moi, Brandon ! Lâche-moi bon sang !

Je le fusille du regard. Le regard hanté de Deacon me poignarde en plein cœur. Brandon continue de sourire. Je le hais. Je le hais. Je le hais.

Et enfin, je remets les pieds sur terre. Pas besoin d'un baiser pour savoir que je le hais de tout mon être. Mon estomac se charge de me le signaler. J'ai envie de vomir. Je me dégoûte. Il me dégoûte.

– Laisse-le partir ! Regarde-le, Sawyer.

Cette fois, quand je repousse Brandon, son sourire amical, transi d'amour se craquelle.

– Tu l'as fait exprès, je chuchote.

Brandon écarte les bras. Mon bras douloureux serré contre moi, je me recule.

– Tu pensais vraiment que j'allais laisser un homme comme lui s'approcher de ma petite fille ? Et le laisser croire que c'est son père ? C'est un monstre, Sawyer ! Ouvre les yeux ! Il n'a rien à faire dans la vie de Willow !

Le dégoût me martèle le crâne. Les larmes dévalent sur mes joues. Mais je ne ressens plus la moindre douleur. La colère vient de l'anesthésier. Un monstre ? Deacon ?

– Non, Brandon, c'est là où tu as tout faux. Deacon n'a rien d'un monstre. C'est toi l'enfoiré ici.

Je prends une grande inspiration. La rage sature ma gorge. Les mots voltigent hors de ma bouche.

– Deacon a été plus présent en un mois que toi en six ans. Putain, il connaît plus ta fille que toi ! Il sait ce qu'elle aime, il sait qu'elle quitte l'école à 15 h 30 chaque mardi, il sait qu'elle n'aime pas dormir seule. Il… Il… aime Willow et elle aussi, elle l'aime. Mais toi? Toi? Tu es un monstre, un profiteur et un salaud! Tu étais tellement jaloux de la voir heureuse avec Deacon, que tu as décidé de tout foutre en l'air.

– Arrête un peu ton char! Tu avais l'air plus qu'enjouée à l'idée que je t'embrasse. Ne me fous pas tout sur le dos!

Le pire dans tout ça, c'est qu'il a raison. J'allais le laisser m'embrasser. La raison n'y change rien. J'allais le laisser m'embrasser, putain!

– Tu as raison. J'allais te laisser faire. Et je me dégoûte. Tu me dégoûtes.

Je m'essuie les joues d'un geste rageur.

– Tu sais, pendant des années je me suis demandé ce que j'avais fait pour que tu t'en ailles. Je me suis blâmée.

Brandon grimace. Ses poings se serrent de rage.

– Mais je viens de comprendre. Le problème ne vient pas de moi. Il vient de toi. Tu es comme ta mère. Vil et monstrueux. Tu te sers des gens dans ton propre intérêt. Tu n'aimes que toi.

– Sawyer…

– Mais maintenant c'est terminé. Tu vas sortir de notre vie. Tu vas remballer tes millions et quitter ma propriété avant que je te lâche Mongrel dessus.

Oh, j'aurais aimé pouvoir le faire. Mais même cet enfoiré de Mongrel ne mérite pas ça. Du menton, je désigne la porte. J'ai besoin de sortir de là. J'ai l'impression d'étouffer quand je suis près de lui.

Comment j'ai pu aimer un type pareil? Bon sang! Comment j'ai pu ne serait-ce que vouloir qu'il me touche? Il est encore pire que tous ces queutards. Brandon serre la mâchoire. Je le sens sur le point d'ouvrir la bouche pour répliquer.

Je sens que ça va faire mal. Du coup, avant qu'il ait l'occasion de le faire, je crache:

– Arrange-toi avec mon avocat et ne t'avise plus jamais d'essayer de nous approcher!

Puis je me précipite dehors et claque la porte, laissant un Brandon déconfit derrière moi. Je viens de tourner une page de mon passé. J'ai mis du temps à le faire. Mais maintenant, je me sens plus légère.

Je dévale les marches, mon téléphone portable à la main. Mes doigts composent le numéro de Deacon. La sonnerie résonne cinq fois d'affilée, mais il ne décroche pas. La douleur revient. Je crache une injure.

Interpellé par mon éclat, Dash passe sa tête hors de l'une des cages, sa pelle à la main.

– Ton langage!

Il m'observe bizarrement, à travers les barreaux. Je dois avoir l'air taré, bon sang! Mais au point où j'en suis… Essoufflée par ma course dans les marches, je tente tant bien que mal d'articuler quelques mots :

– Tu as vu Deacon ?

– Il vient de se barrer à moto. Tout va bien ? Sawyer ?

Dash hurle dans mon dos. Les chiens réagissent à la brusque tension, ils se mettent à aboyer.

– Sawyer ?

– Plus tard !

Je cours jusqu'à ma voiture, prête à rejoindre Deacon, lorsque mon téléphone se met à vibrer. Mon cœur s'arrête quand j'aperçois le nom de Marie s'afficher sur l'écran. Je décroche d'une main tremblante.

– Sawyer ? Sawyer, il faut que tu viennes… Il y a un souci… Il y a un souci avec Willow. Elle… Elle…

La double douleur menace de me foutre à genoux. J'ai à peine la force de crachoter un « j'arrive ». J'ai la tête qui tourne. Des points noirs dansent devant mes yeux. La sensation de suffoquer se décuple. L'espace d'une seconde, je tombe dans un trou noir. Je m'y enfonce, sans me battre.

– Sawyer ? Sawyer !

La voix de ma meilleure amie me ramène à la réalité. J'entends même Brandon approcher dans mon dos. Lana ceinture ma taille pile quand j'allais m'effondrer la tête la première dans le sable.

– Dasher ! Ramène ton cul !

– Il faut… Il faut qu'on aille à l'hôpital. Willow… Willow va mal.

32

Deacon

J'ai le cœur en vrac et la colère qui pulse dans les veines. Les vibrations de la Harley entre mes cuisses ne parviennent pas à me calmer, contrairement à d'habitude. C'est même l'inverse : elles se répercutent dans mes os, font grandir ma rage.

J'ai les poings serrés, les muscles crispés à en chialer de douleur. Vingt minutes de trajet plus tard, durant lesquelles ma haine menace de m'envoyer dans le décor, je plante ma bécane devant le Pulse, un bar du coin réputé pour rester ouvert toute la nuit.

J'ai besoin de me bourrer la gueule jusqu'à ce que je ne me souvienne plus de rien. Plus de mon nom ni du sien. Plus de ce moment qui me poignarde les tripes dès que j'y repense.

Cet enfoiré de nanti a posé les mains sur elle ! Merde, il était à deux doigts de l'embrasser, quand je me suis pointé. Mais ce qui me brise le plus, c'est la certitude qu'elle l'aurait laissé faire, putain. Elle allait le laisser faire! Je l'ai vu à la façon coupable dont elle m'a regardé.

Elle l'aurait laissé l'embrasser. Merde, ça me tord les entrailles rien que d'y penser. La fée m'appartient, putain. Enfin, c'est ce que j'ai naïvement cru pendant un instant. Quel con.

Un pic me déchire la poitrine. J'ai l'impression de suffoquer de rage. Je pousse la porte du bar et fais signe au barman.

Kyle me connaît bien. J'ai passé de nombreuses nuits de baise ici, quand mes cauchemars me tenaient éveillé et que mon envie de me faire sauter la cervelle perforait mes tempes. Cet enfoiré a toujours été là pour me ramener chez moi après, ou pour me laisser crécher dans la remise.

J'ai à peine le temps de m'asseoir, qu'une bouteille et un shot d'alcool fort glissent jusqu'à moi. Bordel, j'adore ce gars. Pas de question. Rien. Juste de l'alcool.

Vautré sur le tabouret, je m'enfile une nouvelle bouteille de bière d'une traite, à deux doigts de réussir mon but: me foutre la tête à l'envers. Le goût du houblon finit par remplacer celui de l'amertume.

Je passe l'heure suivante à boire comme un trou. Mais le flot d'alcool ne parvient pas à déloger la boule coincée dans ma gorge.

Je suis en train d'avaler ma douzième bière quand de l'autre côté du bar, je sens une blonde m'observer. Les yeux rivés aux miens, elle fait pigeonner ses seins gigantesques. Un geste de trop et ses obus m'explosent à la gueule. Pile ce qu'il me faut pour me changer les idées.

La petite mort.

Mais j'reste cloué à mon siège, incapable de convaincre mon cerveau de se foutre en marche. Sawyer domine toutes mes pensées. Elle sature mon crâne, possède mon cœur et fout en l'air mon envie d'aller voir ailleurs.

Même absente, Sawyer maintient son emprise sur ma queue, putain ! La blague.

La blonde abandonne son groupe d'amis pour se glisser jusqu'à moi. Je quitte à peine ma bière des yeux. Pourtant, elle met le paquet pour attirer mon attention sur son corps presque nu.

Sa robe scintille sous la lueur des lampes et devient transparente dès qu'un jet de lumière frappe sa peau. Je remarque qu'elle ne porte rien d'autre qu'un string noir et que ses tétons percés luisent sous les projecteurs.

– Tu es tout seul ?

Elle minaude. Je hoche la tête.

– Tu m'invites à prendre un verre ?

Droit au but. Elle ne perd pas une seconde, la blonde. Avant, son audace m'aurait plu. Putain, deux minutes plus tard et j'aurais déjà été en train de la sauter dans les toilettes du bar. Mais là, j'suis scotché au tabouret.

J'ai toujours la tête en ébullition et l'impression de boire du verre pilé.

– Je suis Megane.

Je glisse ma main dans la sienne d'un geste mécanique.

– Deacon.

Son pouce frôle mes cicatrices. Elle tressaille, mais son sourire Colgate ne flanche pas. Elle est mignonne. Mais quelque chose manque.

Elle n'est pas Sawyer. Je pousse un long soupir, vide mon shot et secoue la tête.

– Ça ne va pas le faire, désolé, chérie.

Son visage s'affaisse. Je m'attends presque à la voir se barrer. J'préférerais même qu'elle le fasse. Sauf qu'elle s'éternise.

– Oh, tu es en couple ?

– On peut dire ça comme ça.

– Où est la petite chanceuse qui a réussi à te mettre le grappin dessus ?

Tu parles d'une chance ! Je suis bousillé, marqué et suicidaire. Je me demande ce qu'elle m'a trouvé, bordel. J'suis loin de rivaliser avec son ex-mari. J'ai trop de merde dans le crâne pour même le prétendre.

Peut-être qu'elle a eu raison de céder à ce trou du cul de Brandon. Il a tout du gendre parfait.

Pété de thunes, plutôt beau gosse si on oublie son gros melon et si on laisse de côté sa tendance à prendre la poudre d'escampette quand les choses se compliquent, il remporte facilement la palme du « mec de l'année ».

Qu'est-ce que j'ai à lui offrir, moi, à part une vie pétée rythmée par mes moments suicidaires et mes crises de colère? Elles méritent mieux, bien mieux que moi.

Beaucoup mieux que moi.

Elle mérite Brandon et sa vie de gros branleur tranquille. Même si cet enfoiré les a abandonnées une fois déjà.

– En train de baiser son enfoiré d'ex-mari.

La blonde soupire. J'avale une nouvelle gorgée de gin. Ça me brûle la gorge, me pique les yeux.

– Pour ce que ça vaut, je suis vraiment désolée.

Sa main glisse sur mon bras, mais cette fois aucune perversion ne motive son geste. Il n'y a rien d'autre que de la sympathie.

– Tu es sûr qu'elle est… Tu sais… Avec lui?

Elle fait jouer ses sourcils. J'esquisse un rictus cynique.

– Il était à deux doigts de lui lécher les amygdales, quand je suis arrivé. Ça compte comme « avec »?

– En effet…

Elle me sourit. L'alcool qui pollue mon cerveau transforme sa chevelure blonde en tignasse blanche. Sa peau trop bronzée devient plus claire. J'prends la décision la plus conne de ma vie, quand elle tente de s'éloigner.

– T'as toujours envie de le prendre, ce verre?

L'immense sourire qui lui monte aux lèvres manque de me faire tomber du tabouret. Avec une grâce féline, elle repose son cul sur le cuir. Sa robe lui remonte sur les jambes.

Ma queue semble retrouver un semblant de vie.

– J'adorerais ça…

J'ignore la voix dans mon crâne qui me hurle que je suis en train de commettre une boulette, pour me concentrer sur la nana à côté de moi.

***

Le *blast* fantôme de l'explosion ne manque pas de me réveiller. Comme à chaque fois, je halète, le souffle bousillé, replongé dans l'enfer. Mes paupières s'entrouvrent. J'suis perdu, toujours coincé là-bas, du sable collé sur la gueule et les flammes léchant ma peau. J'ai l'impression de me noyer. J'émerge difficilement, j'patauge dans l'obscurité.

Il me faut une seconde avant de réussir à reprendre le contrôle de mon souffle. J'suis en sécurité à des milliers de kilomètres de là. J'suis en sécurité et complètement torché.

Une migraine carabinée me martèle les tempes. Bordel, la gueule de bois me défonce grave. Je n'aurais pas dû faire du gringue à la bouteille de gin, en fin de soirée. Cette soirée continue de faire la fête dans mes tripes. Mon téléphone sonne. Encore et encore. J'ai à peine la force de le fusiller du regard.

J'vais gerber. J'enfouis la tête dans l'oreiller, pile quand une nouvelle vibration du démon se fait ressentir.

J'ai un tsunami dans le crâne, une tempête dans le cœur et la nausée comme seule compagne. Paye ta compagne. J'aurais préféré sentir Sawyer contre moi en me levant. J'ouvre les yeux quand l'iPhone recommence à faire un AVC sur mon matelas, combattant l'envie de l'envoyer valser contre un mur.

Les lueurs de l'aube atomisent mon âme. C'est trop lumineux, trop soudain. Mon estomac tressaute, noie ma gorge.

La chambre empeste l'alcool et la sueur. Je ne me souviens de rien. C'est le trou noir. Le seul truc qui continue de tourner en boucle, c'est la trahison de la fée. Mon cerveau continue de me cracher les images d'elle et l'autre trou du cul collés-serrés.

Elle est imprimée sous mes paupières à jamais. Pour être sûr que je ne refasse plus la même connerie. Les sursauts de mon téléphone font bouger tout mon crâne.

La tête en vrac, la bouche pâteuse, je crochète le smartphone collé contre ma joue. Ça explique le tremblement de terre qui ravive mon mal de tête. La luminosité m'explose la rétine quand je l'allume. Qui est l'enfoiré assez sadique pour transformer ce rectangle de la mort en marteau-piqueur, aussi tôt le matin ?

Il n'y a pas une loi ou un truc de ce style qui condamne ce genre de conneries ? Mon cœur s'arrête quand j'aperçois la douzaine d'appels manqués sur l'écran.

Dix appels manqués de « ma fée préférée ».

Trente-neuf SMS de Lana, Dasher.

Putain, ils se sont filé le mot pour faire sauter mon répondeur ou je rêve ? Malgré la colère qui continue de polluer mes pensées, j'compose le numéro de la messagerie et pose le combiné à mes côtés.

J'suis crevé. Vidé. J'ai besoin d'au moins encore trois heures pour décuver proprement. Enfin, ça, c'était avant que le timbre bousillé de Sawyer réveille mon cœur. Cet enfoiré se fout au garde-à-vous dès qu'il l'entend.

J'crois qu'il est accro.

« Deacon ? Deacon ? Tu es là ? J'ai… »

Le message se coupe net. Un mauvais pressentiment me prend aux tripes. Putain, j'sens la merde m'arriver en pleine gueule. J'oublie mes muscles bousillés et mon envie de cracher mes boyaux pour passer au second.

Et là, c'est le cataclysme.

« Willow a été emmenée aux urgences. Je suis terrifiée et seule. Je… J'ai besoin de toi, Deek. J'ai tellement besoin de toi… »

Sa voix se craquelle à l'autre bout du fil. Elle reste muette une seconde, puis le message reprend de plus belle. Derrière elle, l'agitation résonne.

« Tu crois que tu pourrais me rejoindre? Je suis si terrifiée, Deacon. Mon bébé, il... Elle... »

Elle semble s'éteindre. La nausée me monte à la gorge. Elle a besoin de moi, merde. Sa peur coule à travers le micro, je l'entends, la ressens. Elle est morte de trouille, j'sens les trémolos de sa voix jusque dans mes tripes.

Ça me vrille la poitrine, balaye la fatigue tenace. J'suis parfaitement réveillé, à l'affût. J'écoute chaque message qu'elle m'a laissé, m'imprégnant de son angoisse. De seconde en seconde, son ton se fait plus haché, plus ténu.

Elle est à bout. Je le sens. Je le sais. Elle frôle la crise de nerfs. Ses pleurs m'arrachent le cœur, piétinent mes poumons. J'ai l'impression de souffrir avec elle.

« Elle vient d'entrer au bloc. Ils ne me disent rien, Deek... J'ai peur que... »

Elle éclate en sanglots. Cette fois, j'sens un truc se fissurer en moi. Je saute hors du lit, enfile mes fringues de la veille. La masse couchée de l'autre côté du matelas gigote. Je n'y fais pas attention. Sawyer a besoin de moi. Willow a besoin de moi. L'inquiétude déploie ses tentacules vicieux dans mon bide.

Qu'est-ce que la gosse a foutu pour finir aux urgences?

J'ai passé assez de temps à ses côtés pour savoir que Willow est du genre casse-cou. Ou dingue. Du coup, je me retrouve à imaginer le pire. Du sang. Du sang, du sang. Est-ce que Mongrel s'est fait la malle une seconde fois? Merde, je n'en sais rien, et ça me stresse. Pour la deuxième fois en une semaine, j'me retrouve comme un con à prier pour qu'elle aille bien.

Il doit bien rire, l'autre, là-haut.

Après trente berges à lui pisser à la raie, je couine des prières à tout-va. Il y a de quoi rire, putain! Mais l'image de la petite Willow mal en point m'en empêche. Merde, cette gosse a réussi à s'installer dans ma vie, au même titre que sa mère.

À deux, elles se sont imposées jusqu'à remodeler mon cœur défoncé. Une tête aux oreilles poilues passe en dessous du drap. Des yeux vairons inquisiteurs m'observent à la dérobée, pendant que j'enfile mes plaques. Stone jappe, impatient de sortir.

– Va falloir que tu trouves la sortie tout seul, j'dois m'barrer!

Je presse l'allure, passe en coup de vent dans la salle de bains pour pisser, attrape mes clés et mon manteau, puis je quitte l'appartement.

Ma moto avale le bitume à une vitesse folle. Pas assez vite à mon goût. J'ai déjà trois putains d'heures de retard, merde. Trois heures où la femme que j'aime m'a harcelé de coups de fil, en pleurs, aussi vulnérable qu'une mère terrifiée peut l'être quand son petit est en danger.

Et moi, où j'étais?

Je dormais, comme un idiot. Je cuvais ma bouteille de trop.

Putain de branleur.

33

Sawyer

La peur bat dans mes veines. Elle pulse, grossit, ravage mes organes, prend d'assaut mon cœur. Les larmes me montent aux yeux. J'ai envie de me recroqueviller sur moi-même.

L'odeur typique des urgences réveille ma nausée.

Je déteste cet endroit. Je déteste les souvenirs qui y sont liés.

Depuis quatre heures, Lana et moi, on attend le médecin, coincées dans une salle si minuscule qu'elle attise ma claustrophobie. Personne ne vient. Personne.

Du coup, mon angoisse grandit, prend de l'ampleur, compresse ma poitrine.

J'ai du mal à respirer. Lana passe sa main dans mes cheveux, caresse mon crâne. Je trouve à peine la force de tourner la tête vers elle. Ma meilleure amie m'offre un sourire qui se veut rassurant, mais j'ai beau essayer de toutes mes forces, je ne parviens pas à lui rendre.

Je suis à bout, épuisée.

– Je vais me chercher un café, tu veux quelque chose?

Le menton enfoncé dans la poitrine, je laisse s'écouler une minute, avant de croasser un « non » d'une voix gutturale.

J'ai la gorge trop serrée pour avaler quoi que ce soit. La brune quitte son siège. Je fais tourner mon smartphone entre mes doigts. J'ai besoin de bouger, mais je n'arrive pas à trouver le courage de me lever. Une chape de plomb m'étouffe.

De temps à autre, je scrute l'écran.

5h24.

Ça ne fait que quatre heures, pourtant j'ai l'impression d'être coincée ici depuis dix jours. Dix jours à retenir mon souffle. Dix jours à attendre le diagnostic, en pensant à la dernière fois que je suis venue dans ce lieu.

« Stade terminal. Je suis désolé, j'aurais aimé pouvoir y faire quelque chose, mademoiselle Arcane, mais je suis au regret de vous annoncer que votre mère est condamnée… »

Ce souvenir tourne en boucle sous mes paupières, ravivant mon angoisse de la perdre.

Lana revient, deux *cups* de café à la main. Malgré l'heure tardive, la brune est magnifique. À côté, je dois avoir l'air d'un zombie tout droit sorti de *The Walking Dead*.

– Dash a appelé. Lui et Brock se chargent de Wolf Rain. Ils t'embrassent et ils prient pour que Willow aille mieux très, très vite.

Elle pose l'une des tasses brûlantes sur mes genoux. Je l'attrape par réflexe. L'odeur du café fait gronder mon estomac.

– Il t'a répondu ?

Je secoue la tête.

Ça fait longtemps que j'ai arrêté d'espérer qu'il débarque. Pourtant, je continue de guetter l'écran de mon téléphone, comme si par magie un message allait apparaître. Son message.

Après la crise de Willow, la première personne que j'ai eu le courage de prévenir, ça a été Deacon. Deacon qui depuis hier m'évite comme la peste. Mais perdue dans ma douleur, j'ai eu besoin de lui.

De lui, bon sang.

Durant de longues minutes, j'ai enchaîné les coups de fil et les messages larmoyants. J'ai enchaîné les appels à l'aide, sans qu'aucun ne parvienne jusqu'à lui. Jusqu'à ce que je me fasse à l'idée que c'était trop tard. Ça n'a fait qu'amplifier ma douleur.

L'envie de pleurer me prend à la gorge. Cette fois, je n'ai plus la force de résister. Je me laisse aller. Pliée en deux, le visage enfoui dans les mains, je pleure de tout mon saoul, hoquetant quand mes sanglots se font trop forts.

Je suis terrifiée et je me sens seule.

Si seule.

– Hey, tout ira bien, d'accord ? Willow est forte, elle ira bien !

J'aimerais avoir autant d'espoir que Lana. Mais l'image de son petit corps tordu de douleur me reste en mémoire. Pire, je sens encore ses tremblements, j'entends ses hurlements paniqués.

Quand je suis arrivée chez Marie, Lana sur mes talons, et que j'ai retrouvé mon bébé dans cet état, je me suis sentie si inutile…

Ma fille se tordait de douleur contre moi, et je ne pouvais rien faire pour la soulager, putain ! J'ai à peine eu la force d'appeler les urgences.

Je ravale un sanglot.

– Elle ira bien.

Lana me frotte le dos. Vingt minutes plus tard, des bruits de pas me tirent de mes pensées funestes. Je relève la tête. Un homme en blouse bleue s'approche de nous au ralenti, le visage fermé.

Je retiens mon souffle. Je me prépare déjà à entendre le pire.

Mon Dieu… S'il vous plaît… Faites qu'elle aille bien.

Le chirurgien s'arrête devant moi, la main tendue. J'y enfonce la mienne par réflexe, pas certaine d'être prête à entendre ce qu'il a à me dire.

– Vous êtes la maman de la petite Willow ?

Je hoche la tête de manière frénétique. Lana se glisse à mes côtés quand je vacille, aussi pâle que la mort. Je ne sais pas ce que je ferais sans elle. Qu'importe l'heure ou la gravité de la situation, elle est là, prête à me maintenir à bout de bras quand les choses dérapent.

Le regard du médecin s'adoucit en voyant combien je serre la main de mon amie. Je suis à deux doigts de passer par-dessus le bureau pour lui en coller une quand il reprend la parole.

– Votre fille va bien, annonce-t-il. Elle a subi une crise de péritonite aiguë qui nous a obligés à l'opérer. Tout s'est extrêmement bien passé et, à l'heure où je vous parle, elle se réveille doucement dans la chambre au bout du couloir.

Mon angoisse s'enlève. Mes larmes s'évaporent. Elle va bien. Elle va bien. Tout ira bien, à présent. Je me répète ça comme un mantra.

Tout va bien.

Tout va bien.

– Malgré tout, votre fille devra passer quelques jours en observation. Mis à part ça, elle se porte comme un charme. Vous pourrez la rejoindre d'ici quelques minutes.

À cet instant, je crève d'envie de l'embrasser. Soulagée, je souffle un « merci » étranglé. Le doc pose sa main sur mon épaule, puis après un dernier sourire amical, il remonte le couloir, pile quand Deacon le descend.

– Sawyer !

Les larmes aux yeux, j'ai l'impression qu'il apporte mon salut avec lui. Merde ! Mon bébé a frôlé la mort, et tout ce que je veux, c'est l'avoir dans mes bras, mais surtout que lui me protège.

Entre le chenil, les problèmes d'argent et tout le reste, je n'en peux plus, je veux juste du calme. De longues, longues journées de calme à passer avec lui.

Puisant dans mes réserves, je m'élance à toutes jambes vers lui, comblant la distance qui nous sépare en quelques secondes.

– Où étais-tu, bon sang ! J'ai... J'ai cru... Avec Brandon... Je... Je...

Mais une fois que je suis coincée dans ses bras forts, mon nez palpite.

Il pue l'alcool.

Cet enfoiré est totalement bourré.

En reculant de deux pas, je constate qu'en effet, sa démarche n'est pas aussi assurée que d'habitude. En fait, il semble à deux doigts de s'écrouler contre le mur, le regard un peu vague et la chemise de travers.

Pourtant, ce sont les mots que je veux entendre qui quittent sa bouche alors qu'il me saisit par les épaules. Mais les vapeurs qui émanent de lui me percutent de plein fouet.

– Comment elle va ? Putain, bébé, je suis tellement désolé. Je suis venu dès que j'ai reçu ton message. Elle va bien ? Qu'est-ce qui s'est passé ?

Un mauvais pressentiment naît dans mes tripes. Il n'a pas répondu. Il n'a pas répondu. Il n'a pas répondu.

Je le détaille de la tête aux pieds, la boule au ventre. J'ai peur de ce que je vais trouver. Surtout qu'il ne me faut pas longtemps pour comprendre ce qui cloche.

Bingo… En plus de puer l'alcool bon marché, l'ancien militaire porte les mêmes fringues qu'hier. Mais ce qui me fait le plus mal, c'est la trace de rouge à lèvres bordeaux qui macule son col.

La vérité me saute à la gueule. S'il n'a pas répondu, c'est qu'il était avec une autre fille. Le mot *infidèle* se met à clignoter dans mon crâne. Je sens mon cœur exploser en mille morceaux.

Chaque shrapnel m'écorche de l'intérieur.

La colère me pousse à me remettre sur mes jambes.

Il avance vers moi. Je n'arrive pas à retirer mes yeux de cette tache.

De cette souillure rouge qui me brise un peu plus.

– Tu as du…

Je le repousse quand il tente de m'attirer contre lui avec une douceur qui me débecte. Il me dégoûte. Les larmes dévalent mes joues. Je n'y prête plus la moindre attention. Je suis focalisée sur Deacon.

Deacon qui a passé la nuit dehors.

Deacon qui a baisé pendant que je chialais pour Willow.

Qu'est-ce que j'ai cru, bon sang ? Qu'il allait changer de mode de vie juste pour mes beaux yeux ? Je suis bien placée pour savoir que les gens ne changent pas, merde. D'autant que j'ai passé l'âge de croire aux contes de fées. Pourtant, naïvement, j'y ai cru.

Juste une poignée d'heures. Juste quelque temps… Juste assez pour avoir l'impression de perdre un morceau de mon âme, dans une bataille qui était perdue d'avance.

Et voilà le résultat. J'ai l'impression d'avoir le cœur en miettes et le crâne en ébullition, j'ai envie de le gifler. J'ai envie de lui cracher tout ce qui me passe dans la tête.

J'ai envie de m'effondrer.

– C'était un bon coup, j'espère ? T'es retourné voir Cherry ?

Le visage du militaire se froisse. Je sens qu'il vient de comprendre. Il ouvre la bouche, la referme. Je reste de marbre.

– Bébé…

Je secoue la tête. Je veux qu'il se taise. Je refuse de l'entendre.

– Sawyer.

– Non… Tais-toi.

Je le repousse. Le grand militaire vacille sur ses jambes. Sa cuisse meurtrie manque de céder. Mais il tient bon, reste debout, face à moi. Je devrais me sentir mal. Mais je suis trop perdue dans ma douleur pour y penser.

Je m'essuie les joues. Hors de question de pleurer pour lui. Il n'en vaut pas la peine. Sauf que je n'arrive pas à m'arrêter.

– Ils m'avaient prévenue, tu sais ? Ils m'avaient prévenue de rester sur mes gardes. J'aurais dû les écouter. Oh, oui, j'aurais dû…

Je renifle.

– J'ai été tellement conne ! Ils avaient raison. Tu avais raison. Tu es un fléau, Deacon. Tu détruis tout ce que tu touches.

La rage me fait débiter des âneries, mais je ne parviens plus à me stopper.

– Bébé…

– Ne t'avise plus jamais de m'appeler comme ça. Tu as perdu ce droit quand tu as baisé cette chienne pendant que Willow criait ton nom.

La mention de Willow semble le faire réagir.

– Sawyer…

Lana tente d'attirer mon attention. En vain.

– Laisse-moi t'expliquer. Il ne s'est rien passé. Je te jure, putain ! Je ne te ferais jamais ça, putain, bébé ! Merde, j'ai cru que toi et Brandon… Mais je n'ai pas baisé avec elle ! Je n'ai pas pu ! Je n'ai pas pu !

La claque part toute seule. Le bruit que produit ma paume en rencontrant sa joue résonne dans le couloir vide. Lana hoquette, Deacon, lui, reste immobile, meurtri. Sa peau rougit. L'espace d'une seconde, je souhaite qu'il me la rende. Qu'il me rejoigne ou se mette à hurler à son tour ! Tout, sauf cette immobilité qui attise ma rage.

– Je n'aurais jamais dû te laisser nous approcher. Je n'aurais jamais dû te laisser l'approcher. Elle mérite mieux que ça.

Je cherche à le blesser. À perforer son cœur, comme il le fait avec le mien. Les sanglots se font plus fort. Je perds pied. Mes jambes ne parviennent plus à me soutenir. J'ai l'impression de me briser, de craqueler. Prévenante, Lana passe son bras autour de mes hanches.

Avec douceur, elle m'attire en arrière, me force à m'asseoir.

Mais pas une seule fois mon regard ne quitte celui de Deacon. Il est vide. Dépourvu de la moindre émotion. Il ne ressent rien. Il est vide. Vide. Vide. Un trou noir que j'ai cru pouvoir colmater.

Sauf qu'il s'est contenté de prendre, encore et encore, pour me dépouiller de toutes mes forces. Je suis idiote. Je suis si idiote.

– Je te déteste. Je te déteste tellement…

– Comme ça on est deux, chérie.

J'ai mal. J'ai peur.

Prends-moi dans tes bras.

– T'es comme Mongrel, Deacon. Tu es une cause perdue. J'ai mis longtemps à le comprendre. Mais c'est terminé, j'ai trop donné, j'abandonne. Vous ne pouvez pas être sauvés, ni l'un ni l'autre.

La bouche du militaire se tord de douleur. C'est fugace, presque trop pour que je le remarque. Un clignement d'œil, et il redevient terne. Je déteste ça. Je déteste ce que je vois. Je déteste qu'il ne nous aime pas assez pour se battre. Sauf que je ne peux m'en prendre qu'à moi-même.

Puis Deacon fait volte-face et disparaît au fond du couloir.

À cet instant, je sens que je le perds. Et qu'il est en train d'emporter mon cœur avec lui.

34

Deacon

J'ai traversé l'enfer, j'ai vu des trucs capables de faire gerber le diable en personne, j'ai nagé dans des fleuves de sang… et ce sont deux foutues grilles ouvertes qui me terrifient. Ou plutôt, ce qu'elles dissimulent : les âmes en peine des mecs que j'ai laissés derrière moi.

Les fantômes de mes frères.

D'ici, je peux presque entendre leurs lamentations. À moins que ce soient les miennes qui résonnent dans tout mon être ? Mes pieds restent collés au sol. Impossible de faire un pas. Il le faut, pourtant. Je leur ai promis. Mais un foutu étau enserre ma gorge, une main glaciale me broie le cœur.

Tu parles d'un putain de héros. Mes mains tremblent. Je crève de froid. J'ai l'impression d'avoir le cœur coincé dans la gorge. Merde, je ne me suis pas senti aussi mal depuis des plombes.

– C'est toujours le premier pas le plus dur.

Je me tourne vers une mamie aussi petite qu'un môme de 10 piges. Recroquevillée, une canne à la main, elle regarde dans la même direction que moi.

– Ouais. Il paraît.

– Croyez-en la vieille mégère que je suis. Mon mari est enterré là-bas depuis trois ans. Je suis restée mariée avec lui pendant plus de soixante ans.

Son histoire n'arrange pas mon moral.

– Qui vous attend derrière ces grilles, jeune homme?

Jeune homme? Je trimbale tellement de boulets et de valises remplies de cadavres que j'ai l'impression d'avoir plus de 100 ans. J'ai le sentiment d'être à la lisière de la folie. Il y a trop de trucs qui me tournent dans la tête. Trop de merdes qui me souillent l'âme pour que je sois un putain de jeune homme.

Mais je garde ma réflexion pour moi.

– Des frères. Des amis. Des soldats. De très bons soldats.

– Vous devriez aller les voir. Vous savez ce que je pense?

Non, mais un truc me dit qu'elle ne va pas se gêner pour me l'annoncer. L'âge a cet effet sur les gens. Plus ils ont de trous de mémoire, plus ils pensent être autorisés à cracher toutes les merdes qui leur restent en tête.

– Que ceux qui souffrent le plus, ce ne sont pas ceux qui partent.

– Je suis bien d'accord sur ce coup-là.

– Mais rendre visite à nos morts panse nos cicatrices. Ce n'est pas censé nous faire mal, jeune homme.

Dans ce cas, pourquoi c'est le cas ? Pourquoi j'ai l'impression qu'on me lacère la poitrine à coups de lame ? Pourquoi j'ai l'impression de crever la bouche ouverte ? Pourquoi j'ai l'impression de finir les tripes à l'air dès que je regarde le portail en fer forgé ?

– Allez-y, continue-t-elle. On peut avancer ensemble si vous voulez.

Elle fait un premier pas. Mes pieds sont glués au sol. Cette femme minuscule, écrasée par les années, a plus de force que moi. C'est putain d'ironique, non ? Où est passé le militaire que j'étais ?

– C'est plus dur que ça en a l'air, n'est-ce pas ?

J'opine. Les deux mètres qui me séparent de l'entrée du cimetière ressemblent à s'y méprendre à un gouffre, un no man's land où ma raison bataille avec mon cœur. Jusqu'ici, la douleur qui me tord le ventre a toujours réussi à remporter la victoire haut la main.

Mais cette fois… Cette fois, ma raison livre une lutte acharnée.

J'ai besoin d'y aller, de me vider. J'ai besoin d'évacuer toute la colère que je stocke avant de sauter à la gueule de Sawyer.

– Un pas. C'est tout ce qu'il faut pour y arriver. Vous verrez, ce n'est plus aussi dur une fois que vous leur parlerez.

Je vais devoir la croire sur parole là-dessus, j'pense. Parce que je n'ai jamais pu dépasser le portail austère qui se dresse autour des tombes. Mentalement, j'égrène les jours, pour savoir depuis combien de temps je me suis transformé en pleureuse terrifiée par ses souvenirs.

Dix-huit mois. Soixante-dix-huit semaines. Cinq cent quarante-sept jours. Dix-huit foutus mois. Une éternité, en soi. Avant toute cette merde, cette vague de mort qui a sorti mon monde de son axe, on se voyait chaque jour. Chaque putain de jour.

Pourtant, ça fait dix-huit mois, soixante-dix-huit semaines, cinq cent quarante-sept jours que je les fais poireauter. Et je n'ai toujours pas réussi à rassembler le courage nécessaire pour faire ce foutu pas qui me sépare de mes frères d'armes.

Tu parles d'un homme, bordel ! Je n'ai même pas les couilles de leur rendre hommage ! À croire que je n'ai pas perdu que ma famille, là-bas, j'ai aussi perdu ma force.

Mon âme, ma famille, ma peau et ma force. Mais comme un bon chien, j'crève d'envie d'y retourner. Pour y claquer, sans doute. Pour m'y venger, sûrement.

Je me tends quand la petite vieille s'accroche à mon bras. Mon masque se craquelle. Une moue tremblante étire sa bouche.

– Vous n'allez pas quand même pas refuser d'aider une pauvre vieille femme à rendre visite à son défunt mari, mon garçon ? Avec mon arthrite, on n'est jamais trop prudent !

Pris au piège entre le corps frêle de la vieille dame et les portes de l'enfer, j'sens mon angoisse me submerger. J'étouffe. Arrimée à mon bras comme une sangsue, la petite mamie me tire vers l'avant. Je n'arrive pas à bouger.

– Vous savez, mon mari, mon Thomas… Il n'était pas franchement heureux à l'annonce de nos fiançailles. Je me souviens de sa tête quand mon père nous l'a annoncé ! Il est devenu vert ! Vert ! Pourtant, quand j'étais jeune, je faisais mon petit effet !

– Vous le faites encore.

Une rougeur colore ses joues.

– Au fil des années… j'ai réussi à me faire ma place dans son cœur ! C'était une autre époque, mais nous avons fini par tomber amoureux.

Un semblant de sourire étire mes lèvres.

– On a vécu cinquante belles années, ensemble. Au début… ça a été dur. Surtout qu'il avait un sacré caractère, mon Thomas ! Mais on a réussi. Parce que tout ce qui vaut le coup prend du temps.

Coquettement, elle lisse sa robe fleurie.

– Je me souviens encore de la première fois qu'il m'a dit qu'il m'aimait ! Il a mis onze ans ! Vous vous imaginez, vous ? Onze ans ! Mais je l'ai eu à l'usure ! Que voulez-vous, personne ne réussit à me résister !

Comme un automate, mon pied foule le sol. Ça y est, le premier pas est fait.

– Allons, ce n'était pas si difficile, vous voyez?

Le deuxième est plus facile. Le troisième aussi. Ainsi de suite. Inconsciemment, mon corps me conduit jusqu'aux tombes de mes frères d'armes. Même si je ne suis jamais venu, je connais les allées comme ma poche. Parce que pendant dix putains de mois, j'ai étudié ce cimetière comme un champ de bataille, et leurs tombes étaient un objectif où je devais me rendre avant de me faire plomber.

Pendant le trajet, j'apprends qu'elle s'appelle Maryse, et que son Thomas a fait une crise cardiaque à 82 ans, « dans la fleur de l'âge » comme elle dit. Son babillage incessant fait refluer mes angoisses. C'est plus facile de marcher quand elle est à mes côtés.

Mais une fois devant les stèles fleuries, l'envie de me barrer me prend à la gorge. La poigne de Maryse se raffermit sur mon bras. Mais je n'ai pas l'impression d'être retenu en otage, cette fois. J'ai juste la sensation d'être maintenu à bout de bras par une nana trois fois plus vieille que moi.

De quoi foutre en l'air mon ego.

– Merci.

Merci d'être là. Merci de m'empêcher d'être lâche. Merci de me soutenir. La femme hoche la tête. Des larmes brillent dans ses yeux. Sa douleur fait écho à la mienne. Ici, au milieu des tombes, on est tous bouffés par la même merde qui nous fracasse le cœur.

Il n'y a rien d'autre. Rien. Elle s'en fout de qui je suis. Elle comprend juste la guerre qui se joue dans ma poitrine. Parce qu'elle mène la même depuis des années.

La perte d'un être cher a cet effet sur les gens. Peu à peu, je m'habitue à la présence de la croix dans mon champ de vision, même si je n'ose toujours pas la regarder en face. Mon cœur ne semble plus avoir envie de prendre la fuite. Mon estomac ne joue plus des claquettes.

Non, je me sens… vide. Je préférais encore la douleur, putain.

Maryse doit le ressentir, puisqu'elle se détache de mon bras, un sourire tremblant peint sur ses lèvres.

– Peut-être que c'est le bon moment pour les laisser s'en aller, mon garçon. Vous torturer de la sorte… ça va finir par vous tuer.

Sa remarque me fait l'effet d'un coup en plein dans les tripes. Curieusement gracieuse malgré ses dires, Maryse disparaît entre les tombes.

Après son départ, il me faut une bonne heure avant que ma langue se délie et que je parvienne à articuler quelques mots.

– Désolé d'avoir mis autant de temps à venir te voir, mon pote.

Dès que les mots quittent ma bouche, je me mets à rire. Un rire jaune, qui m'arrache la gorge.

– Enfin, qu'est-ce que tu en as à foutre. T'es mort. Ce n'est pas comme si ça changeait grand-chose pour toi, non ?

Mes yeux me brûlent.

– Dix-huit mois ou dix-huit ans, tu t'en moques.

Je lève les yeux au ciel. C'est plus facile que d'affronter cette croix et ce nom. Plus facile de supporter le temps que j'ai laissé s'écouler avant de retrouver une partie de mon chez-moi.

– J'sais pas trop pourquoi je suis venu.

Je hausse les épaules. Maintenant que j'y suis, je sais plus quoi dire. C'est le flou complet. Du coup, je déballe tout ce qui me passe par la tête.

– J'ai rencontré une fille. Sawyer. La fée. Merde, elle me rappelle ta Katy. Elle a une fille, Willow. Elle est adorable. Enfin, elles le sont. Tu les adorerais, j'en suis sûr.

Le souvenir du visage souriant de Sawyer m'aide à continuer.

– J'aurais aimé que tu puisses la rencontrer, tu sais ? Putain, j'aurais adoré pouvoir la présenter à toute l'équipe, juste pour voir combien de temps auraient mis les deux princesses avant de parier sur ma vie amoureuse. Tu crois qu'ils m'auraient collé combien de morveux ? Douze ? Seize ?

Qu'est-ce que j'attends, putain? Qu'il me réponde? Un signe du destin pour savoir que je ne suis pas en train de saboter le futur de Sawyer et de sa progéniture?

– Bordel, j'suis en train de raconter mes déboires sentimentaux à une stèle. Ce n'est pas comme si t'allais me répondre, sale enfoiré…

La nana de la tombe d'à côté m'expédie un regard noir, son môme entre les bras. Le gamin babille, la bouche rouge de sucre. À ses pieds, une couette est étendue sur l'herbe. Au milieu de la mort et des regrets, elle a improvisé un pique-nique en famille.

La scène ravive ma nausée.

Je dois déployer toutes mes forces pour crachoter un « désolé » qu'elle accueille avec détachement. Puis elle reprend sa discussion avec la plaque de granit face à elle. Je l'écoute raconter sa journée, la voix tremblante. J'écoute son cœur cracher sa douleur que seul le silence accueille. Le gosse continue de babiller, pendant que sa mère pleure un truc qu'il ne connaîtra jamais.

Il a quoi? 3 ans, peut-être 4? Un gamin. Un bambin. Et j'pensais être l'enfoiré le plus malchanceux de cette putain de planète. Ma colère recommence à faire des siennes. Je la sens déchiqueter mes organes, comme un chien.

La pierre tombale de Simon zappe toute mon énergie. Elle aspire ma force physique, mentale, me fait tourner la tête. J'ai l'impression d'étouffer. À bout de forces, je me laisse tomber dans l'herbe, à genoux, sur le corps de mon meilleur ami.

Je peux presque l'imaginer. Ça manque de me faire gerber mes tripes. Tu parles d'une putain de mauviette. Je passe la main sur mon front. Je crève de chaud, pourtant j'me sens glacé de l'intérieur.

– J'ai peur de tout faire foirer.

Simon a toujours été un romantique dans l'âme. Sous sa carapace de gros macho, cet enfoiré cachait une véritable réserve d'amour, qu'il réservait à la femme de sa vie, Katy. Plusieurs fois, les mecs et moi, nous l'avons charrié, parce qu'il refusait de lâcher sa photo. Il ne la lâchait jamais.

Cette photo, il la gardait tout le temps sur lui, près de son cœur. Elle y est restée jusqu'au bout. Il est mort avec le visage de sa femme collé contre sa poitrine. Il est mort en se sachant aimé.

Putain… Un fourmillement ravive la douleur dans mon cœur.

Peut-être que j'aurais dû l'écouter parler de cette merde qu'est l'amour un peu plus souvent. Peut-être que grâce à ça, je ne serais pas si paumé, au point d'être prêt à tout pour comprendre les rouages de l'amour, quitte à demander des conseils à un mort.

– Je l'aime, tu sais? Merde, rien que l'avouer à voix haute… ça me fout les boules. Qu'est-ce que j'y connais à l'amour, moi, putain?

Je pousse un soupir. Je me sens con. Mes larmes ont un goût amer. La femme d'à côté m'offre un sourire compatissant, sa colère envolée. Le môme s'est endormi dans ses bras, contre la tombe de son père. J'enfonce les mains dans mes poches.

J'ai du mal à réussir à foutre des mots sur tout ce qui me passe par la tête. J'ai du mal à penser tout court. J'ai le cerveau court-circuité. La respiration bloquée dans la gorge, je crachote la seule certitude qui me reste :

– J'aurais dû crever… J'aurais dû finir dans ce trou à ta place.

35

Sawyer

– Je suis en train de couler.

Ça y est, la bombe est lâchée. Il n'y a plus de retour en arrière possible. C'est terminé. Les mâchoires serrées à m'en faire péter les molaires, je me tends quand les têtes de mes amis se tournent vers moi, incrédule. La main de Willow glissée dans la mienne me file le courage de continuer, mais sans oser les regarder en face.

– Les comptes de Wolf Rain sont à sec et le mien ne va pas tarder à suivre le même chemin, j'enchaîne avant que je me dégonfle et prenne mes jambes à mon cou.

Lana recule d'un pas, abandonnant le dossier de ma chaise avant de froncer les sourcils. À ses côtés, l'air soudain sombre, Brock croise les bras sur la poitrine. Il ne pipe mot. Dash, lui, garde la bouche grande ouverte, comme stupéfait par ma révélation.

Devant leurs regards perdus, dans cette chambre d'hôpital stérile aux murs oppressants, je sens mon cœur se vautrer. Ma petite fille dort là, à un pas de moi, après avoir subi une opération bénigne mais qui a failli me foutre à terre, et je sens que cette fois, je n'ai plus la force de relever la tête.

Il est temps de faire face à la réalité, de laisser tomber le masque que je tiens depuis si longtemps pour le bien de tous.

Les mots se bousculent dans ma bouche, saccadés, mâchés, presque incompréhensibles.

– Les frais d'hôpitaux sont le dernier coup de grâce qu'il lui fallait pour couler. J'ai…

Je me racle la gorge, la poitrine bouffée par de gros sanglots.

– J'ai essayé d'obtenir un prêt. Plusieurs fois. J'ai même essayé de vendre la maison, mais ça ne marche pas… J'ai tout essayé pour nous épargner la banqueroute mais cette fois, je crois que c'est vraiment la fin de Wolf Rain.

C'est la fin de mon rêve. Le dernier coup dur du destin. J'ai beau m'y être préparée, le dire à voix haute m'écorche le cœur. Mon courage s'effritant en même temps que la digue qui retient mes larmes, je continue:

– Je suis tellement désolée, j'ai… J'ai…

Je m'interromps, le cœur au bord des lèvres.

– Je n'ai jamais voulu vous entraîner là-dedans…

Par ma faute, mes associés ont perdu des fortunes, en même temps que des années de leur vie. Juste parce que j'ai eu le malheur de me lancer, sans penser au lendemain.

Je les ai foutus dans la merde. Et ça me brise le cœur. J'ai l'impression de tomber en morceaux. De m'effondrer toujours plus profond.

Sans possibilité de remonter.

Alors que je m'apprête à me confondre en excuses, le tout en reniflant, les bras de Lana se referment autour de moi.

Mon amie me soutient pendant que je m'effondre sur elle, pleurant à chaudes larmes à la fois pour eux, pour Wolf Rain, pour mon bébé allongé aussi blanc que les draps, et pour Deacon.

Elle n'ouvre pas la bouche ; elle se contente de me tenir contre elle, avec tant de douceur que je manque de pleurer un peu plus.

Je ne mérite rien de tout ça.

Je ne mérite ni son soutien, ni sa présence, ni sa douceur.

– On va t'aider, dit simplement Brock en me caressant la joue avec tendresse.

Cette simple affirmation n'accorde aucune place à la contradiction ; il ne s'attend clairement pas à ce que quiconque bronche. Pourtant, quand j'ouvre la bouche, ce n'est pas lui qui me coupe mais Dash.

– Tu aurais dû nous le dire plus tôt, on aurait pu mieux rebondir, mais rien n'est perdu, évidemment !

Face à mon air ébahi et mon regard qui cherche nerveusement le sien, Lana explose de rire, si secouée par ses éclats que de délicates larmes perlent aux coins de ses yeux.

– Qu'est-ce que tu crois, chérie ? s'exclame-t-elle. On a des fonds de côté nous aussi, et Brock peut-être même plus que nous, vu sa passion pour la bourse ! Il est hors de question qu'on laisse Wolf Rain sombrer !

Le souffle me manque, mais cette fois-ci ce ne sont pas les sanglots de mon échec qui me brisent la poitrine. J'ai envie de me lever, de leur sauter dans les bras, de les remercier pour leur simple présence.

Cette famille qui a grandi au fil des années, au rythme de ceux qui rejoignaient le refuge, est là pour moi, bien plus que celle de sang ne l'a jamais été.

Depuis une éternité déjà j'ai perdu l'habitude de me reposer sur les autres ; quand mon bébé est né, j'ai préféré prendre le taureau par les cornes plutôt que de subir une vie aux dépens d'un autre. D'autant plus que Brandon ne m'aurait jamais été d'aucune aide.

Cette facette de ma personnalité a fini par être si ancrée que je suis presque certaine que cela s'est inscrit dans mes gènes. Je n'ai jamais réalisé que j'avais porté cette tendance si loin que je m'étais enfoncée jusqu'à ne plus pouvoir sortir la tête hors de l'eau.

– Merci !

Les sanglots brouillent ma voix, et alors que je devrais me jeter à genoux pour les remercier, je ne peux que m'effondrer en sachant que je serai retenue, que personne ne me laissera dans mon coin sans un seul regard.

Quand enfin mes larmes se tarissent, j'avale difficilement ma salive. Je dois avoir l'air d'un déchet ; mes yeux sont gonflés et douloureux, et mon nez coule à flots. Pourtant je souris de toutes mes dents quand leurs voix se mêlent pour me réconforter.

Le silence finit par retomber, nous nimbant d'une douce quiétude. Mon regard glisse jusqu'à ma fille, profondément endormie. Tous mes instincts me hurlent de la sortir d'ici, de la ramener à la maison, et je ne peux supporter l'idée qu'elle endure plus de douleur encore.

– Je vais appeler Brandon, je murmure. J'ai besoin d'aide. J'ai besoin qu'il m'aide.

Je sais déjà que mon traître d'ex-mari va se délecter de ma faiblesse. Je le sais. Mais je n'ai pas le moindre autre choix. Brock prend une inspiration si profonde que j'ai presque l'impression de sentir l'air se raréfier autour de moi.

Ouais, moi non plus je n'aurais jamais pensé prononcer ces mots un jour. Pourtant, au pied du mur, je dois me rendre à l'évidence ; j'ai beau tenter de toutes mes forces d'être la mère qu'il faut, je titube et j'échouerai sans soutien.

– Chérie, non…

Je secoue la tête avant que Lana puisse finir. Ma décision est prise, et personne ne me fera changer d'avis.

– Que vous m'aidiez avec Wolf Rain passe encore, mais pour Willow… Je dois assumer toute seule, vous comprenez? Brandon est le seul à pouvoir m'aider.

Derrière mon amie, Brock attrape sa veste et l'enfile avant de venir me plaquer un baiser sur le front.

– Tu es épuisée, repose-toi, je gère. Je vais démêler tout ce bordel.

À l'angle de sa bouche, je sais qu'il est contrarié. Vraiment super contrarié. J'ai hâte d'avouer que ça me plaît. Lui, plus que tous ici, hait Brandon de toute son âme. Si je ne l'avais pas retenu il y a plusieurs années, mon ex-mari aurait sûrement perdu quelques dents.

Les lèvres pincées, je me retiens de sourire. J'avais été à deux doigts de le laisser y aller et même de finir le travail à coups de pelle.

36

Deacon

Franchement, qu'ils aillent tous se faire foutre. L'amour, le karma, cette psy à la con et Sawyer avec tant qu'on y est, toutes ces merdes. Qu'ils aillent tous au diable. Ma vie de merde schlingue autant que mes draps. Elle est où la bouteille ? Putain, elle est trop loin. Genre, vraiment trop loin. Au moins un bon mètre.

Je n'arrive même pas à tendre le bras pour l'attraper. Rien à foutre, dans le fond. Je vais rester là et attendre que la mort vienne me choper à la gorge. On doit parler, cette pute et moi. Une très longue discussion qui va se finir avec une balle dans le crâne.

Dans le mien, de préférence. Cinq jours et je n'ai toujours pas eu le courage de presser la détente.

Je crochète le canon de mon arme, un neuf millimètres qui repose sur mon matelas depuis le début, l'attire vers moi. La seconde suivante, il est braqué sur une silhouette immense qui squatte sur le pas de ma porte. Une silhouette très en rogne qui m'incendie du regard.

– Deacon.

Le son explose mes tympans. Je ne suis pas sûr de vouloir buter Brock à cause de sa grande gueule ou parce qu'il vient d'entrer dans ma piaule sans prévenir.

– Connard, j'ai été entraîné pour tirer sur ceux qui me surprennent, grondé-je.

– Ah ouais? Regarde-toi, tu tiens ton flingue comme un bleu. Il t'arrive quoi, connard? C'est quoi ce comportement, merde?

Ça tangue. Putain, je crois que j'ai le mal de mer. Depuis quand j'ai le mal de mer? Je manque de tomber de mon pieu. Dommage qu'une balle ne traverse pas mon crâne au passage.

– Regarde-toi, mec! Tu pues l'alcool! T'es une loque!

– Barre-toi.

– C'est quoi, ton putain de problème?

C'est elle. Ce qu'elle me fait ressentir, les émotions plus déchirantes que la douleur que je trimbale depuis des lustres. La certitude d'avoir merdé dans les grandes largeurs.

– Toi.

– Debout. Sawyer ne mérite pas une larve comme toi, ma par…

Ouais, ben sa parole, il peut se la mettre au cul. Il n'a même pas fini sa phrase qu'il se retrouve collé contre le mur avec mon flingue sur la tempe. Tout à coup, ça ne tangue plus. Envolé l'alcool qui pollue mes neurones, je suis de nouveau au top de ma forme.

Hormis ma main qui tremble et mes yeux injectés de sang. Brock ne bronche pas. Cet enfoiré reste impassible, mon arme sur la gueule.

– Tu dis quoi, Brock? Vas-y, je n'ai pas bien entendu.

– Range ce flingue, enfoiré, et va prendre une douche, tu pues, putain!

Il marque un point. Je pue.

– Tu veux que la fée te pardonne? Va falloir te bouger, mon gars.

– Au cas où tu ne le saurais pas, elle peut plus voir ma gueule en peinture.

– Je suis au courant de ça, bouffon. Mais elle a besoin de toi. Alors bouge-toi le cul, connard.

– Quoi, elle a besoin d'un enculé pour récurer ses chiottes?

Putain, ce qui me bouffe le plus là-dedans, c'est que j'irais. En courant. En rampant, même, juste pour la revoir. Je suis devenu un putain de chien qui frétille de la queue.

– Non, elle a besoin de quelqu'un pour la soutenir. Elle ne va pas bien, Deek, merde… C'est pire que ça, elle est au bout.

Et moi, alors? J'ai l'air de péter la forme? Non. J'me roule dans ma merde depuis trois jours, le cerveau bouffé par les effluves d'alcool qui stagnent sur mes draps. Mais mon cœur, cet enculé, s'en fout d'moi. Tout ce qui compte, c'est Sawyer.

C'est ma putain de fée.

– Elle va perdre Wolf Rain.

Elle va perdre son putain de rêve.

– Pourquoi?

Je range mon flingue, plus si sûr d'avoir envie de me le coller entre les dents. Pas alors que la fée a besoin de moi.

– Entre Brandon et sa tripotée de vautours, et les frais d'hôpitaux de la petite, elle est à sec.

Merde, merde et re-merde.

Quelque chose me dit que ça ne date pas d'hier. Je me laisse tomber sur le matelas, les bras croisés derrière la tête. J'empeste l'alcool. Et la sueur.

J'ai l'impression d'être revenu quinze mois en arrière.

– Et en quoi ça me regarde?

– Fais pas le con, putain, j'sais que tu tiens à elle.

Je fais mine de hausser les épaules. Comme si l'admettre ne me foutait pas à terre. Jouer les durs, c'est tout ce qui me reste.

– Elle aussi tient à toi…

– Elle est plutôt claire sur ce point, j'suis un putain de boulet.

– Tu as baisé avec cette nana?

Merde! Je me redresse, crochète la bouteille de whisky bon marché. Brock me l'arrache des mains avant que je puisse tuer ma migraine avec une autre dose de boisson au goût de pisse de lémurien.

– Hey, enfoiré, je te cause.

– Non, j'l'ai pas sautée, cette nana, on a discuté et je suis rentré, seul.

– T'es sûr?

Je sais encore où je trempe ma bite, putain! La seule et unique nana avec qui je me suis envoyé en l'air, c'est Sawyer. Cette nana a pris possession de ma queue à la seconde où elle est apparue. Depuis, cette connasse refuse de se foutre au garde-à-vous. Ce n'est pas faute d'avoir essayé, pourtant.

– Tu l'aimes?

– Qui, la fée?

Je ferme ma gueule, tente de choper ma bouteille. Brock s'impatiente, éloigne le seul truc capable de museler ma douleur. Alors, je craque. J'avoue entre mes dents:

– Ouais, mec. Je suis fou d'elle, mais ça change quoi? Elle me hait.

– Bouge-toi le cul, on va la voir.

Ma tête amorce un mouvement négatif.

– Je ne peux pas, j'avoue.

– Pourquoi?

– Je ne peux pas, c'est tout.

Je ne suis pas sûr de supporter qu'elle me foute à la porte. Pas maintenant. Pas tout de suite. Pas alors que j'ai l'impression que chaque cellule de mon corps scande son nom. Ça me détruirait un peu plus.

– Quoi? Tu vas l'abandonner, maintenant? Bordel, Deek… Je ne pensais pas…

– J'ai besoin d'être certain qu'elle a envie de me voir, avant de me pointer là-bas.

J'ai besoin d'être sûr. J'ai besoin d'un tas de choses, en fait. Besoin qu'elle les rencontre. Besoin d'elle. Besoin qu'elle me laisse m'expliquer. J'attrape le premier truc qui me passe sous la main, le cerveau sous tension.

J'ai besoin de lui laisser le choix.

Un stylo. Je sais exactement comment l'aider. Comment lui laisser le choix de me pardonner. Brock fronce les sourcils.

– Qu'est-ce que tu fous?

– Si j'écris une lettre, tu peux faire en sorte qu'elle la lise?

L'ancien militaire me dévisage. Une putain de lettre d'amour, je m'apprête à lui écrire une putain de lettre d'amour. Typiquement un truc de gonzesse, mais pas question de me pointer à l'hôpital la bouche en cœur sans savoir si elle en a autant envie que moi.

Après une éternité, Brock hoche la tête.

– Ouais. Mais va falloir te bouger le cul, mon pote. Elle ne va pas tarder à aller voir Brandon, lui demander de l'aide pour les frais de la petite.

Le nom de cet enfoiré me hérisse de l'intérieur. Ce rapace va se servir de son mal-être pour abuser de son pouvoir. Je le sais. Je le sens. L'idée qui germe dans mon esprit menace de m'envoyer à genoux.

Mais je n'ai pas le choix. Si je veux l'aider, je dois ravaler ma fierté.

– J'ai un truc à faire, avant… Tu crois pouvoir m'amener jusqu'à St. John inc.?

Je chope un tee-shirt qui embaume l'alcool, m'apprête à l'enfiler pour foutre toute cette histoire derrière moi le plus vite possible, quand Brock rouvre la bouche.

– Oh, non, mon pote. Pas question que tu montes avec moi alors que tu pues autant qu'un rat mort. Va te laver, j'attends là.

37

Sawyer

Remettre les pieds à Wolf Rain deux jours après est un crève-cœur. Parce que pour la première fois depuis des mois, j'ai vraiment l'impression que je suis en train de le perdre pour de bon.

À présent que mes collaborateurs sont au courant, tout est plus réel.

Je vais tout perdre.

Mes chiens, mes locaux.

Je vais tout perdre.

J'avance entre les cages comme si c'était la dernière fois. Peut-être que ça l'est, après tout. Ça me crève le cœur. Mais je sais que même si je perds tout ce soir, mes amis seront toujours là.

Lana, Dash, et même Brock.

Puis j'aurai toujours Willow.

Ma petite Willow.

Et Deacon.

Lui, mon cœur n'est pas encore prêt à le lâcher. Je voulais y remettre les pieds une dernière fois, avant d'aller vendre mon âme à Brandon.

Je frôle des truffes humides, caresse des corps autrefois émaciés, passe devant la grotte de Mongrel, les sanglots coincés dans la gorge.

Mongrel. Mon pauvre Mongrel. Lui non plus ne va pas survivre. Je l'ai aussi laissé tomber. C'est ça, le plus dur.

J'ai entraîné dans ma chute mes amis, ma famille et mes protégés. Par ma faute, ils vont se retrouver sans emploi et à sec. Brock apparaît devant moi, pile quand j'ai l'impression que je suis seule au monde.

– Il y a une lettre pour toi sur le bureau.

– Une lettre ?

L'ancien militaire hausse les épaules.

– Ça a l'air urgent.

Les sourcils froncés, je m'empresse de rebrousser chemin.

J'ouvre le bureau ; je m'imprègne de l'odeur familière, la laisse panser mes plaies et faire taire ma douleur. L'envie de pleurer se fait plus forte. Je retiens bravement mes larmes. J'avance jusqu'au bureau, m'enfonce au fond de mon siège, guette les dossiers des chiens que nous n'aurions pas réussi à sauver.

Il y en a des tas.

Pour m'empêcher de pleurer, je me mets à ranger, à virer tout ce qui me rappelle les gens devant qui j'ai failli, les chiens que je vais abandonner à leur sort. Je range, en tentant de ne pas m'effondrer, quand un bout de papier agrippe mon regard.

Mes sourcils se froncent.

Les larmes me montent aux yeux, quand je comprends de ce qu'il s'agit.

Un chèque, un chèque au montant qui frôle un plafond que je n'aurais jamais atteint en cent ans. Mais ce n'est pas tellement le nombre de zéros qui me file l'envie de pleurer. Non, c'est le nom écrit juste en dessous.

Deacon St. John.

Il y a mon nom, aussi. Et celui de Wolf Rain. Je tiens entre mes mains un chèque qui à lui seul pourrait sauver tout mon monde. J'oscille entre la joie et la douleur.

La colère et le bonheur. Il ne peut pas m'acheter avec un chèque. Il ne peut pas se racheter avec un foutu chèque !

Une larme unique parvient à échapper à mon contrôle. Elle s'écrase sur le bureau, s'imprègne dans une autre feuille avec mon prénom gribouillé dessus.

Je m'empare de la lettre comme s'il s'agissait d'une grenade dégoupillée. Je ne suis pas sûre de pouvoir la lire. Pourtant, quelque chose me pousse à déchirer l'enveloppe.

Le cœur prêt à imploser, je me lance dans la lecture :

La fée. Ma Sawyer.

Merde, comment on commence une lettre, déjà ? Je n'en sais rien. Une putain de lettre d'amour. Je me ramollis, je crois. Tu me fais me ramollir, chérie. La seule chose dont je suis sûr, c'est que Simon doit bien rire, là-haut. Moi, l'enculé terrifié par l'amour et toutes ces merdes, qui écris une putain de lettre d'amour à une fille. Ouais, il serait mort de rire. Le reste de l'équipe aussi, sans doute.

Mais je n'en ai rien à foutre. J'ai besoin de t'écrire, et si Brock tient sa promesse, peut-être que tu pourras la lire, cette lettre.

Le problème, c'est que je suis aussi bon avec les mots que dans une relation. Oublie les formules magiques et les phrases de lover, ma belle, parce que je ne sais pas faire. En fait, j'crois que je n'ai jamais tenu assez à quelqu'un pour avoir envie de les apprendre. Du coup, je vais me contenter d'écrire ce que je ressens, d'accord ? Ce que je ressens pour toi et la petite.

Dans les films, les héros, ces enfoirés, disent qu'ils pourraient mourir par amour, comme si c'était un putain de sacrifice à la hauteur. Mais tout ça, c'est des conneries.

C'est facile de crever, Sawyer. Si facile. Une balle, et c'est terminé. Une balle et tu n'existes plus.

Terminé.

Vivre, ça, par contre… c'est tellement plus dur. J'ai

espéré mourir. Chaque putain de seconde pendant quinze mois. Quinze mois à me coller le canon de mon arme de service entre les dents, en espérant qu'on me file la force d'appuyer sur la gâchette. J'ai été lâche. Je le sais.

Puis tu t'es pointée, toi, ta bouche en forme de cœur, tes conneries et ta compassion. Et tu sais quoi, Sawyer?

Toi, la fée.

Tu en vaux la peine.

Tu vaux la peine de vivre. De rire. De supporter chaque coup dur que me réserve le destin. Chaque crasse que le monde me réserve.

Parce que même si j'ai vécu l'enfer, que j'ai frôlé la mort, dansé avec mes démons et souhaité en finir, même si j'ai ressenti chaque putain de sentiment au centuple, la douleur, la rage, la culpabilité, rien de tout cela n'est comparable à ce que j'éprouve quand je suis avec toi.

Toi, tu es mon paradis. Ma rédemption. Ma fée. Un sourire et je suis à genoux. Tu balayes chaque connerie néfaste qui me bousille le crâne.

Chaque brin d'argent sur ta tête, chaque tache de rousseur sur ta peau, chaque regard sardonique qui s'est transformé en sourire, chaque putain d'éclat de rire me file l'envie de vivre, me file l'envie de plus.

Mais ça, tu ne le sais pas, bébé.

Parce que j'ai merdé. Encore. J'suis bien le meilleur

là-dedans. Mais tu sais quoi, la fée?

J'ai été trop lâche pour te l'avouer avant. Je t'aime. Chaque putain de parcelle de mon corps t'appartient.

Merde, ça m'écorche le cœur de l'écrire. Parce que j'aurais aimé te le dire en face. Te le répéter encore et encore. Je t'aime, Sawyer, parce que tu m'as réappris à vivre, à respirer sans avoir l'impression de me noyer, tu m'as réappris à aimer la vie, toi, et moi-même.

Tu as réussi un exploit. J'ai plus envie de crever. J'ai envie de vivre chaque putain de jour du reste de ma vie à tes côtés. À vos côtés. Mais je te laisse le choix. Tu peux encaisser ce chèque et te casser.

Ou merde… tu peux pardonner à l'enfoiré que je suis et me rejoindre. J'ai besoin que tu les rencontres. J'ai besoin de te présenter. Je veux vous présenter. Toi et la petite. Parce que vous êtes tout.

J'ai besoin de te le dire en face, d'assumer et de t'embrasser.

Tu as le choix, bébé. Reste à savoir si tu vas réussir à me pardonner.

Je t'aime, Sawyer. J'ai envie de te le dire en face. J'ai besoin de te le dire en face.

Pour le meilleur ou pour le pire.

Cette fois, les vannes sautent dans un bruit fracassant. Je m'écroule à genoux, les larmes aux yeux. Mes doigts froissent l'appel au secours de Deacon, serrent sa confession.

Y aller. Ne pas y aller. Trouver le courage de lui parler, sans chialer.

Je ne suis pas sûre d'y parvenir. C'est trop pour moi. Tout s'enchaîne trop vite. Willow, Brandon, Deacon, Wolf Rain.

Tout va trop vite.

Je suis à fleur de peau, à vif, si bouleversée que j'ai l'impression de marcher à l'aveuglette depuis deux jours. Il n'y a plus de lumière ni de chemin. J'avance sans savoir si je me dirige ou non droit dans le vide.

Je suis seule dans le noir, perdue dans une obscurité toujours plus profonde. Trop profonde. Un de ces jours, je vais m'effondrer, sans pouvoir me relever. Dégringoler, en sang et en pleurs.

Sans réussir à garder la tête hors de l'eau.

Y aller. Ne pas y aller. Trouver le courage de lui parler, sans chialer.

Je ne suis pas sûre d'y arriver, parce que c'est lui. C'est Deacon et que cet idiot me donne envie de plus. Il réveille mes instincts, jette aux orties les promesses que je me suis faites. Je ne suis pas certaine de réussir à lui résister. Parce que l'ancien militaire me donne l'impression de pouvoir affronter les ombres sans ployer, il me file sa force, partage ses démons, ses démons que j'ai appris à aimer.

Il me rend forte. Il me rend belle.

Alors lui résister est encore plus dur que bouffer du verre pilé ou renoncer à ses rêves.

Il a ce pouvoir, Deacon. Je n'ai qu'à prononcer son prénom pour qu'il chasse l'obscurité qui ronge mon cœur. Pour qu'il me refile espoir. Jusqu'ici, j'ai puisé dans sa force pour tenir debout.

J'ai pris appui sur lui quand Brandon s'est pointé la bouche en cœur pour me prendre ma fille, quand le refuge a failli couler à pic, j'ai pris appui sur lui quand j'ai arrêté de croire que Mongrel pouvait être sauvé.

Pourtant, la seule fois où j'avais vraiment besoin de lui, il n'était pas là. Sa trahison continue de me hanter.

Du rouge à lèvres bordeaux qui macule son col.

Sa lâcheté. La nana qu'il a dû baiser. Je dois prendre une décision. Je dois trouver la force d'assumer.

– Sawyer?

Je me tourne vers Brock, les larmes aux yeux. Les mots ne parviennent plus jusqu'à ma bouche. Ils sont bloqués par la boule qui est coincée dans ma gorge.

– Tout va bien?

Je secoue la tête. Non. Rien ne va. J'ai le cerveau en vrac.

– Je sais que ça ne me regarde pas, ma belle… mais tu devrais lui parler. Écouter ce qu'il a à dire avant de prendre ta décision.

Alors c'est ça pour lui, « régler ce merdier »? Pousser

Deacon à me soudoyer à coups de chèque au montant frisant le ridicule ?

La colère me brûle la gorge. Je dépasse Brock, et un instant plus tard, la porte du bureau claque dans mon dos, le doute continuant de faire vaciller mon cœur.

Y aller. Ne pas y aller. Trouver le courage de lui parler, sans chialer.

Je n'en sais rien. Je n'en sais rien et ça, ça me file vraiment l'envie de pleurer.

38

Deacon

– J'ai merdé, les gars. Putain, je me sens tellement con !

Encore une fois, j'ai tout gâché. Faut croire que je suis un pro dans le domaine. Pourtant, la vie m'avait filé de bonnes cartes, ces derniers temps. Le refuge, les clebs, Sawyer, la gamine.

Sawyer ! Sans doute le joker du jeu, et ça m'a foutu à genoux.

Qui aurait pu croire que je pouvais tomber amoureux, hein ? Ressentir autre chose que du vide, du désespoir mêlé à de l'indifférence. J'ai accepté que Sawyer foute le camp. Ça me bouffe, j'en ai des vertiges rien que d'imaginer ma chienne de vie sans elle, mais je l'ai accepté. Elle mérite mieux qu'un mec écorché qui finira par lui briser le cœur pour de bon.

– Vous l'auriez aimée, les mecs. C'est le genre de meuf qui vous donne un bon coup de pied dans les burnes et qui joue les infirmières après. Une tornade. Un putain de cyclone. Je n'ai jamais autant aimé mener un combat que le sien. Le nôtre.

Je pousse un soupir en me laissant tomber devant les pierres tombales alignées. J'ai envie d'enfourcher ma bécane et de me tirer loin de cette ville, mais je n'ai plus aucune force dans les jambes. Ça fait un bail que je ne me suis pas senti aussi paumé. Grâce à Sawyer. Et j'ai merdé.

Elle est plus là, putain.

– Un cyclone ? Je me voyais plutôt comme une brise d'été qui sent les fleurs, tu vois ?

Je saute sur mes pieds, parcouru par une énergie électrique si puissante qu'elle menace d'arrêter mon foutu palpitant. Sawyer avance, la lettre, *ma* lettre entre les mains et un petit sourire embarrassé sur la tronche. Devant moi et mon silence, elle continue :

– J'ai lu ta lettre.

Les mots me manquent. Je suis plutôt doué avec un flingue, mais alors pour parler sans avoir l'air d'un abruti, merci !

– Tu… euh, OK.

– OK ?

Elle n'a plus l'air en colère, mais plutôt surprise.

– Non, pas OK. Enfin, je veux dire… Putain, Sawyer. Je suis…

Perdu, gêné, complètement accro à toi, sur le point de crever.

– Désolé, finis-je par lâcher.

J'ai la gorge serrée et le cœur en berne. Le beau discours que j'ai préparé s'est fait la malle à la seconde où elle s'est pointée.

– Merde, bébé…

L'avoir là, sous les yeux, c'est à la fois rassurant et douloureux. Parce que je sais que les cernes sous ses yeux sombres, les larmes qui perlent sur ses joues ou encore sa mine fatiguée sont de ma faute.

J'ai devant moi les retombées de mes conneries. Et ça me fait un mal de chien.

J'ai merdé. Je l'ai blessée. J'ai merdé. Je l'ai blessée. J'ai merdé. Je l'ai blessée. Du coup, je lâche les premiers trucs qui me viennent en tête.

– Je n'ai pas baisé avec elle.

Elle se tend. Encore une bavure. Et merde.

– Je sais. Brock me l'a dit.

Ce type vient de gagner sa putain de place au paradis.

– Je suis désolé.

– Tu l'as déjà dit.

Elle ne m'épargne rien, en colère et blessée, magnifique et brisée. Elle a raison, je mérite toute la douleur du monde.

Parce que j'ai blessé la femme que j'aime.

Les femmes que j'aime.

– Putain… Je t'aime.

– Ça aussi, tu l'as déjà dit.

– Ouais, mais j'ai besoin de te le dire à voix haute. J'ai besoin de te le prouver.

Pendant autant de temps qu'elle voudra bien de moi. Ça fait bizarre de le dire. Mais ça me semble réel. Bien. Ça vire même une partie de la pression que je porte sur mes épaules depuis ces derniers jours.

J'ai merdé. Je l'ai blessée. Mes mots n'y changeront rien, mais je peux essayer. Y foutre tout mon cœur, pour lui prouver que je suis vraiment désolé.

– Où as-tu trouvé cet argent, Deek ? Rassure-moi, tu n'as pas fait de conneries ? Du genre braquer une banque ou voler une grand-mère, hein ?

– Mes parents.

Ces enfoirés ont bien dû se marrer quand je suis venu en rampant les supplier. Est-ce que je regrette ? Non. Sawyer avait besoin d'aide, besoin de moi, alors j'ai ravalé ma putain de fierté et je me suis pointé là-bas, la bouche en cœur.

J'ai promis des trucs qui me foutent la nausée, mais je l'ai eu, mon Graal. Un joli chèque qui va permettre à la fée de se remettre sur pied. Reste à savoir si je vais être là pour l'aider.

– Tu m'as dit un jour que quoi qu'il arriverait, tu refuserais de leur demander de l'aide.

C'est vrai.

Parce que d'une façon ou d'une autre, je les hais, mes parents. Je hais leur manipulation. Je déteste leur manque d'amour, leur façon de me traiter comme une possession quelconque.

Je les hais de me faire me sentir comme un gosse abandonné dès que j'pense à eux.

– Tu avais besoin de cet argent, alors j'y suis allé. Je n'allais pas laisser ton rêve couler.

– Le chèque ne change rien à ce qui s'est passé entre nous.

– Je sais. Je te l'ai dit. Tu peux l'encaisser et m'envoyer me faire foutre, je n'ai pas fait ça pour que tu me pardonnes. Je l'ai fait parce que je crois en Wolf Rain et j'crois en toi, je sais que tu vas t'en servir pour faire quelque chose de bien.

J'aurais dû le faire bien plus tôt. Mais elle s'est toujours gardée de m'avouer ses problèmes de cash. Elle s'approche, ma lettre à la main, les yeux rivés sur les tombes de mes frères d'armes.

– Présente-les-moi.

Mon cœur menace d'exploser ma cage thoracique. J'crois même que je suis à deux doigts de chialer. Je me détourne pour lui épargner le spectacle.

– Y a Simon, mon meilleur ami. Jay, Bret, Kurt et Hawks. Ils t'auraient adorée, bébé.

– Ah oui ?

Je hoche la tête. Putain, oui. Voir une nana me tenir par les couilles les aurait fait hurler de rire.

– J'aurais aimé les rencontrer pour de vrai.

– J'aurais adoré ça.

– Redis-le-moi.

– Je t'aime, putain. Je t'aime, Sawyer. Plus que tout. Au point que ça me fait un mal de chien. J'aime Willow. Et j'veux être là quand tu vas foutre l'autre connard de Brandon à terre. Je veux être là pour vous. Chaque putain de jour qu'il me reste.

Les larmes dévalent sur son visage. Non. Non. Je refuse qu'elle chiale pour moi. J'approche, aussi doucement que possible.

J'ai l'impression de respirer pour la première fois en une semaine quand elle passe ses bras autour de mon cou, puis l'impression de couler quand elle se presse contre moi. Mes mains mettent une seconde, une seconde de trop, pour se poser sur ses hanches.

Elle est là.

Elle est revenue. Je me sens entier.

– Pour le meilleur et pour le pire, hein? elle chuchote contre ma peau.

Pour le meilleur et pour le pire. Toujours.

ÉPILOGUE

Sawyer
Quatre mois plus tard

– Tu vas enfin me dire ce qu'on fiche ici, Deacon?

Le militaire reste silencieux, sa main glissée dans la mienne.

– Deek?

Rien.

Cet enfoiré n'a pas ouvert la bouche depuis dix minutes alors qu'il me guide sur un sentier de gravillons qui longe le parc où les volontaires promènent nos protégés.

– Mon chéri? Deeky? je minaude.

Toujours rien.

Il est muet comme une carpe. Et ça ne lui ressemble pas, mais alors pas du tout. Il est plutôt du genre à être grande gueule. Du coup, j'angoisse.

Et si… Et s'il avait changé d'avis? Si notre histoire était trop dure, finalement? Je veux dire, ces quatre derniers mois n'ont pas été de tout repos. Pour lui comme pour moi. Mais on s'est battus pour que ça marche. On s'est démenés pour que les choses fonctionnent malgré les difficultés.

Oh, ça oui, on a dû batailler pour y arriver, parce que le destin ne nous a pas subitement oubliés. Mais jusqu'ici, il ne s'est jamais plaint, au contraire, il a toujours été à mes côtés. Toujours.

Même quand, pour le bien-être de ma fille, j'ai décidé de négocier avec Brandon, afin d'éviter de la perdre complètement. Il est resté, malgré son aversion pour mon ex-mari. Pas une seule fois il n'a essayé de se défiler.

Au contraire. À présent que Willow passe un week-end sur deux chez son père, Deacon se démène pour que je ne sois jamais seule. Même si ça m'arrache le cœur de l'admettre, le nouvel arrangement emplit de joie Willow, parce qu'elle aime Brandon.

– Tu sais qu'on va être en retard, hein?

L'ancien militaire hausse les épaules. Bon… ce n'est pas gagné. Je retente:

– Tes parents vont être verts si on débarque avec quinze minutes de retard.

– Si tu savais à quel point je les emmerde…

Je me retiens de ricaner. Très bien.

Il y a quatre mois, quand Deek s'est excusé auprès d'eux, pour moi. Pour Wolf Rain. Pour Willow, en m'aidant à sauver le refuge, il a dû se soumettre à quelques-unes de leurs règles.

Ou plutôt passer un pacte avec le diable, comme il aime appeler ça.

Un dîner par semaine. Un dîner, chaque samedi, à dix-huit heures pile, contre une somme à faire pâlir mon banquier. C'est peu…

Mais pour Deacon, c'est tout. Alors chaque samedi, je l'accompagne, en soutien, espérant que ses parents comprennent à quel point il est génial.

Mais jusqu'à présent…

– Tu ne vas vraiment rien me dire ?

Deek secoue la tête.

D'accord…

Je n'ai jamais été très forte pour la patience.

Jamais.

Les dents serrées, je détaille les environs, espérant que ça réussira à calmer une partie de mon angoisse. Tout autour de nous, les volontaires se promènent. Brock et sa fille, Ava, rigolent, Toska et Stella sur leurs talons.

D'ici, je peux apercevoir le refuge, au loin, et entendre les hurlements joyeux des chiens. À la fois je me sens bien, et à la fois je stresse.

J'imagine tous les scénarii possibles et imaginables. Du pire au meilleur.

– Détends-toi, bébé, je sens ton stress jusqu'ici.

Non ? Vraiment ? Mes ongles enfoncés dans le dos de sa main sont si parlants ? Sans déconner !

– Va te faire voir, Deek, je crache alors qu'Ava attire mon attention, si ressemblante à mon bébé que mon cœur loupe un battement.

J'ai déposé Willow chez son père la veille et j'ai toujours l'impression qu'on m'a arraché le cœur, peu importe le nombre de fois où elle peut me répéter qu'elle m'aime.

– Je m'occuperai de ça dès qu'on rentrera, mais pour l'instant j'ai quelque chose d'important à te montrer.

Ah !

J'espère que c'est une licorne, sinon ça ne vaudra jamais la petite centaine de mètres que je viens de passer à courir pour suivre ses enjambées immenses. Si ce n'est pas un fichu poney cornu…

OK, non, je suis trop petite pour lui coller mon pied au cul, mais l'intention sera là. Au pire je demanderai à Brock de le faire pour moi.

Alors que je m'apprête à le lyncher, Deek me fait taire d'une secousse sèche qui me tire un glapissement. Je le fusille du regard un instant avant de comprendre qu'il m'indique quelque chose du menton.

Pour le côté communication, on repassera !

Mais alors que mes yeux glissent sur la scène qu'il cherche à me montrer, je me fige, la poitrine soudain atrocement serrée. Même ma brusque inspiration réussit à peine à contenir les larmes qui menacent de couler sur mes joues.

Version chutes du Niagara.

Un jouet à la main, Lana rit si fort que je suis presque certaine que tout le parc doit l'entendre alors que Mongrel, une simple muselière noire autour du museau, sautille comme un fou à ses côtés.

Pour la première fois depuis ce qui me semble des siècles, je vois le molosse jouer comme un chien normal.

Les pattes pliées et en dandinant du cul, il attend que mon amie lance la corde pour aller la chercher.

L'instant d'après, c'est Dash qui récupère le projectile et, sans qu'aucune agressivité ou peur transparaisse, le bénévole se retrouve à lutter corps et âme contre Mongrel.

Sans surprise, le chien l'emporte sur l'homme et c'est à toute vitesse qu'il s'éloigne, la queue battant l'air. Après quelques mètres, il se fige brusquement, regarde dans son dos si quelqu'un le suit et s'élance de plus belle alors que Lana et Dash tentent de le coincer.

Dès qu'ils reculent ou font mine d'abandonner, Mongrel vient les rechercher en sautillant.

Cette scène si simple, reproduite des milliers de fois, ne serait-ce qu'à cet instant, dans ce foutu parc, menace de m'arracher des sanglots douloureux. Le souffle coupé, je me plie en deux, les jambes tremblantes.

Il est là. Il est vivant. Il est heureux. Je suis à la fois emplie d'amour, de fierté et de douleur.

J'ai failli l'abandonner. J'ai failli le laisser tomber, après tout ce qu'il a vécu… Et pourtant ! Il joue, bon sang ! Il joue, il est heureux !

– Comment… Qu'est… Comment tu as fait ? je bafouille.

Deacon me caresse doucement le dos de sa grande main chaude, et j'entends le sourire dans sa voix quand il me répond :

– Tu te souviens de ce spécialiste dont on avait parlé ?

Je hoche la tête. Je m'en souviens, mais je n'ai jamais eu l'occasion de l'appeler. Après Willow, Brandon et les soucis financiers de Wolf Rain, je crois que j'ai baissé les bras.

Ce qui ne fait qu'accroître ma culpabilité.

– Je savais qu'il était important pour toi…

Il l'était. Il l'est encore.

Les yeux rivés sur mes baskets, j'abandonne l'idée de retenir mes larmes. Douleur, joie, horreur, plaisir, tout y est mêlé pour le meilleur.

Pendant des mois, je me suis tordu les boyaux pour essayer de l'aider, pour lui offrir une belle vie après l'horreur qu'il avait vécue.

– Ça a été dur, je vais pas te mentir… mais j'crois que je lui devais bien ça…

Mes dernières réserves cèdent. Je pleure comme un veau, les yeux rivés sur Mongrel.

– Tu nous as sauvés.

C'est faux. C'est eux qui m'ont sauvée. Ils m'ont redonné espoir. Ils m'ont permis de poursuivre mes rêves.

– Tu m'as sauvée en premier.

Ma voix se brise et je dois humidifier mes lèvres avant de reprendre :

– Je crois qu'il est prêt à avoir une nouvelle famille maintenant.

– Ouais, alors à ce sujet, commence Deek, il reste.

D'un bond, je lui fais face, une partie de moi paniquée à l'idée que quelque chose cloche encore.

– Il reste avec nous. Sa place est à nos côtés.

– Oh.

Les bras ballants, je ne sais plus quoi dire.

Le petit sourire qui étire les lèvres de mon amant me fait monter le rouge aux joues.

OK, c'était stupide. Mais pour ma défense, c'était carrément probable !

– T'es prête à nous supporter encore quelques années ?

Oui. Mille fois oui. Jusqu'à la fin de mes jours.

Sans pouvoir me retenir plus longtemps, j'attire Deacon pour l'embrasser. Deek me serre contre son torse, et je profite de ses lèvres encore quelques secondes, avant qu'il me repousse gentiment.

– Tu sais quoi ?

Je fronce les sourcils.

– Quoi encore ? Tu as investi dans une usine de chocolat pour qu'on ne soit jamais en manque ?

Deek lève les yeux au ciel et, franchement, je ne peux pas lui en vouloir.

– Non, et ça ne risque pas d'arriver.

– Alors quoi ?

– Je t'aime.

– Je t'aime aussi, Deek…

Derrière nous, Lana explose de rire. Dash ne tarde pas à mêler son rire au sien.

– Tu crois qu'ils vont finir par comprendre qu'ils sont faits l'un pour l'autre ?

Je rigole, puis hausse les épaules. Ça, ça reste encore à voir. Ces deux idiots sont trop butés pour s'en rendre compte. Mais je n'arrêterai jamais d'y croire.

– Qui sait, Deek… Tout est possible, non ?

L'ancien militaire hoche la tête.

Peut-être que finalement, j'y aurai le droit, à mon conte de fées.

Fin

Extrait

ABOUT LAST NIGHT

Ellie Jade

PROLOGUE

Anouk

– Ne stresse pas, Anouk, ça va le faire, je t'envoie ça dès que possible.

Mon frère, mon héros, vient juste de décider de faire de ses 30 ans un événement exceptionnel, à seulement quinze petits jours du fameux événement, ne me laissant finalement que peu de temps pour réaliser des miracles alors que je suis à deux mille sept cent trente et un miles[1].

En temps normal, je suis effectivement payée pour ça, créer des événements sur mesure, organiser des mariages, des anniversaires, des séminaires d'entreprise… mais le laps de temps qui m'est donné pour mener à bien mes projets est de plusieurs semaines, voire plusieurs mois.

1. Équivalent de 4395 km.

– Rassure-moi, Aydan, tu as trouvé un lieu ? Dis-moi au moins que tu as fait une liste d'invités ?

– Bien sûr, tu me prends pour qui ?!

Aydan fait toujours tout à l'arrache, vite fait, sans se soucier des autres. Oui, voilà, c'est un égoïste de première classe, un grand cru. Et depuis qu'il est parti se nicher à l'autre bout du pays pour vivre de sa passion pour la musique, autant dire que la petite sœur adorable que j'ai toujours été passe au second plan.

– Dans ce cas, envoie-moi rapidement le lieu et la liste. Avec un peu de chance, je vais réussir à choper un vol ce soir pour passer le week-end avec toi. On pourra peaufiner tout ce que tu souhaites pour que, dans deux semaines, tout soit parfait.

– Pas de problème, Nounoush, mais je bosse, samedi soir.

Je déteste ce surnom dont toute ma famille et nos proches parents m'affublent depuis ma plus tendre enfance. Je n'aime tout simplement pas sa consonance slave, tout ce que je ne suis pas ! Ma foi, je suis résignée, à 26 ans, je ne changerai pas ces habitudes, désormais.

– Dans ce cas, je viendrai avec Emy, et on sortira pour te voir. Elle adore Miami, elle aura le temps de bronzer durant nos sessions de travail et de danser en club à la nuit tombée ! Parce que tu as quand même bien conscience qu'on va se poser pour bosser un peu, hein ?

Je l'entends soupirer, ce qui me fait sourire. Je sais que je le gonfle déjà avec toutes mes questions en suspens mais s'il croit que je vais organiser tout sans qu'il valide rien, il faut qu'il s'attende au pire : des paillettes, des couleurs criardes, des ballons en forme de cœurs et d'étoiles… j'aurai vite fait de le convaincre.

– Je dois y aller. Je t'envoie la liste de suite par mail, je verrouille le lieu aujourd'hui. Je te tiens au courant.

Un coup d'œil à l'heure sur mon téléphone et je comprends, avec nos trois petites heures de décalage horaire, qu'il doit certainement partir mixer en discothèque. Il fait fureur depuis presque huit ans déjà, dans la Magic City[2], au grand dam de mes parents qui le voyaient médecin ou policier, enfin tout sauf un homme resté bloqué à l'adolescence, avec un peu plus de poils et certainement plus de tunes. Et puis, comme disait notre grand-mère : « C'est pas un travail, *dissejokay*, il ne fait que mettre le disque ! »

Un son m'annonce l'arrivée d'un mail, je me redresse sur mon canapé pour checker la liste des invités que mon frère vient de m'envoyer. Au bas mot, pas moins de soixante-dix, quatre-vingts personnes. Heureusement qu'il me parlait d'une petite fête… Je parcours la liste, atterrée par tous les prénoms féminins dignes des séries TV des années 1990 : Britney, Kelly, Brenda, Phoebe, Rachel, Sabrina, Ashley, Ally. À se demander s'il ne connaît que des filles.

Je continue mon analyse et commence à tomber sur des prénoms masculins.

Enfin.

---

2. Surnom donné à la ville de Miami.

Je survole le nom de Shayne, un des meilleurs amis de mon frère, un beau gosse tatoué aux cheveux longs maintenus systématiquement dans un *bun* à l'arrière de la tête. Ajoutez à cela une barbe bien rasée pour un résultat rebelle, chic et vraiment sexy.

Je soupire d'aise en revoyant la bande d'Aydan, il y a une dizaine d'années, jouer au volley dans la piscine de notre maison de famille. Du haut de mes 16 ans et de mes hormones en ébullition, j'ai cru défaillir pas mal de fois devant tant de testostérone.

Je continue de faire défiler la liste en me demandant s'il n'y aura que lui que je connais. Mon doigt sur l'écran tactile, je bloque, cesse tout mouvement.

Bordel. De. Merde.

Noah Heller.

L'objet de mes plus grands fantasmes – les plus chauds – depuis que mes seins ont poussé, mais aussi mon grand amour secret, est dans cette putain de liste, juste sous mes yeux.

Là.

Et que fait une toxico qui est en manque ? Elle fait une rapide – *promis !* – recherche de son nom sur Google, juste pour s'assurer que la réalité est toujours à la hauteur de ses souvenirs. Je tombe sur beaucoup d'articles en lien, des affiches, des photos, beaucoup de photos. Parce que Noah est un artiste : *designer* d'affiches publicitaires, initialement, puis photographe, sa passion depuis l'adolescence.

Je le revois mitrailler de photos la bande de potes à toute occasion. Même mamie Madeleine passait devant l'objectif !

Beaucoup de liens me conduisent sur Facebook, Instagram, TikTok... Je suis en train de faire ce que je m'étais juré, il y a quelques années, d'arrêter de faire : fouiner. Mais c'est plus fort que moi. Vous vous souvenez, la toxico en manque fait tout pour arriver à ses fins ? Ben là, je clique.

Je n'ai jamais vu d'homme aussi beau, aussi dur, aussi... tout. Brun, visage carré, sourcils épais, regard sombre, barbe de trois jours. Je croyais que je serais sevrée avec les années, mais visiblement, non. Je soupire et ferme la fenêtre pour me concentrer sur mon déplacement du week-end. Un texto à Emy pour la prévenir de nos projets, un simple « OK » en retour qui évite les effusions gnangnans, ça me va. Dernier clic, et j'annonce à ma meilleure amie que nous partons du vendredi soir au dimanche soir, et que le décollage est prévu dans moins de vingt-quatre heures.

À nos valises !

addictives

Romans déjà parus

Rose Becker
Le Bébé, mon milliardaire et moi (aussi en poche)
Torride, sexy & dangereux
Forever You – saisons 1 et 2
Dangerous

Aimée Bianca
B.O.S.S. Beau, Odieux, Sexy, Snob

Phoebe Campbell
Lui résister… ou pas – l'intégrale
You Again
Single Daddy. Try Me if You Can

Mia Carre
Bad for You
Teach Me Everything
Charmant connard !

Mélodie Chavin
Campus Rules
Fucking Wedding

Alexia Clemens
Red Python. Save Me

Sonia Eska
Ne me tente pas

Emma Green
Toi + Moi : L'un contre l'autre (aussi en poche)
Toi + Moi : Envers et contre tout (aussi en poche)
Toi + Moi : Seuls contre tous (aussi en poche)
Call Me Baby – volumes 1 et 2
Call Me Bitch
Love Me if You Can
Kiss Me if You Can
Bliss. Le faux journal d'une vraie romantique – volumes 1 et 2
Jeux interdits
Jeux insolents
Jeux imprudents

Une toute dernière fois
Fallait pas me chercher! – volumes 1 et 2
Corps impatients (aussi en poche)
Cœurs insoumis (aussi en poche)
Âmes indociles (aussi en poche)
Cent facettes de Mr Diamonds – l'intégrale
Bliss. Le faux journal d'une vraie romantique – l'intégrale
(Im)parfait
Love Me if You Can – l'intégrale
Kiss Me if You Can – l'intégrale
It's Raining Love!
The Boy Next Room
Call Me Baby – l'intégrale
Call Me Bitch – l'intégrale
PS: Oublie-moi!
Fallait pas me chercher! – l'intégrale
Recherche coloc: emmerdeurs, râleurs, lovers… s'abstenir!
10 bonnes raisons de te détester!
Just 17
Love & Lies on Campus
Bien plus forte que toi!
If You Wanna Be My Lover…
The Boy on Fire

Megan Harold
Breaking the Rules
Initiation with My Boss

Ludivine Hart
Arrogant & Tattooed

Amy Hopper
Gone Boy
Le Coloc

Julie Huleux
Alpha Player

Charlie Lazlo
Mon insupportable boss

Sienna Lloyd
Mords-moi!

Caroline Mongas
Mariage forcé. Un contrat indécent

June Moore
Étreinte – volumes 1 à 3

Zoé Murat
Stepbrother Love
Boss Me Around

Clara Oz
Arrogant

Gaëlle Sage
Kiss, Kill & Ride
Lost Rider

Ana Scott
Dark Ride
Last Ride
Vicious Ride
The Dominant
Evil Ride
Sensual Stepbrother
Un enfoiré mais un coup d'enfer !
Say Yes to the Boss

Camilla Simon
Le voisin parfait est un enfoiré
Initiation with My Enemy
Le mec parfait est un inconnu… ou presque !

Ève Souliac
Sexy Mistake

Liv Stone
Love Lessons

Lisa Swann
Adore-moi ! – l'intégrale

Louise Valmont
Toi & moi, c'est compliqué !
Campus Initiation
Mon insupportable voisin !

Chloe Wilkox
Extreme Lover – l'intégrale
Immoral
Dominant Boss. Apprends-moi
The Virgin's Price

Romans déjà parus

Ana K. Anderson
Indompté
Scottish Bastard

Sophie Auger
Be with Me

Sonia Birdy
L'Initiation
Touchdown. Campus Star

Laura Black
Dark Initiation
Games of Desire
H.A.R.D. Hot, Arrogant, Rebelle, Déterminé
Sulfurous Bad Boy

Margot D. Bortoli
Too Young

Juliette Brunel
Delicious

Anne Cantore
Promets-moi. Louise et Marco

Sarina Cassint
Avec toi… peut-être
Insolent Boss

Romy Cole
Never Kiss a Soldier

Mary Ann Davis
Coach Me Love

Sarah Dheilm
Hot Reward

Gwen Delmas
Noël, toi & moi
Sex Friends. Pas de contraintes, que du plaisir !

Eugénie Dielens
Imprévisible boss

Cléa Dorian & Ninon Vars
Dark Love

Laurie Eschard
Love Naked

Lil Evans
Savage Rider
Crash & Burn
Boss Affair

Lou Garance
Can You Keep a Secret ?
Foutu coloc !

Alexandra Gonzalez
Shades of You

Erin Graham
Teach Me Love
The Boss
Secret Stepbrother
Strong Addiction
Coloc avec mon boss
The Initiation

Joh Harper
Crazy Love
Broken but Alive

Marie Hayle
Under Control
Lover Next Door

Ellie Jade
About Last Night

Emma S. James
Under the Rain

Lucie F. June
Fight with Darkness

Sara June
Rider in the Dark
Sexy Wild Rider

Emily Jurius
Love to Hate You

Allie Krown
High School Challenge

Antinea Kane
In Love with My Enemy

Marion Laurent
Mr Alpha
I Want You in My Bed!

Pauline Libersart
Tiger. Entre ses griffes

Nina Loren
Breaking the Ice
Teach Me Again. Impossible Desire

Ella Lores
Mariée par accident à un connard arrogant rencontré la veille…
My Best Enemy

Jessica Lumbroso
Emma X. Secrète et insoumise

Lili Malone
Coloc avec un inconnu

Mila Marelli
Dark Man in Love
Crazy Wedding

Mag Maury
My Hipster Christmas

Billie Morgan
Free Fighter

Alix Parks
Never Kiss the Boss

Jeanne Pears
Insupportable coloc
Colocs & Sex Friends
H.O.T. Hypnotique, Obstiné, Ténébreux
The Most Insolent Man

Alexia Perkins
Arrogant Fake Lover

Sophie S. Pierucci
L'Inconnu de l'ascenseur & Moi (aussi en poche)
My Stepbrother. L'initiation

Silvia Reed
Darkest. La dernière heure
Too Close

Anita Rigins
No Rules
My Rules

Isla A. Rowley
Le coloc de mon frère

Avril Rose
Coffee, Sex & Law

Jana Rouze
Effet de vague – saisons 1, 2 et 3

Wendy Roy
Une seule fois (ou presque)

Ana Scott
À corps brisés

Adora Sky
Decadent Lover

Léana Soal
Fight & Hope

Cara Solak
Perfect Obsession

Izia Soley
Fauve
Initiation. On Your Skin

Liv Stone
Initie-moi. Mes jours contre tes nuits

Lena K. Summers
Perfect Bad Boy
Donovan, roi des connards

Kaly Swann
Austin. Breathe with Me

Lily Tortay
Dance for Me

Flore Valier
Ta peau contre la mienne

Anna Wendell
Arrogant Bad Boy
Apprends-moi le désir
Colosse. Le maître du jeu
Break Your Chains

Mina Zadig
Just Sex & Tattoos
Arrogant Highlander

New adult addictives

Romans déjà parus

Sonia Birdy
California High School

Mélodie Chavin
Stepbro' Next Door

Sianna Milano
High School Initiation

Isla A. Rowley
Toxic Games

addictives POCHE

Romans déjà parus

Rose Becker
Le Bébé, mon milliardaire et moi (aussi en grand format)
Désirs & Désastres

Marjorie Burbaud
The Campus Teacher

Phoebe Campbell
Tes ordres sont mes désirs

Olivia Dean
À lui, corps et âme – volumes 1 et 2

Lou Everly
Bad Boy Crush

Erin Graham
Nos amours contraires

Emma Green
Seuls contre tous (aussi en grand format sous le titre *Toi + Moi : Seuls contre tous*)
L'un contre l'autre (aussi en grand format sous le titre *Toi + Moi : L'un contre l'autre*)
Envers et contre tout (aussi en grand format sous le titre *Toi + Moi : Envers et contre tout*)
Corps impatients (aussi en grand format)
Cœurs insoumis (aussi en grand format)
Âmes indociles (aussi en grand format)

Megan Harold
Sublime-moi !

Charlie Lazlo
Kiss Me I'm Famous
The Duke

Jeanne Pears
Jamais avec mon coloc !

Sophie S. Pierucci
L'Inconnu de l'ascenseur & Moi (aussi en grand format)
Deep & Dark

Lise Robin
Forbidden Stepbrother

Alexane Tolley
The Boss Rules

Chloe Wilkox
Your Game, My Rules

Le Coloc de mon frère
Isla A. Rowley

Partager une coloc avec la sœur de son meilleur pote ? Mauvaise idée !

Néoh partage un appart avec son ami de toujours, en Italie. Le soleil, la dolce vita, les filles… Une vie de rêve ! Jusqu'au jour où débarque Auréa, la sœur de son coloc. La dernière fois qu'il l'a croisée, elle avait 16 ans et n'était pas aussi troublante. Néoh doit mettre des barrières entre elle et lui s'il ne veut pas craquer. Sauf qu'Auréa est terriblement attirante, et surtout bien décidée à le provoquer ! Néoh a de très bonnes raisons de la tenir à distance, des raisons qu'il ne lui avouerait pour rien au monde. La petite sœur de son meilleur ami lui est inaccessible. Interdite. Alors pourquoi crève-t-il tant d'envie qu'elle lui cède ?

Auteure : Romy Cole

Edisource – Éditions Addictives
100, rue Petit, 75019 Paris
Imprimé par FINIDR – Lipova cp. 1965 – 73701 Cesky Tesin,
République tchèque
Dépôt légal : juin 2022 – Achevé d'imprimer : mai 2022
ISBN : 978-2-37126-510-3
Réf. contrat : ZHOR_001